François Vallejo est né en 1960. Comme il le suggère lui-même, historiquement, il serait plutôt un croisement entre Sophocle et le XVIIIe siècle, un bâtard en somme, cherchant sa route dans le XXIe siècle. Auteur de romans, il est le lauréat du prix France Télévisions 2001 pour *Madame Angeloso*, du prix des Libraires 2004 pour *Groom*, du prix Pierre-Mac Orlan 2005 pour *Le Voyage des grands hommes* et du prix Livre Inter 2007 pour *Ouest*.

François Vallejo

LES SŒURS BRELAN

ROMAN

Viviane Hamy

TEXTE INTÉGRAL

ISBN 978-2-7578-3348-3
(ISBN 978-2-87858-320-5, 1re publication)

PREMIÈRE PARTIE

1

Trois, elles étaient trois et partageaient trois habitudes : s'accorder d'un coup d'œil, se taire au même moment et parler toutes à la fois. Séparées, elles se sentaient perdues, on pouvait s'imposer à elles. Si elles osaient prendre la parole, les sœurs Brelan, c'était ensemble. On ne s'entendait plus, elles parlaient trois fois plus fort, elles n'avaient peur de rien.

Faites-les taire, Monsieur le Juge, ou nous n'en sortirons pas.

Le Conseil de Famille avait pourtant bien commencé. Les trois sœurs baissaient la tête, leur rôle de filles privées de parents, attendant le secours familial. On savait qu'elles n'étaient pas toujours faciles à manœuvrer, mais, devant un juge de paix, des mineures seraient impressionnées. Elles avaient semblé bien se tenir, jusqu'ici. Leur silence, leurs regards fuyants, des marques de soumission ? La preuve de leur refus.

Elles avaient obtenu deux fois le report de cette réunion, rendue nécessaire par leur nouvelle situation. Grosse fièvre de la petite en mars, examen de l'aînée début avril, comme si des gamines fixaient le calendrier de la justice. Leur présence n'était pas nécessaire, mais préférable, avait dit le juge de paix. Il avait repoussé le Conseil de Famille au 18 avril.

Les trois filles s'étaient regardées en entrant, les mêmes yeux gris, et tues une demi-heure, répondant à peine aux questions du juge et pas du tout aux affirmations de leur tante Rosie. Des têtes butées : on voulait bien comprendre, quelques mois après le décès accidentel de leur dernier parent. Après tout, qu'elles se butent, si elles se soumettent à la décision du juge et des six membres du Conseil. Le moment était venu de statuer sur leur sort.

Elles ont échangé un nouveau regard triangulaire… ça part de Sabine, elle attrape l'œil de Marthe sur sa droite… Judith, à sa gauche, le devine, tourne la tête et capte le mouvement de paupières… les aînées attendent le renfort de la dernière, c'est fait, elles se lancent, alors qu'on ne leur demandait rien. La triple voix monte, couvre les autres : Disons-leur, Judith, Marthe, oui, Sabine, puisque personne n'en parle… l'anniversaire, ils n'ont pas dû faire attention à la date… je croyais qu'ils le savaient, c'est aujourd'hui, oui, aujourd'hui, la date, dis-le, Marthe, ça change tout.

Monsieur le Juge, qu'attendez-vous pour les faire taire ?

Le juge se redresse dans son costume croisé gris, une main levée pour ramener le silence. Insuffisant, ces filles n'écoutent personne, elles parlent entre elles, il faut sévir, menacer de les expulser de la salle. La voix est cassante, elles comprennent, se taisent à la même seconde. Elles acceptent de s'expliquer une à une. Marthe commence : Depuis le début de ce Conseil de Famille, on parle du tuteur futur et du subrogé tuteur de trois sœurs mineures et orphelines… On ne demandait pas mieux, poursuit Sabine… Mais il y a du changement, ajoute Judith… Oui, nous sommes le 18 avril…

Et le 18 avril, c'est leur date. Les deux aînées Brelan sont nées un 18 avril, à quatre ans d'écart, mais le même jour, un hasard qui avait amusé la famille, surtout quand Judith est née, la dernière, un 19 avril, à minuit quinze… La petite est en retard sur ses sœurs… Tout le monde l'a dit, et ça continue, jamais là quand on l'attend… Bon alors ? Alors Judith aura quatorze ans tout à l'heure, demain, juste après minuit… Sabine en aura dix-sept aujourd'hui, un quart d'heure avant minuit… Et Marthe ? Elle vient d'avoir vingt et un ans, ce 18 avril, à seize heures, l'âge de la majorité. Quand Louis Brelan est mort, à la fin de l'année dernière, elles étaient mineures, il fallait les placer, accomplir les démarches en leur nom. C'était si brusque, on n'a pas eu le temps de réfléchir plus loin. Mais, à vingt et un ans, aujourd'hui, Marthe peut se dispenser d'un tuteur, le Conseil de Famille n'a plus à statuer sur son cas.

Les joues du magistrat enflent et rougissent, il ajuste sa cravate. Il s'est contenté de survoler le dossier au moment de fixer la première date. Il traite beaucoup d'affaires en même temps, filles mineures de Louis Brelan, était-il écrit, il n'est pas allé plus loin… Il aurait le temps de s'intéresser à leur anniversaire. Il comprend, et les six membres du Conseil au même moment que lui, que les sœurs ont fait reporter deux fois la date de la réunion pour que l'aînée s'y présente majeure. Une stratégie perverse inimaginable chez des filles aussi jeunes, manipuler la justice elle-même. La tante Rosie s'en veut d'avoir négligé ce détail. Elle les connaît ses nièces, pas étonnée, mais en plein deuil, soupçonner des manœuvres. Les sœurs Brelan protestent toutes à la fois. Aucun plan, c'est le juge lui-même qui a fixé la réunion au 18 avril. Pouvaient-elles supposer qu'un juge n'ait pas une connaissance des dates aussi précise que des articles de loi ? La famille elle-même a négligé ce détail. L'anniversaire des nièces, on oublie souvent de leur souhaiter.

La tante Rosie ne veut pas être prise en défaut. Elle avait pensé à ce détail au moment où il est arrivé cette mauvaise chose à son frère… Mais c'était loin, on mettrait les trois sœurs sous tutelle, puis on affranchirait l'aînée le jour venu, on garderait les deux autres sous l'autorité désignée, jusqu'à leur majorité. Rien n'empêche la réalisation de ce projet, Monsieur le Juge. Encore mieux : nous gagnons du temps, nous laissons Marthe de côté, il nous reste à décider du sort de deux personnes.

Le juge respire, sa négligence restera sans conséquence, on corrigera les papiers déjà préparés. Les sœurs Brelan se regardent : coincées ; on se tait, on renonce ?

Signons ces papiers, dit Rosie, ne perdons pas de temps à des détails secondaires.

Ils veulent tous en finir, Rosie, la sœur du mort, deux belles-sœurs de sa femme défunte, une grand-tante vieille fille et un couple de voisins, les Beaumont, si dévoués, et gênés d'avoir à prendre parti dans une affaire qui s'embrouille de minute en minute. Alors, ces documents ?

Les filles lèvent leurs yeux gris, s'observent, rapprochent leurs chaises, un crissement irritant. Elles se lancent. Déjà préparés, les papiers ? La réunion, ce n'était pas pour vous mettre d'accord ? Vous l'étiez déjà ? On s'en doutait… Mais vos papiers n'ont plus de valeur… Marthe majeure… S'il faut tout refaire, reprenons au début. Vous nous imposez votre tuteur. Nous ne voulons pas de lui.

Qui a dit cela ? Vous parlez toutes à la fois, qui a prononcé la phrase inadmissible : refuser l'homme choisi par tous ? C'est toi, Judith ? C'est la plus insolente des trois, Monsieur le Juge. Vous, les grandes, faites entendre raison à votre petite sœur. C'est votre rôle d'aînées, plus particulièrement le tien, Marthe, maintenant que tu es majeure.

Tante Rosie aimerait briser le front trop uni de ses nièces. Elles comprennent vite : elles revendiquent à tour de rôle la paternité de la phrase, elles la répètent, nous ne voulons pas de Pierre Ledru comme tuteur. D'abord, il n'est pas là.

Le juge de paix triomphe : c'est la loi, le tuteur pressenti ne peut pas être juge et partie, il attend dehors, Pierre Ledru, le mari de Rosie. Tout est dans l'ordre, nous pouvons continuer.

Continuer comment ? Elles ont commencé à donner leur avis, elles ne veulent pas en rester là. Précisément, elles ont un avis sur l'oncle Ledru, le même que celui de leur père : Pierre Ledru est un faible, soumis à sa femme, le mari le plus fade que la famille ait connu. Il passe sa vie dans son jardinet, pour éviter les ennuis, même quand la famille est en visite.

Il s'y connaît en tuteur, il en met plein ses rosiers, dit Judith, mais on n'est pas des rosiers.

Là, elle ne peut pas cacher qu'elle vient de dire une horreur. Avec ses treize ou quatorze ans, c'est la plus difficile des trois, toute la famille le sait. Son père lui passait trop de choses, sa petite fille, il encourageait son esprit moqueur, Rosie lui en a souvent fait la remarque. Un esprit à redresser dans les années à venir, confirme la grand-tante, Pierre ne sera pas de trop. En attendant, le mauvais esprit est à l'œuvre : un affront fait à son oncle, et donc à sa tante, devant le juge, les voisins, le Conseil de Famille. Judith doit présenter des excuses publiques.

Marthe et Sabine sentent qu'il faut sauver leur petite sœur, aller plus loin qu'elle, récuser Pierre Ledru, un incapable. Nous savons bien que Tante Rosie dirigera tout par-derrière, imposera ses décisions au pauvre Pierre, qui dira oui du fond de son jardin en versant de l'engrais au pied de ses rosiers. Comment appelle-t-on ça ? Un prête-nom, oui, le prête-nom de Rosie Ledru. Pas d'hypocrisie, si Rosie veut exercer sa tutelle sur ses nièces, comme elle le fait déjà sur sa mère, Grand-mère Madeleine, qui perd la tête et se perd dans ses comptes, qu'elle ose le dire.

Rosie Ledru reconnaît qu'elle n'a pas voulu accepter la responsabilité d'une nouvelle tutelle, de deux nouvelles tutelles d'un seul coup, mais qu'elle comptait bien apporter ses conseils à son mari. Les filles de son frère Louis, c'est bien naturel. Si elles y tiennent, elle pourrait assumer cette charge. Elle admet que son mari est un homme renfermé, s'interdisant toute initiative, par bonté de cœur, simplement, peur de blesser ses proches.

Peur tout court, dit Judith, il tremble devant sa femme, mais ses sœurs couvrent sa voix, à la fois pour prendre en considération l'offre de leur tante et souligner une incohérence : Monsieur le Juge vient de nous expliquer que le tuteur pressenti ne doit pas être membre du Conseil de Famille, pour ne pas être juge et partie. Nous voyons que Rosie est le membre le plus actif du Conseil. Il faudrait donc changer sa constitution, remplacer Rosie par Pierre. Mais les papiers seraient à refaire, une autre réunion à prévoir, tout à reprendre, comme nous le demandons.

Le juge pose ses poings sur ses joues, les serre, elles n'ont pas tort, ces filles, tout ça a été mal préparé. Si on renvoie la décision à un autre jour, peut-être est-il possible de fixer dès à présent les règles de la tutelle ? Cela apaisera les esprits. Qu'attendez-vous les uns des autres ?

Pour les Ledru, c'était simple : trois filles mineures, enfin deux, plus une jeune majeure du jour, sans expérience de la vie, ne pouvaient vivre seules, ni disposer des fonds hérités. Leurs plus proches parents devaient consentir à des sacrifices pour leur venir en aide. Leur grand-mère était empêchée par l'âge, les débuts de la démence, sa propre tutelle. Venaient ensuite la sœur et le beau-frère du défunt, avec lesquels il avait les meilleurs rapports. Qui l'avait soutenu à la mort prématurée de sa femme, sinon sa sœur aînée ? Qui avait traité les trois sœurs Brelan comme ses propres enfants, elle qui n'avait jamais pu en avoir, du fait de la stérilité de son mari, Pierre Ledru ?

Naturellement, avec la meilleure volonté du monde, il était difficile d'accueillir d'un seul coup trois personnes de plus dans leur minuscule maison avec jardinet, où Pierre et Rosie vivaient déjà en compagnie de Grand-mère Madeleine. Ils avaient pensé… oui, elle avait pensé… puisque son frère Louis Brelan avait fait construire une si grande maison, une sorte de folie, ses rêves d'architecture grandiose qu'elle n'avait jamais approuvés pourtant… pensé qu'ils pourraient s'installer tous ensemble dans cette construction sans doute curieuse et pas toujours pratique pour une ménagère, mais si spacieuse… Un privilège, elle l'admettait, dans une époque difficile… La guerre n'était pas si loin… Elle saurait mener une maison, même plus vaste que la sienne, elle apporterait son expérience à ces filles trop jeunes, veillerait avec le juge sur leurs économies, leurs biens, et quand toutes auraient atteint l'âge de la majorité, d'ici sept ans, ou plus tard, si les sœurs avaient besoin d'elle, elle se retirerait, devoir accompli, heureuse d'avoir fait pour son frère ce qu'il attendait d'elle.

C'est ça, dit Judith, après les destructions de la guerre, notre tante veut résoudre la crise du logement : elle va s'agrandir grâce à nous.

Plus personne ne relève ses insolences. Même si elle n'a pas tort et que les Ledru tireraient un avantage de la situation, comment leur en vouloir ? Les Beaumont seraient heureux de les avoir pour voisins, ils se connaissent depuis si longtemps. C'est la voix de la raison. Chacun doit y trouver son compte. Les six membres du Conseil acquiescent, il suffirait de voter. Le plus simple serait que les sœurs Brelan acceptent la tutelle officielle de Pierre Ledru, même s'il est dirigé par sa femme.

Le jardin est beaucoup plus grand chez nous, il aurait de quoi faire pousser ses rosiers… Mais nous, on n'est pas des rosiers.

Elles sont bornées, ces filles. Qu'elles n'oublient pas que, si elles ont été conviées à cette réunion, c'est à titre consultatif. Le Conseil de Famille n'a d'autre but que de protéger les mineurs, y compris contre eux-mêmes.

Vous oubliez que, depuis aujourd'hui, une mineure est devenue majeure.

Cette histoire de majorité ne change rien : on ne devient pas plus responsable le jour de son anniversaire, ni capable de faire vivre une famille. Ces trois sœurs auront besoin de l'autorité d'un homme. Depuis que la mauvaise chose est tombée sur leur père, on voit de jour en jour que l'autorité masculine leur fait défaut.

Il n'y a pas d'autre homme, dans la famille, que Pierre Ledru ? demande le juge de paix.

Tante Rosie fait semblant de ne pas comprendre. Les sœurs Brelan échangent des regards : Le sort s'acharne sur les hommes, dans les familles Brelan et alliées. Longue maladie ou infarctus pour les maris des belles-sœurs, accident pour Louis Brelan, pas de mari du tout pour la grand-tante ; et Grand-mère Madeleine est veuve depuis si longtemps qu'on ne sait plus comment elle a perdu son mari. Il ne reste que des femmes, dans cette famille. Le seul homme épargné par le sort est Pierre Ledru, on se demande pourquoi.

Je vois, dit le juge.

Qu'est-ce que vous voyez ?

Ne vous méprenez pas.

Ce n'est pas la question, disent les sœurs Brelan, hommes ou pas hommes, c'est la même chose pour nous. Quelle est la question ? Ce que nous voulons, c'est nous débrouiller… Seules… Dans la maison construite par notre père… Ne pas aller vivre chez les uns ni accueillir les autres chez nous… Nous nous en sentons capables… Que Pierre reste dans son jardin… Il sera plus heureux sans nous… Rosie chez elle, pour le faire obéir… Pourquoi la grande sœur Marthe, majeure, ne deviendrait-elle pas la tutrice de ses cadettes ?

Ce n'est pas raisonnable. Elles n'ont pas de revenus, pas encore de métier. Même si on vendait la maison, l'argent serait bloqué jusqu'à la majorité, au moins jusqu'à l'émancipation des plus jeunes. Et où vivre en attendant ? Cela coûterait. Rien d'envisageable, sinon le projet conçu par Rosie et le juge. N'oublions pas qu'elles sont à peine des femmes. Votons vite. L'unanimité de la famille et des voisins, c'est le bon sens, l'intérêt de filles qui ont perdu tout jugement : on les comprend, le désarroi, après la mauvaise chose. Vous imaginez ? Trois filles de cet âge livrées à elles-mêmes ? Impensable. Elles nous remercieront plus tard. Donnons nos sept voix à Pierre Ledru tuteur, Marthe subrogée tutrice, si ça lui fait plaisir, et qu'on n'en parle plus.

Parlons-en encore une minute. Le juge souligne que sa voix, dans un Conseil de Famille, est prépondérante. Il est frappé, à l'inverse des autres, par le jugement des sœurs Brelan, leur aplomb. Comment dire ? Séduit. Un juge n'a pas à être séduit. Il retire le mot. Convaincu, c'est mieux, il est convaincu, il rend sa décision : Marthe sera la tutrice de ses sœurs. Pierre Ledru, subrogé tuteur, en cas de défaillance du tuteur légal. Cela devrait satisfaire les deux parties.

Les six membres du Conseil se sont levés… Le juge commet une erreur… Ils en référeront à sa hiérarchie… Un déni de justice… Est-il normal qu'un homme de sa fonction abandonne le projet qu'il défendait jusqu'ici avec des adultes de la famille, pour passer sans prévenir dans le camp de trois gamines irresponsables, et devenir leur complice. Il avait l'air si sévère tout à l'heure, dans son rôle… Là, souriant, protecteur, trois filles comme ça, trois regards du même gris singulier… On dirait qu'elles lui plaisent… Si ce n'est pas une honte… Rosie annonce des malheurs inévitables. Quels malheurs ? Le malheur est déjà arrivé. Tout autre, à côté, paraîtra insignifiant.

Je crois, conclut le juge, avoir tranché dans le sens le plus favorable à tous. M. et Mme Ledru ne seraient pas plus heureux chez leurs nièces que Mlles Brelan ne le seraient en leur compagnie.

Je sais ce que je sais, dit Rosie. Nous courons à la catastrophe. Quand vous viendrez à genoux, toutes les trois, me demander de l'aide, un arrangement, n'importe quoi, il ne sera plus temps. Vous vous débrouillerez avec votre juge.

2

Les sœurs Brelan ont marché de front dans la rue, elles se sentaient pleines, la joie, un peu d'orgueil : trois filles capables d'obtenir ce qu'elles veulent d'un homme haut placé. Elles ont forcé le cours des événements. Pourtant, en quittant leurs vêtements, dans le long couloir de la maison, elles éprouvent l'impression du vide autour d'elles.

Marthe voudrait se convaincre qu'elles sont chez elles, affranchies du reste de la famille, qu'elle prend la direction des affaires, mais l'espace trop vaste l'effraie. Elle doute de ses capacités. Comment assurer les frais d'une aussi grosse maison ? Comment faire vivre ses sœurs, savoir ce qui est bon pour elles, leur imposer ? Elles se sont moquées des conseils et des menaces de Rosie, coupées du reste de la famille. Elles ne pourront plus compter sur des proches qu'elles ont humiliés en public. Sont-elles vraiment capables de résister à autant de solitude ?

Marthe se demande à voix haute si elles ne se sont pas emballées trop vite devant le Conseil de Famille. Si on avait fait une bêtise ? Les Beaumont ne nous inviteront plus à boire un grog, comme pendant les bombardements alliés, comme après l'enterrement de la mère et l'accident du père. Est-il encore temps de revenir en arrière ? Rosie serait trop contente de nous voir renoncer. Mais si elle avait raison ? Nous n'avons pas la carrure, l'expérience.

La maison compte six chambres, les sœurs se rassemblent dans celle de Marthe, toutes les trois dans le même lit, pour se donner du courage. Elles se sentent abandonnées une nouvelle fois, comme le jour où leur père a disparu.

Elles ne savaient pas encore qu'il était mort, cette nuit-là, mais, déjà seules, elles n'avaient pas réussi à se quitter, jusqu'au matin. Sabine avait apporté la nouvelle, le soir : elle rentrait à pied de chez une amie, après une fête d'élèves. Un cycliste s'était approché.

Je ne suis pas sûr de vous reconnaître, c'est bien vous ?

Elle avait incliné son béret sur ses yeux, il m'embête, celui-là.

Vous êtes une des petites Brelan ? Je vous ai vue une fois avec M. Brelan. Ma pauvre, votre père vient de se faire embarquer dans une ambulance. Trois rues d'ici. Je passais comme ça. Drôle de hasard. Je travaille souvent pour lui comme coursier… Il a reçu un coup à la tête, mais ça va, on s'est occupé de lui, une ambulance, un médecin… Attendez chez vous que l'hôpital vous prévienne… Restez tranquilles d'ici là. Tout ira bien.

Elle était rentrée avec cette nouvelle. Alors, il faut aller à l'hôpital ? Non, on attend. Le téléphone n'est pas installé chez les Brelan. Les Beaumont viennent de l'avoir, le père les fera prévenir par leur intermédiaire. Puisque ce n'est pas grave.

Il n'avait pas fait appeler ; il ne connaissait pas leur numéro ou il ne voulait pas déranger, si tard. Réunies dans le lit de Marthe, les sœurs ne savaient pas quoi penser, sans recours, demandant à Sabine de leur répéter les paroles rassurantes du cycliste.

Un employé de l'hôpital s'était présenté chez elles bien avant le jour. Mme Brelan n'est pas là ? Pas de Mme Brelan ? Pardon, vous êtes les demoiselles Brelan ? Ne vous inquiétez pas, votre père va aller mieux. Seulement, il a besoin de vêtements propres. Les siens ont été salis dans sa chute. De quel genre de vêtements a-t-il besoin ? Rien de particulier, un costume propre.

Il les a conduites dans un bâtiment à l'écart de l'hôpital, on leur a pris le costume, elles attendaient. Ne vous inquiétez pas. Curieux, cet hôpital, sans malades. On va vous recevoir. Il était temps de les informer : Louis Brelan, leur père, avait succombé à une blessure à la tête, un choc violent, on ne savait pas comment il s'était fait ça, un malaise, peut-être une chute ou une agression. Pas de témoin. L'enquête le déterminerait.

Pourquoi l'autre nous a dit que notre père allait mieux ? a demandé Judith.

Pour vous préserver, mademoiselle Brelan.

Vous êtes des menteurs. On n'a pas le droit de mentir pour préserver les gens.

Ce n'est pas le moment, Judith. Ils font attention, c'est tout.

Ils vont sûrement nous épargner de le voir, par gentillesse de sales gens.

Il vaudrait mieux en effet… la blessure…

Judith voulait entrer tout de suite dans la salle d'exposition. Marthe aurait préféré ne rien voir, mais Judith avait raison. On leur avait montré leur mère, alors qu'elles étaient enfants. Elles devaient la même chose à leur père.

Vous êtes mineures ? Il n'y a aucun adulte avec vous ? Nous allons prévenir les autres membres de votre famille, vous verrez le corps avec eux, s'ils y consentent.

La morgue avait résonné des voix croisées des sœurs Brelan, de moins en moins patientes. L'employé ne savait plus quoi faire… des hurlements dans un endroit pareil… Il a préféré céder, le temps de passer au mort son costume propre.

Ce n'était pas leur père, seulement une tête d'homme enturbannée, un pansement blanc, épais, tout autour du crâne, tenu par une mentonnière ; une tache rose, rougissante semblait s'étendre, du côté de la tempe droite.

Si le sang coule encore, c'est qu'il est vivant, disait Judith.

La tache ne grandit pas, c'est une impression.

Il suffit de la regarder longtemps, elle grandit.

Elles n'ont plus lâché cette tache, le pansement. Elles ont eu mal à la tête, toutes les trois, jusqu'à l'enterrement. Elles n'avaient plus que cette pensée : abandonnées. Notre père nous a abandonnées. C'est le sort, il s'est blessé ou il a été tué par un voleur, la police a été incapable de trancher. Ce soir, c'est différent : nous sommes encore plus seules, mais par notre faute. Nous n'aurions pas dû nous opposer à la tutelle de Pierre.

Il est minuit passé, le 19 avril, Judith vient d'avoir quatorze ans. Le découragement de son aînée lui semble soudain exagéré. Elle prend ses sœurs dans ses bras fluets. Ses yeux gris paraissent plus grands que les leurs, dans son visage pointu.

Vous allez dire que je suis inconsciente, comme toujours, mais comment pouvons-nous dire que nous sommes seules, puisque nous sommes trois ? Tant que nous sommes trois, nous ne sommes pas abandonnées. Il nous suffit de rester ensemble, vous ne croyez pas ? Nous sommes sœurs depuis le début, ça durera jusqu'à la fin, si nous le décidons. Il ne faudra jamais me laisser toute seule.

Les grandes se laissent aller aux effusions de Judith, même si ses réflexions, comme souvent, les inquiètent. Depuis qu'elle sait parler, elle trouble son entourage par ses propos trop élevés pour son âge ou trop moqueurs. Cette nuit, elle semble vouloir les condamner à rester sœurs et rien d'autre. Encore une de tes bêtises. On en a assez fait aujourd'hui : tout à l'heure, Marthe retournera au palais de justice, elle demandera à être reçue par le juge, elle dira qu'elle renonce à la tutelle sur ses sœurs.

Si tu fais ça, je m'ouvrirai les veines.

Judith s'est levée, elle revient avec une paire de ciseaux, retrousse ses manches.

Marthe refuse ce chantage enfantin et confisque les ciseaux, comme une grande sœur responsable. Judith crie qu'il faudra cacher tous les couteaux de la maison. Sabine propose de ne pas se précipiter. Que Marthe attende avant de mettre toute leur construction par terre. Judith aussi, avant de se trancher les veines. Elle aime ce rôle d'intermédiaire entre ses sœurs, qui lui donne une autorité sur elles.

Les deux autres ne l'écoutent pas beaucoup, le lendemain matin, jurent qu'elles vont mettre leurs menaces à exécution. Marthe s'habille, se déshabille. Judith exhibe ses poignets à tout propos.

Nous restons trop les unes sur les autres, pense Sabine. Marthe a raison, si nous nous enfermons dans cette solitude, c'est perdu. Nous avons besoin de soutien. Mais Judith n'a pas tort : on ne peut pas s'abaisser à revenir en arrière.

Elle réfléchit, le front sur la fenêtre de la cuisine, tout en surveillant les mouvements de ses sœurs. La rue fait un coude devant la maison ; Louis Brelan aimait cet emplacement : on a la perspective jusqu'au boulevard, ligne droite dégagée sur cent mètres. Il faut toujours savoir qui vient vers nous, disait-il, et qui s'éloigne de nous.

Cette démarche brinquebalante sur le trottoir de droite, dans une tenue de deuil, la voilà, Grand-mère Madeleine, encore plus petite et fine que Judith. L'âge la rétrécit. Elle a vécu un temps avec son fils devenu veuf et ses petites-filles, pour aider. Elle s'est affaiblie, elle ne pouvait plus aider, sa fille Rosie a tenu à la prendre avec elle, puis à devenir sa tutrice. Grand-mère Madeleine passe souvent sans prévenir, pour parler et faire compter ses sous.

Rosie lui alloue une somme hebdomadaire, pour ses menus besoins. Grand-mère Madeleine se perd dans les chiffres, elle ne sait jamais combien il lui reste. Si elle demande à Rosie, elle se fait gronder ; elle préfère demander à ses petites-filles. Combien dans le porte-monnaie ? On lui dit, elle oublie, on recompte tout avant son départ. Rosie dit que c'est sa punition d'être fâchée avec les chiffres : Grand-mère Madeleine a beaucoup trop dépensé dans sa jeunesse. Sans compter, évidemment, alors maintenant elle ne sait plus. Personne ne sait grand-chose de ce passé, elle est si vieille, elle ne sait pas compter les années non plus.

Quand elle entre, elle commence par rire, un rire descendant, ferme et bref. Judith a toujours été curieuse de savoir ce qu'elle trouvait drôle. Elle n'a jamais obtenu de réponse. Marthe pensait que Grand-mère Madeleine avait été une femme gaie ; contente de nous voir, elle rit, pas chercher plus loin. Sabine doute, elle a du mal à trouver de la gaieté derrière ce rire.

Encore plus dubitative aujourd'hui : Grand-mère Madeleine n'est pas venue faire compter son porte-monnaie depuis deux ou trois semaines, pourquoi revenir aujourd'hui ? N'est-elle pas envoyée par Pierre et Rosie Ledru pour les surveiller ? Ils espèrent que ça ne va plus du tout, là-bas, que les sœurs Brelan vont prendre conscience de leur erreur. Ils n'ont pas tort et Grand-mère Madeleine va leur faire plaisir, si elle leur raconte la fâcherie des filles.

Sabine met ses sœurs en garde : Faisons semblant d'être heureuses et d'accord. Jouer la comédie devant Grand-mère Madeleine, première fois que ça leur arrive, rien ne tourne comme il faut.

Le rire tombe, aussi ramassé et fluide que d'habitude. Elle pose son porte-monnaie sur la table, Judith compte les pièces à voix haute. Sabine attend la fin, avant de questionner Grand-mère Madeleine : Les Ledru ont dit beaucoup de mal de nous ?

Ils ne me disent rien, vous savez, je suis trop vieille. Mais j'écoute. Je vais vous dire : vous avez eu raison, mes filles. Grand-mère Madeleine ne vous laissera pas tomber.

Difficile de savoir ce qu'elle a compris de la nouvelle situation : sait-elle seulement que Louis est mort ?

Le rire haut et franc, quand on lui parle de la mort de son fils, pas rassurant sur son état mental, sauf si ce rire exprime autre chose que de la gaieté. Les sœurs commencent à expliquer, toutes les trois en même temps, ce qu'elles ont obtenu du Conseil de Famille et du juge. Marthe laisse échapper un de ses doutes, Judith couvre sa voix de toutes ses forces.

Grand-mère Madeleine rit plus fort. Vous croyez que je n'y comprends rien, comme Rosie, mais je comprends bien que votre tante aurait passé son temps à vous empêcher de vivre. C'est déjà ce qu'elle fait avec moi. Vous êtes mieux loin d'elle et de Pierre, je vous le garantis.

C'est vrai, dit Marthe, mais est-ce que tu comprends qu'on est toutes seules maintenant ?

Comment ça, toutes seules ? Est-ce que je ne suis pas là, moi ?

Elles l'admettent, mais quel secours une femme dans son état pourrait-elle leur apporter ?

Il y a combien dans mon porte-monnaie ? demande une dernière fois Grand-mère Madeleine.

Elle est partie juste avant midi, pour ne pas être en retard au déjeuner des Ledru.

On n'est jamais sûr de rien avec elle, dit Marthe, mais je crois qu'elle n'a pas envie de nous voir céder devant sa fille. Si je ne retourne pas voir le juge, ce ne sera pas pour t'obéir, Judith, mais pour faire plaisir à Grand-mère Madeleine.

Judith triomphe : Grand-mère Madeleine me donne toujours raison. Sabine respire, elle vient de comprendre qu'elles ne sont plus tout à fait seules.

Regardez ce que j'ai trouvé sur la tablette de l'entrée : le porte-monnaie de Grand-mère Madeleine, elle l'a oublié, il faut la rattraper.

Pas la peine, elle l'a laissé exprès, elle croit que ça va nous suffire pour vivre. Elle nous dit à sa manière qu'elle est avec nous.

Elles s'en veulent d'avoir soupçonné Grand-mère Madeleine de les espionner pour le compte des Ledru.

3

Les sœurs Brelan ont retrouvé la force d'être trois. Elles en avaient besoin, le notaire réunissait la famille pour la succession. Pas de testament, la mort à quarante-trois ans, Louis n'avait pas eu le temps de s'embarrasser d'actes formels, les biens revenaient aux descendantes directes, les sœurs Brelan.

Marthe allait disposer de sa part d'héritage, pas ses sœurs. On pourrait bientôt leur donner un statut de mineures émancipées, il faudrait voir. Un tiers de la maison à chacune, un tiers des meubles et des liquidités, un tiers des parts de Louis dans un cabinet d'architecte à Boulogne, influent dans l'Ouest parisien et au-delà. Marthe se proposait d'utiliser l'argent disponible pour faire vivre ses sœurs, en attendant qu'elles puissent lui rendre la pareille. Le notaire l'a mise en garde : comme si elle avançait de l'argent à ses sœurs, sans aucune garantie. Quand elles disposeraient des mêmes fonds, à leur majorité, rien ne les empêcherait de les conserver à leur usage exclusif, sans les verser au pot commun. Vous ne pourrez pas leur réclamer de remboursement.

Nous sommes sœurs, a dit Judith. Et on ne peut pas renoncer à être sœurs.

J'en ai vu d'autres, a poursuivi le notaire.

Marthe sentait les doutes la reprendre. Ce n'était pas le moment. Pas de faiblesse en public : elle avait toujours donné ses jouets, ses vêtements, sa nourriture à ses cadettes, sans calcul. Elle utiliserait ses propres fonds, elle travaillerait aussi, dès que possible, pour subvenir aux besoins de toutes, sans rien attendre en retour. Elle n'avait jamais été déçue. Sœurs, elles étaient sœurs, Judith avait raison. Entre elles, c'était gratuit. Marthe ne doutait pas que Judith et Sabine partageraient.

La succession suivait son cours. Il fallait tenir jusqu'à ce que le tiers des fonds disponibles soit débloqué.

Sabine a manqué son premier bac ; les perturbations des derniers mois, pas facile de travailler, il valait mieux prendre l'échec avec détachement. Un bac, face à la mort d'un père…

Les règles de Judith, apparues trois mois avant l'accident, s'étaient arrêtées depuis l'enterrement. Le choc, a dit le Dr Bontemps, le médecin de famille, cela n'est pas grave pour le moment. Dans quelques semaines, quelques mois, le flux normal reviendra. Si ce n'est pas le cas, il sera temps d'aviser. Faisons confiance au temps.

Grand-mère Madeleine venait toutes les semaines faire compter son porte-monnaie, en oubliait le contenu dans la cuisine ou le cabinet de toilette. Rosie a fini par avoir des doutes. Où passait l'argent sous tutelle ? Aucune trace d'achats courants, pas de factures. Des petits gâteaux chez le pâtissier, disait Grand-mère Madeleine, je les ai mangés. Un café au salon de thé, je l'ai bu. La somme hebdomadaire filait dans la journée ?

Beaucoup de gâteaux, beaucoup de cafés. Grand-mère Madeleine connaissait des commerçants depuis des décennies, ils lui ont accordé des papiers tamponnés. Elle riait en tendant ses factures à sa fille. Elle a même osé demander une augmentation. De quoi amplifier les soupçons, mais la vie est si chère, tu ne vas pas me faire revenir aux tickets de rationnement. Dilapidation, reprenait Rosie, la jeunesse dépensière de sa mère lui revenait comme une honte. Elle ne valait pas mieux que ses petites-filles. Tante Rosie devinait de mieux en mieux leurs petites affaires communes, en accusait les sœurs Brelan. Elles te volent ? Cela ne m'étonne pas d'elles. Si c'est ça, nous déposerons une plainte. Elles finiront devant la justice. Elles ne te forceront plus à venir les voir.

Grand-mère Madeleine protestait, elle menaçait de mourir si on la privait de ses visites. Rosie a cédé, mais elle a suspendu les fonds, à la fin de l'été : si les autres ne te volent pas, tu dois perdre ton argent dans la rue. Tu es sûre de bien fermer ton sac ? Dis-moi ce dont tu as besoin, je te l'achèterai moi-même, à partir de maintenant.

Ce n'étaient pas des grosses sommes, mais les sœurs Brelan s'étaient habituées à ce don impossible à refuser. Un rien, qui commençait à manquer.

4

Les règles ne revenaient pas, Judith faisait des cauchemars de sang, une tache rouge de plus en plus étendue. Elle se réveillait, convaincue d'être trempée de ses règles, rien, seulement un perpétuel mal de ventre dont le médecin ne trouvait pas la cause. Rentrée d'octobre, elle a refusé de reprendre les cours au lycée, à l'aide d'un certificat compréhensif du Dr Bontemps : enfant valétudinaire.

Sabine a manqué des cours, sous prétexte de veiller sur sa jeune sœur, une enfant valétudinaire, privée de tout autre soutien familial. Madame le Censeur prenait pitié. Marthe n'hésitait pas non plus à faire appel à la pitié, pour trouver du travail. Elle avait commencé son droit, pas question de poursuivre des études, dans leur situation. Il fallait s'employer, faire valoir ses quelques connaissances juridiques et proposer ses services à de petites entreprises des quartiers environnants. Leur sort était connu, l'accident inexpliqué de Louis Brelan avait fait parler. Pas compliqué de se présenter… la fille aînée de M. Brelan… les orphelines… courageuses… Pas mal, au début : pauvres enfants… une petite tâche administrative à accomplir, sans contrat, en échange d'une somme compensatoire, un acte de charité. Si vous travaillez bien, nous vous proposerons davantage… une famille comme la vôtre… un devoir de vous soutenir. Cinq, six services de ce genre, deux sociétés se montraient intéressées par la rapidité d'exécution et la clarté du travail de Marthe. Elle se voyait embauchée, c'était simple, ses sœurs n'avaient pas à s'inquiéter, elles pourraient reprendre leurs cours.

Au moment de conclure l'affaire avec un agent d'assurances, la pitié avait disparu : il avait obtenu des renseignements sur Marthe et ses sœurs. Trois filles qui avaient coupé avec leur famille prête à se dévouer pour elles ; elles ne manquaient pas de biens ni d'argent, elles voulaient même s'accaparer tout ce qu'elles pouvaient : une maison bien trop grande pour elles, quand leur entourage étouffait dans de minuscules logements. Même la mort de leur père les rendait suspectes : s'il avait été victime d'un règlement de comptes, comme on le murmurait, n'était-ce pas la preuve que ses comptes n'étaient pas clairs ? L'agent avait préparé un contrat, mais il se sentait piégé par une jeune femme pas si franche qu'il y paraissait. Il ne voulait d'ennuis avec personne. Il se proposait de la recommander à des confrères.

Marthe a rencontré les confrères. Il était manifeste qu'une réputation de filles arrogantes, ennemies de la famille, menteuses, leur avait été faite. Personne n'avouait ses sources, elles étaient faciles à deviner. Rosie les avait démolies dans tous les commerces des alentours. Un épicier a fini par manger le morceau : des manipulatrices, lui avait dit Mme Ledru, capables de mettre dans leur poche un juge de paix, de faire tourner la tête à un homme de loi, conduit à juger en dépit du bon sens. Qu'est-ce que cela présageait ? Une gamine de quatorze ans faisant marcher des hommes faits, vous imaginez la suite ?

Personne ne veut de moi. Il faudra aller ailleurs, où on ne nous connaît pas. Madame le Censeur du lycée s'impatiente. Le médecin annonce qu'il ne renouvellera pas le certificat médical. Pas de règles, et alors ? Cela arrive à bien des filles. Il soigne les Ledru, pas la peine d'aller chercher plus loin.

Les Beaumont avaient fait quelques visites. Dans les meilleurs termes avec Louis Brelan, autrefois, s'occupant des filles quand il était pris, les hébergeant à la Libération, quand des chars arrivaient de Normandie et faisaient vibrer les murs des maisons en avançant sur le boulevard. Avec de pareils souvenirs, les sœurs Brelan acceptaient de leur ouvrir leur porte. Le couple prenait un air enjoué : Vous n'avez besoin de rien ? On ne vous voit plus sortir. N'hésitez pas, comme toujours : des morceaux de sucre, de l'huile, un reste de pain.

Nous ne manquons de rien, répondaient les filles.

Ils insistaient pour entrer, bavarder, comme de bons voisins, toujours émus du malheur des Brelan. Ils paraissaient sincères les premières fois, jamais une allusion au Conseil de Famille. Propos légers, M. Beaumont se prenait pour un homme drôle, mais les regards de Mme Beaumont s'appesantissaient sur l'évier de la cuisine : tiens, vous n'avez pas fini votre vaisselle. Elle passait le doigt sur les rebords des fenêtres.

Dis-moi, Judith, on ne te voit plus passer pour aller au lycée. Quatorze ans, bien entendu, tu échappes à l'obligation scolaire. Ta sœur Marthe n'a pas oublié de t'inscrire au moins ?

Les sœurs Brelan étaient certaines que les Beaumont venaient les inspecter au nom de Rosie. Elles seraient bientôt signalées à des services. Elles imaginaient les reproches : incapacité à entretenir une maison laissée à l'abandon, état sanitaire inquiétant, défaut d'éducation. Pourtant, elles la nettoyaient, la maison de leur père, elles préservaient ses vêtements, ses objets, ne rien changer, un musée arrêté à l'heure de sa mort. Et Judith apprenait toute seule, mieux qu'au lycée, pensait-elle. Elle lisait toute la journée les livres de la bibliothèque paternelle, des manuels d'architecture, des traités d'urbanistes utopistes, la passion de Louis Brelan.

Les Beaumont doutaient que des lectures remplacent les cours du lycée. Il valait mieux se taire, ils les prendraient pour des folles, Rosie ne manquerait pas d'en tirer profit. C'était peut-être déjà le cas. Les sœurs Brelan croyaient voir rôder des agents des services administratifs. Elles ne répondaient plus aux coups de sonnette, sauf si elles avaient vu une tête connue descendre la rue dans leur direction. Les Beaumont, venant de la maison voisine, étaient les seuls qu'elles ne pouvaient voir arriver ni s'éloigner, la seule faiblesse dans le dispositif de construction de Louis Brelan : elles ne leur ouvraient plus. Ils pouvaient raconter ce qu'ils voulaient aux Ledru, elles ne craignaient rien. Nous avons la loi pour nous, répétaient Judith et Sabine, Marthe est notre tutrice légale.

Il arrivait encore à Marthe de souhaiter être déchargée de sa responsabilité. Le sentiment de solitude à trois prenait de l'ampleur. Elle n'osait pas le dire trop fort. Même Grand-mère Madeleine, qui n'avait plus le prétexte de son porte-monnaie, venait moins souvent. Elle apportait ses rires sans joie, sa conversation décousue, ses sursauts de malice dans l'œil, quand elle racontait ses petits vols domestiques. Nourriture, pièces de monnaie, c'était pour les filles. Elle s'illusionnait sur l'ampleur des sommes détournées, inutile de la contredire.

Les sœurs Brelan s'estimaient malhonnêtes avec elle : comme elle commentait sa vie chez les Ledru, les propos malveillants qu'elle entendait parfois, on pouvait imaginer qu'elle rapporte à Rosie, sans intention mauvaise, des conversations avec ses petites-filles. Elles se surveillaient, embellissaient leur existence, alors qu'elles auraient aimé se confier et se faire plaindre. On ne savait jamais jusqu'où Grand-mère Madeleine était dupe.

Elle posait des questions gênantes certains jours : Tu ne travailles pas, aujourd'hui, Marthe ? Je croyais que tu avais trouvé quelque chose au cabinet d'architecte…

D'où sortait-elle cette invention ? De plus en plus embrumé, le cerveau de Grand-mère Madeleine. Le cabinet d'architecte était l'endroit où Marthe avait le moins de chance de trouver du travail. Louis Brelan possédait de nombreuses parts dans la société d'architecture Cicéro, à Boulogne. Il avait comblé de cette manière son désir inassouvi de devenir un architecte et urbaniste reconnu. À son enterrement, M. Cicéro avait retenu les sœurs Brelan sous le porche de l'église, alors que le convoi n'attendait plus qu'elles, au premier rang, pour s'ébranler. Il voulait leur racheter les parts de Louis Brelan, le plus vite possible, il offrait déjà un prix, dérisoire, sous prétexte qu'il traversait une période difficile, le développement de la concurrence, dans la frénésie de la reconstruction. Marthe lui avait fait valoir qu'il fallait attendre la succession. Mineures, elles n'auraient pas le droit de décider de la vente de ces parts avant des années… Et, premier principe, elles n'abandonneraient rien de leur père. M. Cicéro l'avait mal pris. C'était à prendre ou à laisser. Vous m'implorerez un jour ou l'autre, vous n'en obtiendrez peut-être pas la moitié. Réfléchissez vite.

Elles n'avaient pas réfléchi davantage. Les parts étaient là, elles en tireraient des bénéfices légaux, plus tard. M. Cicéro espérait profiter de leur inexpérience, son erreur. Mais aucun espoir, après ça, de se faire engager au cabinet d'architecture. D'ailleurs, cela n'aurait aucun sens d'être l'employée de son associé.

Vous avez toujours la voiture de votre père ? a demandé Grand-mère Madeleine.

On n'a touché à rien depuis sa mort.

Il nous emmenait promener sur les routes de campagne. Il t'a montré comment conduire, Marthe.

Et après ? Je n'ai pas le permis.

On s'en moque, sors l'auto du garage.

Quel rapport avec M. Cicéro ?

En une heure, nous sommes à Boulogne.

C'est illégal.

Laisse de côté la légalité, Marthe. Conduis-nous, ce sera amusant.

C'était une Renault démodée, une Monasix Luxe de 1930, rouge bordeaux. Les quatre Brelan, la grand-mère, les petites-filles, faisaient claquer les six cylindres sur la nationale 12. Marthe se crispait sur le volant, surveillait ses pieds, s'inquiétait des coups métalliques dans le moteur, Sabine indiquait les directions, conseillait les meilleures manœuvres. Judith trouvait qu'on roulait trop lentement, Grand-mère Madeleine riait pour de bon. Les arbres de la route, à chaque courbe, menaçaient de venir à leur rencontre, des hommes klaxonnaient derrière, parce qu'elles ne roulaient pas assez vite ; klaxonnaient en les dépassant, quand ils s'apercevaient que quatre femmes seules étaient à bord ; klaxonnaient devant, pour leur ouvrir la route, comme des chevaliers rigolards. Ils vont attirer les gendarmes, disait Marthe, je m'arrête.

Où allons-nous déjà ? demandait Grand-mère Madeleine.

Chez M. Cicéro, ne nous dis pas que tu as oublié.

Cicéro, tout ce qu'il me doit, vous allez voir.

Elles l'ont attendue plus d'une heure dans la Monasix garée devant le cabinet d'architecte. Sabine a été saisie : le coursier qui lui avait annoncé l'accident de leur père sortait pour enfourcher son vélo. Il s'est avancé vers la portière : Laquelle de vous trois s'appelle Marthe ? On vous demande à l'intérieur.

Grand-mère Madeleine avait du mal à respirer, une lassitude de tout le corps, même son rire était fatigué. Elle avait bataillé pour convaincre Cicéro. C'était fait, même s'il ne montrait pas d'enthousiasme.

Votre grand-mère ne veut pas quitter mon bureau, avant que nous ayons signé votre contrat d'engagement. On le prépare.

Vous n'êtes pas obligé, a dit Marthe.

Si vous n'y tenez pas, j'arrête tout.

Comment ça, pas obligé ? a repris Grand-mère Madeleine. Je m'escrime une heure pour toi et c'est tout ce que tu trouves à dire ? Appelle tes sœurs, Marthe…

Pourquoi ses sœurs ? Je vous préviens que je n'en prendrai pas deux de plus pour vous faire plaisir. Déjà qu'une… Comme dit Mlle Brelan, je ne suis pas obligé.

Va chercher tes sœurs, Marthe.

Sabine et Judith entourent Marthe. Les trois sœurs se consultent des yeux. Sabine la première… Ce serait moi… Vous savez, demande Judith, ce que papa disait de M. Cicéro ?… Ne dis rien, Judith… M. Cicéro accepte d'engager Marthe par amitié pour papa ? demande Sabine. Ce serait moi… D'ailleurs, pourquoi ce ne serait pas moi aussi ?

M. Cicéro s'affole : Nous signons tout de suite. Votre sœur commence demain. Mais nous sommes bien d'accord : toute seule.

J'aime mieux ça, conclut Grand-mère Madeleine, après une descente de rire.

Il n'avait pas le choix, a-t-elle ajouté dans la Monasix, avant de s'assoupir. Tout ce que ton père a fait pour lui, il l'a eu grâce à tout ce que j'ai fait pour ton père. Nous l'avons fait démarrer.

Marthe n'a pas voulu dormir dans le même lit que ses sœurs. Un sentiment d'indépendance soudain, ce premier vrai engagement ; de nouvelles inquiétudes aussi qu'elle avait peur de laisser voir à ses sœurs. M. Cicéro avait accepté à contrecœur de l'embaucher : poste indéfini d'aide au secrétariat, salaire faible, justifié par son manque d'expérience, mais qui lui semblait en dessous de tout. Grand-mère Madeleine, sur la route du retour, l'avait estimé plus qu'honorable. Perdue dans les comptes, comme toujours, mais ce n'était pas le moment de lui dire qu'elle s'était fait avoir, alors qu'elle riait du bonheur d'avoir fait plier M. Cicéro.

5

Tout juste si Marthe a aperçu deux fois M. Cicéro, le premier mois, à croire qu'il ne travaillait jamais. Inimaginable que le patron s'absente pour éviter une employée.

Pas grand-chose à faire de ses journées, à part guetter les allées et venues. Ils veulent te montrer que tu es inutile, disait Sabine, pour te mettre plus facilement dehors à la fin de l'année. Tu devrais t'inventer toi-même du travail. Fais-en le moins possible, au contraire, ajoutait Judith, tu auras moins de regrets.

Marthe voulait fournir un travail réel, justifié par sa fonction, conforme à son salaire, ni plus ni moins. Elle n'arrivait pas à savoir si les employés du cabinet avaient des consignes pour la tenir à l'écart, derrière une table inclinée, dans un bureau de dessinateurs. Ils s'agaçaient si elle se levait pour rien. La concentration, vous comprenez ?

Elle a fini par leur demander s'ils n'avaient pas reçu la visite de Rosie Ledru. Le nom ne leur disait rien. La sœur de Louis Brelan ? Peut-être… Leurs airs hypocrites… Enfin, nouvelle manipulation de Rosie ou ordres d'un patron hostile, ce n'était plus tenable, elle devait s'en sortir. Elle a fini par avoir les plus paresseux. Puisque cette fille réclamait du travail, encore du travail, ils ont trouvé commode de se débarrasser des tâches les plus ingrates, transcriptions, reproductions de documents. Les travaux allaient plus vite avec elle, ça s'est vu.

Les consignes de mise à l'écart, si elles existaient, n'ont plus été aussi bien suivies. Certains ont fini par reconnaître que des recommandations, indirectes, étaient venues d'en haut, mais qu'on n'en parlait plus. Ils s'oubliaient, premiers rires avec elle. Ils leur avaient échappé, il valait mieux se reprendre. Personne n'entendait, pourquoi se reprendre ? Des compliments timides sont apparus : ses yeux gris, entre bleu et vert, sa chevelure épaisse, ses chemisiers cintrés, ce qu'ils cachaient, ses chaussures. Une fille dans sa vingtaine, elle n'était pas aussi dangereuse qu'on l'avait suggéré. Pourquoi l'aurait-on engagée, si elle était dangereuse ? Évidemment, une fille de Louis Brelan, on pouvait imaginer une sorte de dette, mais pourquoi ne pas l'acquitter entièrement, en accueillant bien la fille d'un ancien associé ? On murmurait qu'elle avait les parts de son père dans l'affaire. Elle aurait pu être la patronne aussi ? On pouvait ménager chacun sans en avoir l'air.

M. Cicéro revenait plus souvent au bureau. Il prétendait avoir voyagé pour soutenir des projets en cours en province. Il passait encore au large de Marthe : il serrait la main de tous les employés et la saluait seule de loin, s'il ne pouvait échapper à son regard. Prends-le bien, disait Sabine, le soir, c'est une marque de distinction, il ne te traite pas comme les autres. Montre-lui ton plus grand sourire : s'il a voulu te dégoûter de son cabinet d'architecte pour te faire partir de toi-même, il sera obligé de se dire que c'est raté. Et surtout, insistait Judith, même si tu te donnes l'air d'être occupée, ne fais vraiment rien.

La convocation est tombée juste après le nouvel an. Pas pour présenter des vœux, ce ton sec pour la faire asseoir dans le fauteuil du grand bureau. Il ne la regardait même pas, peut-être la crainte de lui faire trop d'honneur en lui adressant la parole. Pas brutal, pourtant, il tournait autour d'elle, il ne savait pas par où commencer. Elle se disait : nouvelle année, il va me demander de quitter la maison, mais en douceur. Il ne peut pas me jeter dehors, à cause de Grand-mère Madeleine. Il préférerait que je démissionne. Il a raison, je vais démissionner. Le salaire est trop bas, le travail pas intéressant. Grand-mère Madeleine a cru bien faire, une erreur. Vous n'étiez pas obligé de m'engager. Restons-en là. Il serait content d'elle, pour la première fois. Que diraient ses sœurs ? Vendue à l'autorité ? Ne pas lui faire ce plaisir d'obtenir sa démission sans effort.

Il prenait son temps. Elle n'en est pas revenue : il trouvait qu'elle ne travaillait pas si mal. Si, si, une efficacité surprenante chez une débutante… Ses collaborateurs le disaient. Il l'avait méjugée. Il avait voulu se montrer charitable avec la vieille mère de Louis Brelan, sans rien attendre de cette embauche. Il avait eu tort, il aurait dû s'y attendre, une fille de Louis Brelan ne pouvait pas être sans qualités. Il n'oubliait pas la part prise par Louis dans le développement du cabinet Cicéro, au début de sa carrière… Il avait profité de ses conseils ; Brelan aimait beaucoup donner des conseils. Trop de conseils, parfois, le seul reproche à lui faire : il lui arrivait de se prendre pour un architecte. Des admirateurs de Le Corbusier, tous les deux, dès avant la guerre. Louis Brelan l'avait approché le premier et Cicéro avait commencé comme dessinateur chez le Maître, puis ils s'étaient associés pour installer un cabinet tout près du sien, à Boulogne, dans la même rue, rue Nungesser et Coli ; ils partageaient les vues du Maître. M. Cicéro en retenait les applications pratiques, Louis restait un idéaliste de l'urbanisme, un connaisseur, un penseur à sa manière, mais pas un véritable architecte et urbaniste. Il rêvait trop d'une nouvelle cité parfaite pour être capable de la réaliser. Quelqu'un sur qui on pouvait compter néanmoins. Il était évident qu'on pouvait compter sur sa fille de la même manière.

Mademoiselle Brelan, je voudrais vous faire plusieurs propositions. Vous donner un rôle plus important dans le cabinet, plus en rapport avec votre rigueur, votre sens de l'organisation. Naturellement, une augmentation de votre salaire s'imposerait immédiatement. Vous avez la charge de vos sœurs, il me semble.

Comme on peut se tromper sur les hommes : Marthe s'en voulait d'avoir pensé un instant comme sa petite sœur. Retournée, comment exprimer sa reconnaissance sans en faire trop ? M. Cicéro attendait sa réaction : ça ne se refuse pas, dites ? Mon ami Louis… La mère de Louis… Vous lui direz. Elle sera contente.

Marthe bafouillait des mercis. C'est bien, n'en parlons plus… Du tact, avec ça… Il lui parlait comme un véritable ami de son père.

Vous avez devant vous une belle carrière chez moi. Juste quelques détails à régler. Une ambiguïté à lever : les parts de votre père dans mon affaire. Si je vous fais monter trop haut, cela passera pour du favoritisme. Vous vous rendez bien compte que ce n'est pas sain entre nous. Vous avez de telles qualités. Je ne voudrais pas m'en priver, mais ce serait plus clair si vous n'étiez que mon employée.

Marthe voudrait reprendre ses mercis, honte d'elle, s'être fait embobiner par un beau parleur comme M. Cicéro. Il sait présenter la situation, comment lui donner tort ? S'il lui promet une belle carrière ? Mais qu'est-ce qui le retiendra de se débarrasser d'elle, une fois qu'il aura récupéré ses parts ? Comme on peut se tromper sur les hommes. La petite Judith, avec ses quatorze ans, aurait tout de suite vu le piège de M. Cicéro. À quoi bon être la grande sœur ? Elle est toute seule devant M. Cicéro, aucun argument valable pour le contredire. La situation est malsaine, impossible de dire le contraire. Je vais m'écraser, là, devant lui, signer tout ce qu'il voudra, toute seule. Si Judith et Sabine étaient à côté d'elle, ce ne serait pas pareil. Elle les convoque en pensée, aidez-moi, les filles, ne me laissez pas tomber maintenant. Je ne sais plus quoi dire. Vous êtes là, les filles ? Regardez-moi. Au secours, les filles. Qu'est-ce que tu dirais, Sabine ? Le faire mariner ? Et Judith ? Non, c'est non. Je ne peux pas dire non toute seule. Tu ne peux pas dire oui non plus. Débrouille-toi entre le oui et le non.

Marthe se sent mieux, elle se sent trois, trois fois plus forte. Coup d'œil sur sa gauche, sur sa droite. Qu'est-ce que vous cherchez comme ça ? Elle y va franco : quel prix donnerait-il pour les parts ? Je vous l'ai déjà donné. Le même qu'au cimetière ? Il ne peut pas plus, il l'a déjà dit. Pourtant la valeur de Marthe a monté, une assistante hors pair, promise à une grande carrière dans la maison. Est-ce que vous me laisseriez proposer un prix ? En restant raisonnable alors. Il faiblit, les filles, combien je demande ? Le triple, dit Sabine. Cinq fois plus, dit Judith, minimum.

Votre offre n'est acceptable, monsieur Cicéro, que si vous la multipliez par quatre. J'ai vu les papiers de mon père. C'est au moins la valeur de nos parts.

Mais la guerre est passée par là, ma petite fille. L'argent n'est plus ce qu'il était. La valeur des parts s'est effondrée, elle ne fait que commencer à remonter.

Il dit une bêtise, là, murmure la voix de Sabine, profites-en.

Attendons un peu, alors, dès que le prix aura quadruplé, dites-le-moi, nous vendrons. Je vous promets de travailler dur pour augmenter la valeur de votre affaire. Pas trop quand même, dit la voix de Judith. Les parts vaudront encore plus cher et on se fera avoir.

M. Cicéro n'avait pas imaginé des négociations avec une gamine. Il augmentait son salaire, elle devait, par reconnaissance, lâcher ses parts. Marthe voit son air perplexe, elle se libère, même plus besoin de consulter ses sœurs : même si j'acceptais votre offre, vous seriez obligé d'attendre. Je pourrais vous vendre mes parts, un tiers, ce n'est pas assez pour vous, un tiers. Mes sœurs sont mineures. Dans quatre ans, dans sept ans, vous pouvez espérer tout récupérer. En mettant le prix. Je ne peux rien de plus pour vous.

Et si je vous mets à la porte ?

Avec mes qualités ? L'amitié de Louis Brelan ? Vous préférez que je vende nos parts à vos pires concurrents ?

Je croyais que vous ne pouviez pas vendre les parts de vos sœurs ?

Ça vous laisse quelques années pour voir arriver vos concurrents.

Vous êtes naïve : les affaires ne marchent pas comme vous le croyez. Personne ne vous offrira plus que moi.

À votre place, je n'en serais pas si sûr. J'ai déjà vu quelqu'un.

Marthe a peur de ce qu'elle invente. Elle ne se connaissait pas cet aplomb, toute seule devant un homme. Elle sent qu'elle fournit à M. Cicéro des motifs supplémentaires de la jeter dehors : insolence, chantage. À l'aide, les filles. Termine avec Grand-mère Madeleine, suggère Sabine, n'oublie pas de lui rappeler le salaire qu'il t'a promis, ajoute Judith.

C'est entendu, dit Marthe.

À qui parlez-vous ? demande M. Cicéro.

Je vous promets nos parts, quand le cabinet se sera développé. La reconstruction est loin d'être terminée, disait mon père, vous en profiterez. Ce sera avantageux pour nous tous, dans sept ans. Ma grand-mère vous fournira toutes les garanties sur moi, sur mes sœurs. Je vous l'amène demain.

Épargnez-moi ça, elle me refera son numéro de vieille dame à qui on ne refuse rien, ce n'est pas sain. Et quelles garanties une femme de son âge peut-elle me donner sur ses petites-filles dans sept ans ?

Marthe laisse un temps, regarde par terre : J'accepte vos propositions sans discuter.

Le patron n'en revient pas. Marthe relève les yeux : Oui, je n'oublie pas que vous m'avez promis de nouvelles responsabilités chez vous et une augmentation de salaire. Je les accepte.

M. Cicéro sourit pour la première fois. Vous me plaisez, baisser les yeux et avoir du culot en même temps, c'est un art. Votre père faisait comme vous, on vous a déjà dit que vous lui ressemblez ? Je vous garde, pour lui, mais je ne vous passerai rien. Et vous me vendrez vos parts. Le prix se fera malgré vous, soyez-en sûre.

Il lui a tenu la porte vitrée : Vous alors, vous savez vous y prendre.

On se trompe sur les hommes, a répété Marthe à ses sœurs. Il avait envie de me mettre à la porte et il ne l'a pas fait.

6

Le respect et la jalousie lui sont tombés dessus en même temps au cabinet Cicéro. La protégée du patron, on doit passer par elle pour tous les dossiers. Attention à ce qu'on dit. Si on a son oreille, on a celle de M. Cicéro. Les aides architectes, les dessinateurs lui témoignent les plus grandes attentions. Mais le responsable de la comptabilité, celui des archives, les secrétaires se croient menacés par cette nouvelle venue sans compétence reconnue. Il paraît qu'elle gagne plus que nous. Quelqu'un se rappelle avoir entendu la phrase de M. Cicéro devant la porte de son bureau… Vous savez vous y prendre… Vous y prendre avec les hommes. Un vieux séducteur comme M. Cicéro, facile. Cette Marthe, il y a mieux, mais elle n'est pas si mal, dans son genre, et guère plus de vingt ans, pour un homme de quarante-cinq. Elle s'y croit déjà. Il est marié depuis longtemps, mais ce ne sera pas la première dans le lit du patron.

Des malins n'ont pas pu s'empêcher des plaisanteries… Mme Cicéro bis… Il faut bien se caser quand on n'a plus de famille. Pour viser haut, il faut savoir viser bas, et même en dessous. Elle a dû se fâcher, nier toute relation privée avec M. Cicéro, s'inventer un fiancé. D'autres moqueries apparaissaient : Trois sœurs ensemble, ça doit y aller. Il paraît que les autres ne travaillent pas. Elles tiennent la maison. On imagine le genre de maison. Ça ne doit pas désemplir. On imagine le genre de fiancés. Remarquez, trois sœurs en même temps, c'est peut-être une expérience. Vous devriez nous présenter vos sœurs, mademoiselle Brelan.

Elle se forçait parfois à rire avec eux, plus souvent elle plaignait leurs femmes à haute voix. Elle était au moins certaine d'une chose : elle ne prendrait jamais un mari comme eux. Quelques-uns se vexaient, d'autres en rajoutaient : Vous voulez essayer ? Comme ça vous saurez si ma femme est à plaindre ou non. Il lui arrivait de penser que M. Cicéro encourageait ses employés à l'humilier jour après jour, un nouveau moyen d'obtenir son départ. Elle lui a posé la question.

Ma petite fille, c'est simple, vous avez vingt-deux ans et vous travaillez avec des hommes, comment voulez-vous qu'ils vous parlent autrement ? Vous avez vécu avec trop de femmes, il faudra vous faire aux hommes, ou être plus forte qu'eux.

Elle a retenu la leçon, n'a plus permis d'allusions graveleuses. Quand je ne suis pas là, ne vous gênez pas, mais devant moi, tenez votre langue, vos comptes seront mieux tenus et vos femmes plus fières de vous. Ils n'en revenaient pas. Elle s'est attiré des haines et de l'admiration. Vous mûrissez, mademoiselle Brelan. Vous nous ferez bientôt regretter d'avoir épousé nos femmes… Attention à ce que vous dites… Comment les empêcher de parler par-derrière ? Plus elle se défendait, plus on la soupçonnait d'être avec le patron. M. Cicéro ne l'aidait pas ; distant dans le travail ; des familiarités en public. Et je vous prends le bras pour vous faire passer devant et je vous souris de loin et je vous complimente et je cligne. Alimenter la rumeur ne devait pas lui déplaire, une fille si jeune. N'est-ce pas aussi pour nous miner ? se demandaient les sœurs, à table, le soir. Quand Marthe passera pour une fille comme ça, pire que ça, hop, il sera temps de sauver la moralité en éliminant la branche pourrie.

Tu es la seule qu'il traite comme ça ? demande Sabine.

Difficile à dire, il ne traite personne bien. Il déchire les projets, les dessins. Ses aides ne sont jamais à la hauteur.

C'est parce qu'il se prend pour un génie comme Le Corbusier, dit Judith, et qu'il n'est que Cicéro. Il décevait papa, sur la fin. D'après lui, Le Corbusier ne le considérait pas mieux qu'un bon exécutant.

Qu'en sait-elle ? Judith parle toujours sans savoir et se donne l'air de savoir mieux que ses sœurs. Elle prétend que leur père lui parlait plus qu'aux autres, malgré son jeune âge. C'était comme ça, la plus mûre des trois. Elle le croit toujours, persuadée, alors qu'elle reste enfermée toute la semaine, de mieux comprendre le monde et les hommes que ses sœurs réunies. Par exemple, elle prend l'air le plus assuré pour affirmer que M. Cicéro ne veut plus les parts de Marthe : c'est elle qu'il veut avoir. Il est amoureux.

Mais de quel coin de son cerveau sort-elle ces idioties pas de son âge ? Marthe raconte ses journées de travail, Judith déforme tout. C'est dangereux. Elle vit trop sur elle-même. Il faudrait retourner au lycée. Elle refuse, elle n'est pas prête. Elle étouffe, si l'une ou l'autre de ses sœurs se montre trop insistante. La fin du repas est tendue, elle leur demande de jurer. Jurer qu'elles ne la renverront pas au lycée contre sa volonté ; jurer que Cicéro n'aura pas leurs parts ; jurer qu'il n'aura pas Marthe non plus. Pourquoi jurer ? Si, il faut jurer. Judith ne laisse pas Marthe tranquille avant qu'elle ait juré. Elle jure.

Après avoir juré, elle est gênée. Imaginons que ce soit vrai, que la petite sœur, avec ses idées absurdes de fille de quinze ans, tombe juste. Un homme amoureux d'elle ? Si vieux, le même âge que son père, pas possible. Judith a le don de vous faire penser de travers.

Elle devient plus dangereuse encore, lorsqu'elle trouve une alliée dans sa grand-mère. Elles s'entendent comme personne à gaspiller l'argent. Marthe se sentait plus à l'aise, après son augmentation de salaire. Elle a vite compris que ce n'était pas grand-chose, avec des dépensières comme sa sœur et sa grand-mère.

Tiens, tu prends l'autocar pour Boulogne, une heure et demie chaque matin, une heure et demie chaque soir. Pourquoi ne pas prendre la Monasix de Louis ? Sans autorisation ? Elles l'ont bien fait, l'autre jour. Situation exceptionnelle ; depuis, Marthe tient à respecter la loi. Cette fois, elle ne cédera pas. Alors, qu'elle passe le permis de conduire. Grand-mère Madeleine le réclame autant que Judith. Louis Brelan emmenait sa mère en promenade, en voyage, dans la Monasix Luxe, son plus grand plaisir ces dernières années. Pourquoi ne pas recommencer ?

Mais cela coûte. Oui, cela coûte : Grand-mère Madeleine assure qu'elle sera la première à payer. Elle dépose sur la table quelques pièces glanées dans les poches des Ledru : pour ton permis, Marthe. Elle prend sa monnaie pour des napoléons en or de sa jeunesse, pauvre Grand-mère Madeleine. Elle est si bonne, il faut lui faire plaisir. Qu'elle croie que ses piécettes servent à quelque chose. Marthe mange son salaire pour obtenir son permis de conduire. En attendant, nouilles et pommes de terre.

Et après ? Nouilles et pommes de terre, parce que Grand-mère Madeleine ne veut plus manquer un dimanche. Elle a obtenu ce privilège de Tante Rosie, qui a compris le parti à tirer de cette nouvelle lubie : les filles y perdront leur chemise de nuit. Elles l'appelleront au secours, pour remettre de l'ordre dans leurs affaires. Voyagez, a-t-elle répété à sa mère, faites déborder le réservoir. Quand il sera vide, le juge de paix comprendra qu'il s'est trompé sur la tutrice des petites Brelan. Grand-mère Madeleine en a ri longtemps.

Alors, le dimanche matin, elle dépose ses sous sur la table ronde de la cuisine. Pour les dépenses du voyage. Si on les refuse, elle se vexe. Où allons-nous ? Paris. Elles traversent le bois de Boulogne, au pas, avant midi. Une fois, on attrape la porte de Saint-Cloud, une autre la porte d'Auteuil. Grand-mère Madeleine donne les ordres, suivre les quais de la Seine pour rejoindre la Concorde. Un dimanche, elle veut longer les Tuileries, un autre remonter les Champs-Élysées. Son rire la tient tout le long du parcours, un rire heureux celui-là, les sœurs Brelan le devinent. Grand-mère Madeleine répète les mêmes histoires, comme si c'était la première fois. Elle a connu l'époque des chevaux, des fiacres dans Paris. Combien de fois a-t-elle trotté place de l'Étoile, fait le tour de la Madeleine ? Elle n'en dit jamais plus. Qui la menait en fiacre ? Elle prétend ne plus le savoir. Le pas des chevaux, le roulis des voitures, les voix des cochers, tout ce qui lui reste, avec la géographie de Paris. Un cheval qui s'était emballé, boulevard Haussmann, une roue cassée à l'Opéra. La Monasix rouge bordeaux de Louis Brelan secoue ses souvenirs en morceaux. Elle échappe aux questions trop curieuses de Judith par le plus joyeux des rires.

Les passants du dimanche rient aussi de l'entendre par la vitre ouverte. Quatre filles ou femmes seules dans une voiture aussi démodée, ils n'ont jamais vu ça. Presque des enfants, si on met de côté la vieille en noir, d'ailleurs plus enfantine que les filles. On dirait des triplées : elles portent le même manteau en poil de chameau, le même béret de laine. Encore des dépenses encouragées par Judith et Grand-mère Madeleine : les virées dans Paris exigent de la tenue. Elles se cachent toute la semaine, une vie de recluses, sauf Marthe, elles paradent le dimanche aux Champs-Élysées. Elles s'arrêtent au Champ-de-Mars pour pique-niquer : pas les moyens de s'offrir le restaurant, sauf une fois. Elles l'ont regretté. Grand-mère Madeleine avait prétendu leur faire la surprise d'un porte-monnaie bien garni. Au moment de payer, sa menue monnaie habituelle, exhibée comme le trésor des pharaons. Marthe, par prévoyance, avait gardé son salaire de la semaine sur elle ; lessivé en un quart d'heure ; pas de quoi rire pour les huit jours à venir, mais Grand-mère Madeleine n'en pouvait plus de joie, avoir tenu son rang jusqu'au bout dans un restaurant, comme autrefois.

Sabine avait jugé préférable de renoncer aux prochaines virées. Oublié, le dimanche suivant. Grand-mère Madeleine était à l'heure devant la porte, avec son ombrelle, son chapeau de voyage, son sac et son porte-monnaie presque vide. Alors, vous n'êtes pas prêtes ? Qu'est-ce que vous attendez ? Les parcs, les boulevards, les plaisirs de la Rive droite, elles n'ont rien manqué, sauf le repas, pris sur le marchepied de la Monasix, au milieu des plaisanteries de jeunes cyclistes en casquette.

Déception de Grand-mère Madeleine : il a bien fallu espacer les sorties du dimanche. Des dépenses nouvelles leur tombaient dessus. Le toit de la maison, côté ouest, menaçait ruine. Une partie fragilisée à la Libération, un obus américain, au moment où les Alliés arrivant de Normandie avançaient sur Paris, un obus perdu avait enfoncé le toit et renversé la cheminée ; refait rapidement, et mal, en attendant les dommages de guerre. Maintenant une poutre menaçait de se briser ; une fente s'ouvrait de semaine en semaine, pesait sur le mur porteur, lui-même fendu. Temps de consolider ce côté, si on ne voulait pas mourir dessous. Le salaire de Marthe, pendant plusieurs mois, y passerait tout entier.

En attendant, elles s'étaient réfugiées à l'est. Une chance que Louis Brelan ait conçu sa maison si longue, inspiré par ses lectures et Le Corbusier. Un projet absurde, selon sa sœur Rosie, quand il lui avait montré les plans : six chambres alignées le long d'un couloir, chacune pourvue d'une salle de bains, et au milieu une pièce commune. Les rêveries d'habitat collectif adaptées à une famille, une Cité radieuse pour les Brelan, un projet expérimental, disait Louis avec fierté, une cité pour femmes : une chambre pour sa femme, trois chambres pour ses filles, une pour sa mère. Sa femme était morte, sa mère partie, les filles partageaient la même chambre, le projet collectiviste s'était effondré en chemin.

Il venait à Marthe l'envie de vendre leur maison. Judith lui faisait jurer de préserver ce qu'elle appelait l'œuvre unique de leur père. On ne pourrait pas vendre, selon Sabine, avant d'avoir changé les poutres et remonté le mur ouest. Et puis, elles étaient obligées de le reconnaître à demi-mot, c'était une maison invendable, trop singulière pour une famille ordinaire : à mi-chemin de la villa de luxe et de l'immeuble de rapport, ne convenant ni à des riches, ni à des pauvres.

Marthe n'osait pas l'avouer à ses sœurs : c'était pour elle comme une condamnation à rester enfermée dans le rêve de leur père. Judith s'en accommodait très bien et poursuivait ses lectures sur les cités idéales. Le gouffre financier que Marthe voyait se rapprocher jour après jour ne la préoccupait pas plus que ça. Les travaux avaient commencé, il fallait payer un acompte, il n'était pas sûr que le solde puisse être échelonné.

Marthe a demandé une nouvelle augmentation de salaire à M. Cicéro, une démarche risquée : Allons, mademoiselle Brelan, ce n'est pas raisonnable, du moins sans contrepartie. Vous savez que j'attends quelque chose de vous.

Elle a baissé les yeux, tenté de convoquer en pensée, une nouvelle fois, Sabine et Judith. Elles sont restées muettes. Même à trois, la force leur manquait, a pensé Marthe. Les prédictions de Tante Rosie prenaient corps, elle ne voyait plus comment y échapper.

7

La restauration de l'aile ouest de la maison n'en finissait pas ; de petits bouts de travaux réalisés selon la solvabilité des sœurs Brelan. Marthe n'en pouvait plus de devoir être responsable de ses cadettes ; inavouable. Elle avait pris le parti de se faire adresser les factures en poste restante, pour ne pas les alarmer. Elle freinait les dépenses, sans le reconnaître, tolérant les virées dans Paris, en Monasix, pour montrer qu'on vivait bien.

La façade géométrique a retrouvé son équilibre, débarrassée de ses échafaudages ; toiture et peinture unifiées ; et plus de factures dissimulées, un premier soulagement pour Marthe. Il était temps de revivre, et pas seulement le dimanche, à Paris. Même si elles ne l'avaient pas toujours respecté, le temps du grand deuil et du demi-deuil était passé. Elles avaient envie, Sabine et Judith surtout, de s'habiller en couleur, de marcher toutes les trois dans leur ville, d'aller au cinéma, que la vie éclate autour d'elles. Marthe se montrait plus souple dans les magasins, la joie pouvait revenir.

On dirait que tu as eu une augmentation. Si c'est vrai, pourquoi ne pas le dire ? M. Cicéro te l'a accordée ? Tu ne nous caches pas quelque chose avec lui, au moins ? Tu nous en aurais parlé avant ? On ne se cache jamais rien ? Non, Marthe ne cache rien, enfin, si, une fois. Quoi ? Une fois avec M. Cicéro ? Non, je vous ai caché les frais, l'ampleur de nos frais. Maintenant qu'on s'en est sorti, je peux vous le dire.

Pour Judith, il n'y avait pas de quoi s'en faire. Ces histoires de frais étaient sans importance.

Sans importance, tout ce que Marthe faisait pour ses sœurs ? Elles ne se rendaient pas compte. C'était bien la peine de cacher ses sacrifices.

Grand-mère Madeleine soupçonnait aussi l'aînée de ses petites-filles de cachotteries. Je n'y vois plus très clair, mais je te trouve l'œil fatigué, Marthe, ton gris plus terne que celui de tes sœurs.

Plusieurs dimanches de suite, on remet la sortie : Il faut te reposer, Marthe. Ça ne va pas, Marthe ? Au contraire. Comment ça, au contraire ? Tu ne m'enlèveras pas de l'idée que tu es fatiguée. Tu es amaigrie aussi.

Nous mangions trop de féculents, j'enflais. Je suis mieux maintenant.

Tu ne m'enlèveras pas de l'idée que tu es trop maigre.

Elle y revenait, à chaque visite. Les filles trouvaient qu'elle ne s'arrangeait pas ; sa sollicitude de grand-mère n'empêchait pas ses redites et l'obsession bien de son âge pour la santé. Elle semblait découvrir à chaque fois du nouveau. Tu veux que je te dise ? Tu as mauvaise mine, cette semaine. Je ne te l'ai jamais dit, mais tu as perdu tes bonnes couleurs.

S'il fallait se soucier de la santé de quelqu'un, ce serait plutôt de celle de Judith : toujours pas ses règles, toujours son refus de suivre les cours au lycée, de côtoyer les filles de son âge. Elle prétend mieux étudier toute seule. Ses études ? Toujours les mêmes livres d'architecture idéale de son père, compulsés par son père, annotés par son père. Une nouvelle manie lui était venue, lire les journaux, tous, découper des articles, les classer, les faits divers surtout. Les premières coupures relataient la mort inexpliquée de Louis Brelan en pleine rue. Depuis, Judith avait trouvé des cas semblables, mêlait les accidents sur la voie publique, les agressions, les règlements de comptes. Cette obsession agaçait Marthe et Sabine. Outre le prix que l'achat quotidien de nombreux journaux représentait, cette collection leur semblait malsaine. Le deuil justifiait tout, mais il était terminé. La malade de la famille, c'était elle.

Alors, a dit Grand-mère Madeleine à Marthe, mène-la une bonne fois chez le Dr Bontemps. Demande-lui des vrais soins. Je vous accompagnerai, si tu veux.

Pas la peine, c'était Marthe la tutrice, elle a conduit sa sœur chez le médecin. Le Dr Bontemps, avec sa blouse blanche sale, ses lunettes d'écaille de travers et ses touffes éparses de cheveux blancs, les a écoutées sans quitter son bureau. Il aurait pu lui tapoter le ventre, prendre sa tension. Il se contentait de parler. Il ne voyait aucun inconvénient à ce qu'une jeune femme soit privée de règles. Les retards de développement ? La petite taille de Judith, ses formes restées enfantines, à près de dix-sept ans ? Trop tard pour la faire grandir, trop de privations dans sa première jeunesse. Et pourquoi fallait-il que les femmes se développent, grandissent, grossissent, s'étalent ? Il pensait à la jeune fille qu'avait été Mme Bontemps. Que Judith ne change pas, l'éternelle enfance, c'est ce qui manquait aux femmes.

Ce n'est pas de la médecine, ça, pensait Marthe. Judith souffre ou souffrira de ses retards et le

Dr Bontemps parle des femmes avec la désinvolture des hommes. Il pourrait au moins l'examiner. N'y aurait-il pas des médicaments pour décoincer l'organisme de ma sœur ?

Je peux lui donner un placebo, a dit le Dr Bontemps. Et, quand la machine se remettra en route, parce qu'elle se remettra en route toute seule, dans un mois ou dans trois ans, vous crierez au miracle. Je vois à vos yeux que vous me désapprouvez, mais je ne peux vraiment rien faire de plus pour votre sœur. Vous aimeriez des injections ? Cela fait sérieux ? Ce serait pire pour elle. Pour moi, son cas ne relève pas de la médecine.

Alors nous sommes venues pour rien ?

Et nous paierons pour rien, a ajouté Judith.

On ne paie jamais pour rien, chez un médecin, s'il vous dit la vérité. Soigner, c'est autre chose. Mais si vous tenez à en avoir pour votre argent, je suis prêt, pour le même prix, à vous proposer une deuxième consultation : je vous trouve mauvaise mine, Marthe.

Vous aussi, vous me parlez de ma mauvaise mine ?

Vous avez vu un confrère ?

Non, c'est ma grand-mère.

Elle vous trouve fatiguée ? Pas d'appétit ? Seules les grands-mères devraient avoir le droit d'exercer la médecine. Les sorcières d'autrefois… Et on les a brûlées… C'est elle qui vous envoie chez moi ?

Elle m'a seulement demandé d'accompagner Judith.

C'est bien ce que je dis.

Qu'est-ce que vous voulez dire ?

Je veux dire que je connais Mme Brelan depuis longtemps, elle n'a jamais été aussi clairvoyante.

Vous vous moquez d'elle : elle perd la tête, elle oublie tout, elle ne sait plus compter.

Je n'ai pas le même diagnostic que vous. C'est la plus lumineuse vieille femme que j'ai rencontrée depuis que j'exerce. Je vois que c'est vous, Marthe, qu'elle a envoyée chez moi. Approchez.

Le Dr Bontemps s'est enfin levé, a replacé ses lunettes, essuyé ses mains sur sa blouse, sorti une grande serviette blanche, l'a dépliée sur le dos dénudé de Marthe, écouté longtemps, en déplaçant sa grande oreille, revenant plusieurs fois au même endroit.

Ça fait au moins un quart d'heure, a dit Judith, vous voulez qu'on en ait pour notre argent ?

Excusez-la, docteur, à force de vivre sans voir personne d'autre que nous, elle perd le sens des convenances.

Taisez-vous, mademoiselle Brelan, elle a raison de ne pas avoir le sens des convenances. Pourquoi les femmes devraient-elles avoir le sens des convenances ? Quand je pense à Mme Bontemps… Si elle avait moins le sens des convenances… En attendant, vous avez de la fièvre. Ça vous arrive souvent ? De petites poussées ?

Jamais de fièvre, Marthe. Ou elle ne s'en rend pas compte. Quand on est persuadé de sa bonne santé, on néglige les symptômes. Pas d'appétit ?

Elle mange moins, ces temps-ci, c'est pour maigrir. Et si elle est fatiguée, c'est qu'elle travaille beaucoup, longs trajets, entretien de la maison, de ses sœurs…

Et la toux ?

Un peu cet hiver, rien de marquant.

Jamais de sang ?

Elle a saigné du nez deux ou trois fois.

Vous êtes sûre que c'était le nez ?

Marthe a dépassé le stade de la primo-infection. Les radios devraient mettre en évidence les atteintes aux poumons. Maladie pulmonaire, à coup sûr, la tuberculose s'installe, bientôt les grosses fièvres. Ne vous inquiétez pas, on la soigne de mieux en mieux.

Des placebos ? demande Judith.

Si vous voulez.

Les soins les plus rapides s'imposaient, la surveillance des sœurs, l'éloignement de Marthe, l'affolement chez les sœurs Brelan. Elles sortaient à peine des dettes pour la consolidation de la maison et Marthe s'effondrait. Elle ne percevrait plus son salaire. M. Cicéro faisait savoir qu'il était prêt à un arrangement… les parts… à son prix… de quoi voir venir, payer les soins, la convalescence en maison de repos. Marthe ne se sentait plus la force de résister. Ces parts, après tout, elle n'en faisait rien. Pour le peu qu'elles valaient. Ce n'est pas une raison pour se faire voler, pensaient Judith et Sabine, on se débrouillera autrement. Comment ? Ne t'inquiète de rien. Sabine approche des vingt et un ans, majeure à son tour dans quelques semaines, sa part d'héritage disponible. Ce que Marthe a fait pour ses cadettes, Sabine le fera. Elle pourrait devenir tutrice de Judith, en attendant le retour de la malade. Elle se voit bien dans le rôle. La défaillance de son aînée l'arrangerait presque. Elle continue à se considérer comme le point central de leur trio. Seulement, il faudrait réunir un nouveau Conseil de Famille.

Tante Rosie, informée du projet, s'est présentée en personne à la maison. Elle refusait de se prêter à une nouvelle comédie devant le juge et convaincrait les belles-sœurs de son frère, sa tante, les voisins, de l'imiter. Grand-mère Madeleine, elle-même sous tutelle, ne pouvait prétendre à aucun rôle. Pas de famille, pas de Conseil. Vous voyez où vous a menées votre entêtement. Quand on méprise l'aide des siens, il ne faut pas s'étonner de se retrouver seul, pauvre et malade. Pas la peine de venir vous plaindre.

On ne dirait pas que tu es notre tante, ont dit les sœurs Brelan : est-ce que tu nous as déjà entendues nous plaindre ? On ne te fera jamais ce plaisir-là.

Tante Rosie a ricané dans la cuisine où elle était reçue. Je me demande si je ne devrais pas laisser se tenir ce Conseil de Famille. Beau résultat à montrer au juge : une fille tuberculeuse, une autre rachitique, la troisième prête à gaspiller son dernier argent, sous prétexte qu'elle devient majeure. Allons-y, devant votre ami le juge, il va m'entendre, cette fois. Je n'ai plus envie de m'occuper de vous, mais j'obtiendrai la tutelle de Judith, croyez-moi. Je vais soustraire cette pauvre gamine à votre influence néfaste. Tâchons d'organiser cette belle fête de famille pour votre anniversaire, comme la dernière fois, le 18 avril. Vous voyez, je ne l'oublie plus, votre anniversaire, une bonne tante comme moi. Alors, c'est entendu.

Elle les tient, cette fois, cela devient risqué de se présenter devant le juge de paix. Surtout si Marthe est retenue dans une maison de repos ; Sabine empêchée de participer à la délibération, la règle si elle veut se faire nommer tutrice. Imaginons Judith seule face au Conseil. Les sœurs Brelan ne sont fortes qu'ensemble. On connaît la petite, elle dira ce qui lui passe par la tête, ça se retournera contre elle. On aura tout perdu, n'y allons pas. Si vous croyez qu'ils me font peur, dit Judith. Le juge me donnera raison. Je lui dirai ce que je veux.

C'est ce qui nous inquiète. Tu sais bien que tu te laisses emporter, des fois, quand nous ne sommes pas là pour te retenir, tu insistes vite sur les insuffisances des autres. Tu laisserais échapper une remarque sur le juge. Si tu le vexes…

Judith s'est entêtée. Le second Conseil de Famille s'est réuni un mardi. Les règles de Judith étaient revenues huit jours plus tôt. Elle les a fait constater par le Dr Bontemps, heureux de voir son opinion confirmée. Elle a pu montrer au juge que son développement, selon la médecine, n'était pas entravé par sa situation familiale, contrairement à ce que prétendait sa tante. Ses sœurs n'ont jamais su comment elle s'était comportée. Beaucoup parlé ? Gentiment ? Tu ne les as pas provoqués, au moins ? Elle s'est contentée de dire qu'elle s'était bien tenue, comme d'habitude. Comme d'habitude, vraiment ? Du début presque jusqu'à la fin, grâce à vous : comme vous n'étiez pas là, je vous ai appelées, dans ma tête. Vous m'avez bien aidée.

Marthe savait ce qu'elle voulait dire. Sabine est devenue la nouvelle tutrice. Le juge, emballé, a même proposé à Judith le statut de mineure émancipée. Pas pour l'instant, a répondu Judith. Je ne veux pas faire trop de peine, le même jour, à Tante Rosie. C'est la seule vacherie qu'elle a avouée.

Le dimanche où elle a apporté la nouvelle à Marthe, la malade était enfermée depuis près de deux mois au sanatorium de Dreux.

8

L'état de Marthe s'était dégradé du jour où le Dr Bontemps l'avait déclarée malade. Cette mauvaise mine qu'elle ne reconnaissait pas devant Grand-mère Madeleine, impossible de la masquer devant la glace, à l'heure de la toilette. Le fond de teint n'accrochait plus, les cernes remontaient à la surface dans l'instant. À table, tout l'écœurait, même le bouillon clair du soir. La fatigue, jamais éprouvée, lui tombait dessus au réveil, un poids sur les jambes, les voies aériennes écrasées, la poitrine haletante, aucune envie de se lever. Judith ne voulait pas renoncer à dormir avec sa sœur, malgré les recommandations du médecin. Les risques de contamination, Judith… Je ne risque rien, Marthe me protège, je protège Marthe. Marthe n'aurait pas eu la force de la repousser, si Sabine ne s'était pas fâchée.

La fièvre annoncée s'était installée, 38, 39, au réveil, 40 au déjeuner qu'elle repoussait.

C'est bien, avait dit le Dr Bontemps en visite, le mal se décide à sortir, nous allons l'expulser à coups de pied dans le derrière.

Judith s'en prenait à lui : on n'aurait jamais dit que Marthe était malade avant d'aller le voir. Depuis, les souffrances s'ajoutaient aux souffrances.

Vous avez raison, Judith, c'est de leur bonne santé que les médecins doivent guérir les gens.

Le seul homme capable de la décontenancer, ce Dr Bontemps. Il en rajoutait, si elle lui ouvrait la porte, pour sa visite quotidienne, aussi gracieuse que Judith, comme il disait : Ça va pire, aujourd'hui ? De fait, un premier traitement avait provoqué des expectorations colorées, signe que la tuberculose était bien installée. Il considérait un crachat sanglant comme une victoire personnelle.

Vous dites ça pour me faire enrager ? Ou vous allez nous la tuer en quinze jours, comme notre mère ?

Non, répondait le docteur, nous avons fait des progrès considérables, depuis la guerre et grâce à elle : nous mettons beaucoup plus de temps à tuer nos patients. Il y a plus grave, il nous arrive de les guérir. Mais on guérit plus franchement quand on est franchement malade. Votre sœur commence à être à point, je vous garantis le miracle.

Il aurait fallu l'envoyer à l'hôpital sur-le-champ, mais il ne voulait pas bousculer leur vie à trois trop vite. Il viendrait lui-même, deux fois par jour, faire les injections de streptomycine. Traitement brutal pour commencer et, dès que possible, une cure en maison de repos, pour son bien et le vôtre. Je ne peux pas laisser trois filles comme vous macérer longtemps dans le même jus de bacilles, sauf si vous tenez à être hospitalisées ensemble. En attendant, n'oubliez pas de désinfecter plusieurs fois par jour, eau de Javel partout, sur la vaisselle et le linge.

Le Dr Devaux, une demoiselle, la fille d'un vieux confrère ami, venait d'être nommée directrice du sanatorium de Dreux. Le Dr Bontemps lui a écrit, elle ne lui refuserait pas une place pour Marthe, en urgence. Ce serait toujours mieux que l'hôpital.

Un autocar les avait secouées jusqu'à Dreux ; à leur tourner le cœur. Les essieux craquaient, le grincement des freins, les coups de volant appuyés… les sœurs ne pouvaient plus se parler : l'impression de conduire Marthe à son exécution. À l'arrivée, malades toutes les trois, juste la force de se serrer les bras : Qu'est-ce que tu vas devenir, si loin de nous ? Qu'est-ce que vous allez faire sans moi ?

Pendant les formalités d'entrée, Judith s'est prise d'intérêt pour l'architecture du sanatorium. Deux longues ailes, d'un seul étage, de part et d'autre d'un bâtiment administratif plus élevé et surmonté d'un clocheton : Vous voulez visiter l'étage où sera installée Marthe Brelan ? Les chambres sont alignées le long d'un couloir unique, astiqué, regardez comme cela brille, cette bonne odeur de propre. On ne peut pas être mieux soigné que dans cet établissement.

Judith cherchait à encourager sa sœur, une joie sincère. Ce bâtiment rectiligne est parfait, moderne, une structure collective idéale, la maison de leur père en plus vaste ; rassurant pour Marthe.

Je vais tomber malade le plus vite possible, pour te rejoindre, Marthe. On doit être bien, ici.

Surveille-la, Sabine, Judith serait capable de faire ce qu'elle dit.

Le Dr Devaux, demoiselle d'une quarantaine d'années, en tailleur beige cintré, une raie franche séparant ses cheveux en deux masses symétriques, exactement comme les ailes du sanatorium, a remarqué Judith, tenues serrées par cinq épingles de chaque côté, les a reçues pour leur énumérer les règles en vigueur dans son établissement ; les horaires avant tout, horaires des soins, de la toilette, des repas, du lever, du coucher. Le respect des horaires semblait suffire à garantir la guérison. Une bonne tenue aussi, à toute heure, rigueur morale, la santé s'en ressent. Elle évoquait les manquements possibles avec des grimaces, tout ce qui prolongeait inutilement le séjour. Les manquements au règlement, son obsession ; Judith n'avait plus envie d'être malade.

Je suis déjà guérie, a-t-elle annoncé à Mlle Devaux.

Je ne comprends pas. Laquelle de vous trois est la malade ?

Nous le sommes toutes les trois, mais c'est Marthe qui est chargée de nous guérir. C'est notre aînée.

Le Dr Devaux a compulsé un instant le dossier de Marthe, relevé les yeux sur ces trois filles alignées devant elle. Elles formaient un clan, un obstacle à la guérison, selon elle. Un malade devait abdiquer devant son autorité. Elle n'a pas manqué de préciser que les visites étaient réglementées, pas souhaitables dans l'immédiat. L'aération, la séparation, le calme, rien de mieux pour soigner une maladie pulmonaire. Mlle Marthe Brelan est entre de bonnes mains. Ne manquez pas le car du retour.

Chassées, les deux Brelan, elles s'en voulaient d'abandonner Marthe ; la première fois de leur vie commune. Nous ne valons rien, nous ne sommes pas capables de soigner notre sœur. Entre de bonnes mains… elle va se dessécher, oui, entre les pattes de cette directrice. Nous serons responsables de sa mort. Judith voulait obliger le chauffeur de l'autocar à faire demi-tour pour aller récupérer Marthe.

Ce n'est pas comme ça que ça se passe avec moi, a dit le chauffeur. Vous êtes cinglées ? Prenez un taxi au prochain arrêt.

Elles n'avaient plus d'argent sur elles. Elles se sont dit que Marthe était la plus solide des trois. Elle survivrait ; peut-être. À l'arrêt suivant, le chauffeur attendait qu'elles descendent. Certainement pas, a dit Judith. Des cinglées.

Le plus pénible pour Marthe, les premiers temps, ce n'était pas la fièvre, pas le traitement, pas le respect des horaires ni la raideur de Mlle Devaux, le plus pénible : se sentir heureuse. Le Dr Devaux lui avait ordonné de ne plus penser qu'à elle et à sa guérison. Elle se forçait, habituée, depuis quatre ans, à n'avoir en tête que ses sœurs, plus qu'une mère et un père réunis : leur poids, leur taille, leurs règles, leur appétit, l'usure de leurs chaussures. Là, fini, le soulagement. Sabine serait bientôt majeure, elle avait promis de prendre sa part. Marthe n'était plus obligée de faire vivre les autres. Plus étonnant, le personnel de l'établissement semblait s'être donné pour mission de la faire vivre, elle. Il faudrait être malade éternellement. Cette maladie pulmonaire, elle est à moi toute seule, elle m'empêche de faire mon devoir de tutrice, je n'y peux rien. Était-il normal que le plus grand bonheur consiste à ne rien faire pour ses sœurs ? Si elle y pensait trop, ce bonheur la chagrinait. Ça voulait dire qu'elle était malheureuse depuis quatre ans ? Cette tutelle revendiquée le jour de ses vingt et un ans, une erreur, comme elle l'avait pensé le soir même, comme elle avait essayé de l'oublier ensuite ? Elle réparait son erreur par une maladie ?

Marthe Brelan se cherchait des raisons de s'inquiéter : comment Sabine et Judith mangeraient-elles, privées du salaire même modeste de leur aînée ? Si une autre partie du toit prenait l'eau ? Si la tante Rosie profitait de l'absence de Marthe pour les reprendre en main ? Elle se faisait des reproches en s'endormant ; pourtant, à cinq heures du matin, quand l'infirmière l'éveillait avec sa seringue de streptomycine, l'aiguille lui semblait légère. Le meilleur moment : enroulée dans sa couverture, sur sa chaise longue, sous le premier soleil de mars ; jamais prélassée autant. Mes sœurs ne me manquent pas. Même la toux me fait plaisir, cette irritation convulsive, suivie d'une longue détente, le bonheur à l'état pur, la preuve que le mal sort, comme l'assurait le Dr Bontemps.

Des filles se plaignaient, jour après jour, d'être loin de chez elles, obligées de subir la vie réglée du sanatorium, certaines pleuraient le soir, en pensant à leur famille ; pas elle. En mettant de côté les filles à papa et maman, les pleurnichardes, il était possible de s'entendre avec une dizaine de femmes, des confiantes, des drôles, des curieuses, des combatives. La première à laquelle elle s'était liée s'appelait Judith, Judith Folope, presque son âge, une grande osseuse à l'aise avec tout le monde.

La plus protectrice, chargée de lui montrer les lieux et les usages, était la plus ancienne et la plus fière de son ancienneté : deux ans de sanatorium, Albertine. Elle s'amusait des plaisanteries sur son compte : personne ne comprenait sa présence dans un établissement de soins. La bonne santé incarnée, cette fille-là. Large de hanches et dodue, les joues rondes et colorées audessus de mâchoires carrées, des bouclettes brunes, jamais une quinte de toux, de mémoire de malade, qu'est-ce qui lui valait le privilège de durer ? Elle laissait dire, se sachant respectée malgré tout. Le noyau s'élargissait de jour en jour.

Sa découverte la plus inattendue, après dix jours : l'établissement n'était pas réservé aux seules femmes. L'aile gauche s'appelait le Pavillon des Femmes, il ne lui était pas venu à l'idée que l'aile droite pouvait être un Pavillon des Hommes. La séparation était franche, réfectoires, jardins de promenade différents. Même les terrasses où s'étalaient les chaises longues étaient orientées à l'inverse l'une de l'autre : devant le bâtiment et à gauche pour les femmes, derrière et à droite pour les hommes.

Marthe a déclenché les moqueries le jour où elle s'est étonnée d'une conversation entre deux patientes parmi les plus jeunes. Le garçon, là, le grand qui se met torse nu et se tourne vers elles... Quel garçon ? Où ? L'autre pavillon ? Quel pavillon ? Écoutez ça, les filles, Marthe Brelan ne connaît pas le Pavillon des Hommes... Ce n'est pas possible... Tu fais semblant... Elle n'a pas repéré les garçons... Peut-être parce qu'elle ne sait pas ce que c'est qu'un garçon... Tu as quel âge ? Vingt-cinq ans ? Pas croyable... On lui en montrera.

Il suffit de se réunir dans la chambre au bout du couloir, à l'extrême gauche, celle de la grande Françoise, la veinarde, elle en profite bien. On ouvre sa fenêtre, en se penchant bien sur la droite, on voit la terrasse des hommes. On peut même agiter le bras, ils vous répondent.

Pourquoi la terrasse des hommes n'est-elle pas orientée comme la terrasse des femmes ?

Vous l'entendez ? Pourquoi ? Mais parce qu'il y a un soleil pour les hommes et un soleil pour les femmes. Tu ne le savais pas non plus ? Idiote, elle va te croire.

Marthe tousse de colère. Elle ne veut pas passer pour une imbécile auprès de gamines qui se croient délurées. Elle vit avec des femmes, depuis toujours, elle n'a jamais fréquenté d'hommes, mais elle travaille avec eux. Elle connaît leurs obsessions, elle sait les remettre à leur place. Elle n'a pas peur de les côtoyer, d'ailleurs elle ne voit pas pourquoi ce serait interdit de les croiser dans un hôpital.

Va expliquer ça à Mlle Devaux. C'est le règlement. Elle te dira que c'est une question de dignité : Mesdemoiselles, l'homme est fort, votre père, votre frère, votre mari… Il ne serait pas digne de le voir affaibli. Mesdemoiselles, la femme est fraîche et courageuse. Voir des femmes malades, ce n'est pas sain pour des hommes. Préservons chaque sexe de la déchéance de l'autre. On voit que Marthe est bien préservée. On ne sait pas si tu seras autorisée à entrer dans la chambre de la grande Françoise.

Marthe s'était crue entourée d'amies nouvelles, elle déchantait. Judith Folope n'avait pas été la dernière à rire ; elle a pris sa place à côté d'elle, au dîner : Tu n'es pas la seule à t'être fait avoir. Elles en profitent avec les nouvelles, les deux vieilles plus que les autres, les deux Louise. Vieilles ; dans les trente ans ; les hommes, ça les connaît. Si elles t'embêtent, dis-leur que tu sais.

Que je sais quoi ?

Elles comprendront.

Mais moi, je ne comprends pas, je vais encore avoir l'air bête.

La plus âgée des deux Louise, selon Judith, avait couché avec un soldat allemand, pendant la guerre. Tu imagines la honte. Depuis, elle essaie de faire croire qu'elle couche avec tous les Français, pour se rattraper. Tu vois la réputation. L'autre a couché avec un soldat américain, à la Libération, un Noir. Il a été fusillé ensuite. Un Allemand, un Américain, ça ne les empêche pas d'être du même camp, toutes les deux, et de se moquer des saintes vierges comme toi. Pas la peine de te remuer les sangs pour si peu.

Des femmes pouvaient avoir connu des hommes dans ces conditions ; elle le savait, mais manger et prendre le soleil à côté d'elles, c'était troublant pour Marthe. Elle avait dû tomber malade pour approcher de nouvelles formes d'existence, dégoûtantes, mais intrigantes. Elles avaient trop vécu entre sœurs, il était temps que ça change. Pour commencer, cesser de s'étonner, devant les autres filles, des histoires d'hommes ; faire comme les autres, plus que les autres. Profiter de sa maladie. Elle a obtenu de la grande Françoise le droit d'observer la terrasse des hommes, depuis sa fenêtre de chambre. Elle y passait plus de temps que personne. Fière, quand une Louise lui a dit : je n'aurais pas cru ça de toi.

9

Les sœurs Brelan se sont retrouvées les dimanches. Un bon mois de séparation, elles ne savaient plus se parler. Marthe n'avait que des pensées inavouables. Judith était convaincue que sa sœur était mal soignée et lui proposait de rentrer à la maison par le prochain autocar. La fuite, pas d'autre issue pour elle. On lui avait volé son aînée. Elle n'aimait pas la nouvelle Judith, une voleuse de prénom, une voleuse de sœur.

Tu n'es plus la même, Marthe, je ne comprends pas. Tu nous présentes ces filles autour de toi, je suis sûr qu'elles ont une mauvaise influence.

Sabine ne disait rien, pas inquiète. Marthe serait bien obligée de rentrer, une fois guérie. Changée ou non, elle reprendrait sa place à côté d'elles ; pas au-dessus, ce serait la seule différence.

Les deux cadettes changeaient aussi. Sabine avait obtenu la tutelle sur sa sœur à la fin d'avril ; le permis de conduire quelque temps plus tard. Elles ont débarqué en Monasix, en compagnie, pour la première fois, de Grand-mère Madeleine. Le Pavillon des Femmes a été agité deux heures durant de ses conversations et de son rire descendant, la sieste la plus anarchique jamais vue sur la terrasse : des questions à chacune, compliments, encouragements, comme si elle avait une trentaine de petites-filles. Même les Louise étaient conquises. Elles voulaient revoir Grand-mère Madeleine tous les dimanches. Les moqueuses ne se moquaient plus de Marthe : Tu ne ris pas aussi fort que ta grand-mère, mais tu as son allure. Elle prenait de l'importance dans le pavillon. Son seul regret : devoir son importance à sa grand-mère.

Une autre inquiétude, au moment de se séparer de ses sœurs et de Grand-mère Madeleine : plus de salaire, plus d'argent, qui a payé le permis de conduire de Sabine ? Les pièces de Grand-mère Madeleine ? On sait ce qu'elles valent. La part d'héritage tout juste débloquée ? Que va-t-il en rester ? Partez vite.

Marthe se rappelait avoir masqué ses ennuis d'argent à ses sœurs, elle reconnaissait chez Sabine son attitude fuyante d'alors. Tu ne me caches rien, Sabine ? Rien, évidemment. Aucune n'insistait. Sabine considérait que Marthe apprendrait bien assez tôt, quand son état le permettrait, ce qu'elle avait entrepris.

Elle avait pensé reprendre la place de son aînée au cabinet d'architecture Cicéro ; entraîné Grand-mère Madeleine à Boulogne, à l'ouverture des bureaux. Qui s'annonce ? Les Brelan ? Encore ? Je ne suis pas là.

Elles, elles sont bien là. Grand-mère Madeleine n'est pas du genre à attendre derrière une porte, elle occupe déjà le fauteuil face au bureau. À mon âge, on n'a pas le temps d'attendre que les messieurs vous offrent un siège. Elle lance son rire de très haut.

Je sais que vous serez content d'avoir des nouvelles de Marthe. Elle se dépêche d'aller mieux, mais une cure, c'est long. Je sais, je sais, vous trouvez que ça traîne. Elle devrait déjà avoir repris son poste. Le rire descend et roule un moment. Il vous faudra patienter un moment. En attendant, regardez, je lui ai trouvé une remplaçante, Sabine fera l'affaire. Le rire touche terre.

M. Cicéro se lève, va vers la porte, revient ; il préférerait ne pas engager de discussion. Il sait qu'on ne se débarrasse pas de la famille Brelan, encore moins de la grand-mère. Le poste de Marthe, était-ce un poste ? Plutôt une faveur.

Si vous l'appelez comme ça, alors je demande une deuxième faveur pour Sabine.

Pourquoi pas une troisième ? Vous ne me ferez pas avaler les trois sœurs Brelan. La première a été suffisamment tenace, elle a eu ce qu'elle voulait. Elle tombe malade, je ne vous dois plus rien.

Grand-mère Madeleine entend ce qui l'arrange : la deuxième est encore plus tenace. Et, si vous preniez la troisième, vous ne seriez plus le maître chez vous. Alors, Sabine toute seule, vous êtes gagnant.

Elle lui donne deux tapes sur la main, un petit garçon, comme son fils Louis. Elle reprend l'histoire, Louis, justement, les débuts du cabinet Cicéro, les fonds avancés. Elle refait les comptes, se perd dans les millions. Il faudrait corriger ses exagérations, perdu d'avance. La vieille Brelan ne quittera plus son fauteuil. Elle sait que M. Cicéro n'osera pas la mettre dehors. Il est fatigué, si tôt le matin. Il concède que le cabinet met en place un nouveau système d'accueil téléphonique. Il serait prêt à confier une place de standardiste à Sabine Brelan.

C'est tout ? Grand-mère Madeleine ne rit plus. Répondre au téléphone, ce n'est pas un métier. M. Cicéro se sent mieux : J'ai fait un effort, vous refusez ma proposition, n'en parlons plus. Je trouverai quelqu'un d'autre.

Sabine retient Grand-mère Madeleine : Laisse, on peut faire beaucoup, si on tient le téléphone dans une maison.

On ne se débarrasse pas des sœurs Brelan. Sabine a vite appris à écouter, évincer, retenir les interlocuteurs, à fixer elle-même les rendez-vous. En trois semaines, elle était devenue indispensable. Il ne fallait pas que Marthe le sache trop vite.

Deux sœurs ensemble, ce n'était plus trois, l'équilibre était rompu ; Marthe manquait. Sabine entendait exercer sa tutelle sur Judith. Elle la commandait davantage, lui attribuait des tâches. Puisque tu ne veux pas travailler à l'extérieur…

Judith ne voulait pas se transformer en servante de la maison. La tutelle, c'était une protection pour une mineure, pas une dictature. Marthe, sept ans de plus qu'elle, n'avait jamais traité Judith autrement que comme une petite fille plus durement touchée par la mort de ses parents que les grandes. Bienveillante, elle lui avait épargné les tâches difficiles, passé ses excès. Elle ne l'avait pas contrainte à retourner au lycée, puisqu'elle avait passé l'âge de l'obligation scolaire et étudiait toute seule plus intensément qu'avec n'importe quel professeur. Ces faveurs accordées à Judith n'avaient pas toujours convenu à Sabine. Elle pouvait le dire fort, depuis qu'elle était devenue sa tutrice.

Judith savait tout de l'urbanisme de l'Antiquité à l'époque moderne. Elle faisait des citations des architectes utopistes depuis la Renaissance. Elle connaissait par cœur les traités d'Étienne Louis Boullée et de Campanella. Elle répétait que rien d'autre ne l'intéressait, mais elle n'aurait jamais le moindre diplôme sur la question. Elle serait bien obligée d'accepter n'importe quel travail, comme ses sœurs.

Qu'une seule travaille, c'est suffisant, disait Judith. On n'a pas besoin de beaucoup d'argent. Si tu n'avais plus à me nourrir, tu me laisserais tomber, peut-être.

Sa grande peur, depuis les disparitions successives de leurs parents, se voir abandonnée une nouvelle fois, et par ses sœurs. Sabine cherchait à raisonner avec elle : Imagine que Marthe se marie. Imagine que je me marie aussi. Si tu n'as pas de métier…

Si vous vous mariez, j'épouserai vos maris.

Qu'est-ce qu'elle inventait ? Toujours tes idées saugrenues, Judith. Non, non elle ne pouvait pas être plus sérieuse. Sérieuse encore, quand elle jugeait inacceptables pour elle les postes occupés par ses sœurs chez M. Cicéro. Secrétaire, standardiste, pas des métiers à sa hauteur.

Leur père avait trop entretenu Judith dans ses rêveries d'enfant, pensait Sabine, et dans un sentiment de supériorité. Sa petite reine à part, comme il l'appelait, sa dame de cœur. La plus jeune, la plus percutante, la plus originale, on l'avait assez entendu. Atténuer ses souffrances, quand elle sortait de l'enfance, on pouvait l'admettre. Sourire de ses fantaisies, au début, c'était naturel. Mais à dix-huit ans, une fille qui revendiquait sans cesse un haut niveau de réflexion, il était grand temps de la voir mûrir. Toujours viser l'inaccessible, trop commode pour ne jamais rien faire.

Je ne demande rien d'inaccessible. Je pense comme papa, c'est tout. Je n'accepterai de profession qu'au service du progrès humain. Si mon travail ne change pas le monde, je préfère ne rien faire.

On a le droit de parler de cette manière à dix ans, pas à vingt. Tu devrais avoir compris, avec la vie que nous avons eue.

Sabine la menaçait de dénoncer sa mauvaise tête à Marthe, à leur prochaine visite à Dreux. Judith écouterait peut-être davantage son aînée.

Si tu profites de sa maladie pour la mettre contre moi, ce n'est pas bien. Si tu lui parles, je lui parlerai aussi : elle sera contente d'apprendre que tu lui as piqué sa place chez Cicéro.

Devant Marthe, elles s'observaient : tu ne diras rien, je ne dirai rien.

Enfin, répétait Marthe, comment occupez-vous vos semaines ? Vous n'avez rien à me raconter ?

Grand-mère Madeleine sauvait le dimanche par ses rires, ses promesses de voyage : Tu as meilleure mine, Marthe. La prochaine fois, j'irai voir la directrice. Elle t'autorisera une petite sortie en voiture. Nous roulerons dans Paris, je vous offrirai le restaurant. J'inviterai toutes les filles d'ici, nous remonterons les Champs-Élysées ensemble. Dimanche prochain, promis ?

Les vingt filles présentes faisaient semblant d'y croire.

10

Comment est-ce arrivé ? Par étapes ou d'un seul coup, Marthe n'en savait plus rien. Après trois ou quatre mois ? Davantage, le temps de la cure se dilatait. La maladie lui semblait s'effacer, n'avoir jamais existé. Ni fièvre, ni toux, plus d'injections de streptomycine, que faisait-elle à Dreux, sinon suivre un rituel de cure de plus en plus dénué de sens ? Le sentiment de bonheur initial se diluait. Elle demandait au Dr Devaux la date de son départ, puisqu'elle n'était plus malade.

Le silence de la maladie ne signifiait pas la guérison. On l'avait réduite, on ne la dominait pas encore, une rechute était à craindre. Elle ne devait pas compter sortir avant plusieurs mois ; le début de l'année suivante. Autant dire l'infini. Je ne pourrai pas attendre aussi longtemps, répétait Marthe aux autres filles. Elles en étaient toutes là. Avec Mlle Devaux, on ne savait jamais : regardez Albertine, elle a encore grossi et rosi, jamais plus vigoureuse de toute son existence, et elle reste.

Judith Folope la réconfortait. Elle était là depuis plus longtemps que Marthe et ne se plaignait pas, au contraire. Elle se trouvait plus libre, au sana, loin de la rigueur et de la terreur imposées par ses parents : Tu ne peux pas savoir la chance que tu as d'être orpheline.

Marthe protestait : Je n'ai pas de parents, mais j'ai des sœurs. C'est presque pire.

Alors, tu vois, c'est ici que tu es libre, toi aussi.

Elle l'avait pensé, libre, au début, mais il ne fallait pas s'exagérer la liberté du sana : chaque minute de leur vie était sous le contrôle de Mlle Devaux et de son règlement, du lever au coucher. Ensuite, on dormait.

Toi, tu dors, ce n'est pas le cas de tout le monde. Je me demande s'il n'est pas temps que nous te proposions… Oui, je crois que tu es mûre.

Comment ça, mûre ?

Mûre pour être avec nous.

Marthe se croyait admise par toutes depuis un certain temps… à table, à la cure et même dans la chambre de la grande Françoise.

Oui, mais pour le reste ?

Quel reste ?

Vraiment, elle ne savait pas ? Elle n'avait rien remarqué ? Alors, il valait mieux s'en tenir là.

Marthe voulait en savoir plus, Judith Folope esquivait. Voulait-on se moquer d'elle, comme au début, la faire passer pour une idiote ? Elle croyait avoir fait ses preuves. Une obsession nouvelle pour Marthe, regarder chacune, se demander ce qu'elles faisaient pour être plus libres qu'elle. Elle a pensé que tout partait de la chambre du bout, d'où les filles observaient la terrasse des hommes. Elle est devenue toujours plus assidue. Des jumelles de théâtre étaient apparues et circulaient de main en main. On se montrait un frisé sous sa couverture, un grand brun gominé endormi. Un homme endormi sous leurs yeux, elles en poussaient des cris. Avec les jumelles, on se croit près de lui. Comme si tu étais éveillée près d'un garçon qui dort. Tu te rends compte de ce que ça représente ? Comme s'il s'était endormi après. Après quoi ? Question à éviter, oui, oui, elle devinait, ce serait ça, être avec un homme. Elle y prenait goût, même si elle préférait regarder ceux qui ne dormaient pas. Les vivants animés la troublaient davantage.

Était-ce cela leur liberté de filles cloîtrées, ce spectacle des hommes allongés sur leur chaise longue ? Pourtant, Marthe s'étonnait de ne jamais rencontrer Judith dans la chambre du bout. Tu n'y es pas, disait Judith Folope. Je refuse de payer pour regarder des hommes avachis à deux kilomètres.

La grande Françoise faisait payer un droit d'entrée, même dérisoire, à toutes celles qui voulaient profiter de sa fenêtre. La propriétaire des jumelles, une nouvelle, les louait aussi, à la minute.

Quand tu payes, répétait Judith, tu n'es pas libre. Si tu veux t'amuser pour rien, joins-toi à nous. Je peux avoir confiance en toi ?

Marthe ne savait plus quoi penser. Judith Folope lui a dit de se tenir prête après dix heures. Suzy, une ancienne avec qui Marthe avait parlé quelquefois, sans plus, a entrouvert sa porte, un geste d'appel, plus vite. La chambre de Marthe tenait le milieu du couloir, une longue distance à couvrir, les pieds nus, pour ne pas faire grincer les lattes du parquet.

Où courent-elles ? Dans le bâtiment administratif ? Des filles malintentionnées ont-elles décidé de la ridiculiser ? Ne t'en fais pas, on laisse sur la droite l'appartement privé de la directrice ; tout à gauche, la réserve de la bibliothèque ; Suzy en a la clé, elle aide la bibliothécaire, deux après-midi par semaine ; une pièce sans fenêtre, avec des rayonnages métalliques où s'empilent les excédents qui ne trouvent pas leur place dans la bibliothèque, des livres démodés, quelques vieux ouvrages aux reliures trop fragiles. Une ampoule nue surplombe la pièce, on jette une cape sur le bas de la porte, pour masquer la ligne de lumière.

Deux filles sont déjà assises sur des cartons et étouffent leurs rires de pensionnaires devant la surprise de Marthe. Elle reconnaît Albertine. Comment se trouve-t-elle là, avec ce qu'on raconte sur elle et la directrice ? La présence de la deuxième est tout aussi étonnante : une des filles les plus renfermées, dix-neuf ou vingt ans, jamais un sourire ; elle l'a juste remarquée pour sa légère claudication. Marthe ignore jusqu'à son prénom. Et Judith Folope ? Elle a été retardée, elle arrive.

La réputation de sérieux de toutes ces filles trouble Marthe. Elle s'attendait à entrer dans le cercle des malades les plus rétives au règlement, les Louise, quelques autres qui passent leur journée à se faire reprendre, parce qu'elles restent trop longtemps au lit, sont introuvables à l'heure des médicaments, se remplissent les poches de sucreries, les fortes têtes. Les présentes sont parmi les plus scrupuleuses.

Judith a ses raisons. Elle ne fait pas confiance à celles qui ne respectent rien. Elle a observé Marthe depuis des semaines. Elle l'a vue endurer les piqûres sans se plaindre, irréprochable dans l'exécution des ordonnances, le respect des horaires, malade modèle, comme les apprécie Mlle Devaux. Pour la directrice, nous sommes les vraies femmes, obéissantes. Elle harcèle les autres, les Louise, elle nous fait confiance. Comme ça, nous avons la liberté de nous retrouver entre nous, la nuit, quand les règles du sana ne s'appliquent plus. Tu t'inquiètes ? Tu te demandes où tu es tombée ? Tu nous parles souvent de tes sœurs, dis-toi qu'ici nous sommes vraiment tes sœurs.

Le mot la rassure. Et cette fille si renfermée, que les autres appellent Michelle, fait circuler une flasque de porto avec le plus large sourire. La gaieté monte en quelques minutes. Judith la contient, il est préférable d'étouffer les rires, la surveillante occupe une pièce de l'autre côté du couloir. C'est plus excitant comme ça, selon Judith Folope.

Suzy sort un attirail de maquillage. Tu ne te fais jamais les yeux, Marthe ? Des yeux gris, pas commode ; un peu de rose, c'est bien avec le gris. Essaie. Et les joues ? À part Albertine, nous sommes malades et pâles, le rouge ne peut pas nous faire de mal. Mets-en davantage, regarde comme ça te change, une vraie beauté. Raccourcis ta jupe, dégage tes bras. On va t'apprendre. Tu aplatis toujours tes cheveux, tu as tort, ils sont souples et épais. Viens, je vais te coiffer comme Ava Gardner.

Deux, trois heures d'excitation, des jeux de filles, comme elle n'en avait jamais connu, avec les périodes successives de grand deuil et de demi-deuil, pour sa mère, puis pour son père. À la fin, elles se démaquillent, reprennent leur allure de patientes obéissantes pour aller dormir.

Tu n'avais pas parlé de garçons ? ose demander Marthe en partant.

Tu es trop gourmande d'un seul coup. Je ne t'ai jamais dit qu'il y aurait des hommes.

Marthe n'en revenait pas. Elle était la plus âgée du cercle et elle se conduisait comme une petite fille. Se laisser aller à des jeux enfantins, à son âge, ce n'était peut-être pas si bien ? Si, le meilleur moment de sa journée, le plus attendu. La discipline militaire du sanatorium lui pesait à la fin. Le relâchement du soir devenait un nouveau rite, le plus heureux. Du moment que personne ne le savait, elle pouvait se dire qu'il ne se passait rien de grave ; du moment qu'elles étaient les premières levées, les premières aux soins, à table.

Vous avez les traits tirés, cette semaine, disait pourtant Mlle Devaux, pas la peine d'essayer de me les cacher avec de fausses couleurs ; signe que le mal couve ; que montre la radio ? Toujours des traces au poumon droit ? Vous prenez bien vos médicaments, Marthe, évidemment. Et toujours le plus grand calme, rien de mieux que le calme. Nous prolongerons la cure de six mois, si c'est nécessaire.

Un désastre quelques jours plus tôt, une bonne nouvelle à présent, la promesse de nuits animées. Les cinq filles se sentaient de mieux en mieux ensemble, chantaient à voix basse, s'en souvenaient le lendemain comme à tue-tête. Michelle leur montrait le flamenco, appris au cinéma. Sa boiterie disparaissait dans la danse. Elles assourdissaient leurs battements de mains et leurs coups de talon. Elles jouaient des scènes d'amour, de dispute. Comme elles se déplaçaient toujours sans chaussures, Michelle, la passionnée de cinéma, avait eu l'idée de leur faire jouer *La Comtesse aux pieds nus*. Marthe n'avait pas vu le film de Mankiewicz. Suzy la coiffait : c'est toi Ava Gardner, la comtesse. À la fin, tu dois mourir. Non, non, arrêtez avec votre comtesse, elle est trop triste. Suzy était la plus douée pour improviser les rôles : prostituée comme dans les films, maquillage appuyé, moues aguicheuses, l'art de détacher les bas, de les rouler sur la cuisse et le mollet, de les jeter enfin, par-dessus l'épaule. Judith s'en emparait, menaçait de ne pas les rendre. Les rires montaient, il fallait se retenir.

À ton tour, Marthe, les bas, les bas.

Elle ne savait pas s'y prendre, au début, la pensée de ses sœurs lui revenait. Elle se voyait un instant de l'extérieur, avec leurs yeux : vingt-cinq ans, l'aînée sérieuse, en charge de ses cadettes. Non, plus en charge du tout, une autre vie, celle qui lui avait manqué à seize ans, la maladie, l'excitation du groupe, elle s'oubliait. Elle esquissait les gestes, accrochait et décrochait les bas couleur chair avec de plus en plus d'aisance.

Tu es la meilleure pour les bas, le plus beau moment de la soirée.

Elle sortait épuisée de la réserve, à trois heures du matin, incapable de s'endormir avant cinq heures. Le parquet avait parfois laissé une écharde à son pied nu. Un chagrin remontait de l'insomnie : était-il possible de changer de sœurs ? De préférer des sœurs étrangères aux vraies ? De s'amuser, nuit après nuit, avec des filles dont elle ignorait presque tout, et de n'avoir plus grand-chose à dire, le dimanche, à celles dont elle avait partagé la vie entière ?

11

Suzy lui en a parlé la première. Ses après-midi dans le bâtiment central, au service de la bibliothécaire, lui permettaient de croiser les hommes. L'un d'entre eux lui avait parlé de Marthe. Comment était-ce possible ? Elle n'était pas sortie du pavillon depuis des mois. Mais ce que les femmes faisaient, s'arc-bouter à la fenêtre de la dernière chambre pour apercevoir la terrasse des garçons, les hommes le faisaient aussi, depuis leur aile.

Le garçon rencontré par Suzy lui avait parlé d'une grande dormeuse, qui ne bougeait pas de sa chaise longue des heures durant. Marthe, depuis qu'elle participait aux soirées de la réserve, récupérait l'après-midi, sieste profonde, cuite par le soleil de la fin de l'été.

Je ne suis pas la seule, nous sommes quelques-unes à dormir vraiment à cette heure-là.

Sans doute, mais un casque de cheveux noirs ondulés, comme Ava Gardner, qui d'autre que Marthe ?

Il a dit ça, Ava Gardner ? Tout le monde le disait, depuis que Suzy la coiffait.

Alors, il la regardait dormir ? Une honte ; exposée aux regards des hommes, endormie.

Tu vas bien dans la chambre de la grande Françoise ? Qu'est-ce que tu fais d'autre ?

Ce garçon aimerait lui parler, la voir. De près ? Mais je ne suis pas Ava Gardner, de près.

Sa courbe de température connaissait de nouveaux pics. Mlle Devaux s'apprêtait à ordonner des radios complémentaires. Marthe n'osait plus s'allonger sur la terrasse ou pas longtemps. La pensée des regards posés sur son corps l'empêchait de s'assoupir. La fatigue s'amplifiait, elle luttait pour ne plus participer aux soirées de la réserve, elle y retournait. Elle espérait entendre parler du garçon, apprendre son nom au moins.

Suzy lui a montré sa fiche de lecteur : il avait écrit Charles Coutelle en lettres tremblées. Un nom inquiétant, disait Judith, comme un couteau, tu devrais te méfier. Albertine l'encourageait au contraire : Coutelle, un couteau au féminin. À ta place, j'irais le rencontrer à la bibliothèque. Tu n'y vas jamais ? Tu n'aimes pas lire ? La lecture, chez les sœurs Brelan, était l'affaire de Judith. Curieux, chez vous : si l'une d'entre vous lit un livre, ça suffit aux deux autres. Oui, Marthe était la seule à travailler pour ses sœurs. Aujourd'hui elle était malade pour trois. Michelle trouvait que les sœurs Brelan poussaient trop loin le sens de la famille.

Nous ne sommes pas une famille, nous sommes des sœurs.

Tu devrais expliquer ça à Charles Coutelle, il sera content d'apprendre qu'il peut en avoir trois pour une.

Comment ça, l'avoir ? C'est ce qu'elle voulait depuis un moment, non ? Tout le monde le voyait bien, ici. Suzy s'est chargée de préparer le rendez-vous. Marthe a erré une demi-heure devant les rayons avant de voir apparaître Charles Coutelle. Ils s'observaient sans parler, la bibliothécaire, coiffée comme Mlle Devaux, appliquant le règlement de la maison :

les lecteurs ne devaient pas déranger les autres par des échanges inutiles, surtout s'ils n'étaient pas de même sexe.

Marthe le reconnaissait, un des deux ou trois qu'elle avait examinés à la jumelle, le plus singulier, une allure longiligne, encore plus frappante de près. La tension de son visage en allongeait les traits. L'été ne lui avait pas donné beaucoup de couleurs ; ses mains, en particulier, étaient comme vidées de leur sang, affinées, sans veine saillante. Albertine avait raison : Coutelle, un nom féminin, des mains de fille ; la maigreur faisait ressortir ses mâchoires aux angles adoucis. Il maîtrisait mal son agitation devant elle, mais sa minceur efféminée rassurait Marthe. Ils se croisaient, se tenaient un instant l'un en face de l'autre, s'éloignaient pour ne pas inquiéter la bibliothécaire.

Suzy s'est chargée de distraire son attention. Elle a prétendu que Marthe Brelan, ancienne étudiante en droit, cherchait des ouvrages de ce genre, introuvables ici. Un rayon spécial ? En réserve ? La bibliothécaire cherchait, le droit, non, on nous en demande si rarement. Charles Coutelle a juste eu le temps de faire savoir à Marthe qu'il était pressé, pas en bon état, la voir de loin lui donnait des forces. Qu'est-ce que ce serait de près ? Il n'était plus occupé que d'elle, Suzy lui avait assuré que Marthe était dans le même état. Nous sommes dans un endroit où nous devons aller vite. Où mieux nous rencontrer ?

La bibliothécaire avait déniché un Dalloz défraîchi. Si Marthe s'intéressait au droit, on pouvait faire une commande sur les restes des crédits. Elle ne la lâchait plus, pour une fois qu'une lectrice avait un centre d'intérêt précis. Suzy poursuivait la négociation avec Charles Coutelle, au nom de Marthe.

Ils devaient se retrouver le soir même à la réserve. Les quatre autres filles seraient là, pour l'aider, la soutenir, la protéger peut-être. Pourquoi la protéger ? On ne sait jamais, disait Judith. Mais comment se parler au milieu de quatre gardiennes ? Si elle préférait, elles la laisseraient seule avec Charles Coutelle. Elle ne le voulait pas non plus. Que les filles soient tout près, mais dehors, devant la porte. Au milieu du couloir, exposées à la ronde de la surveillante ? Au passage de Mlle Devaux ? Marthe était déjà prise, la passion instantanée, prête à sacrifier les copines, on ne te reconnaît plus. Débrouille-toi toute seule.

Michelle seule a pris le risque, cela l'excitait de rester à la porte, après avoir introduit Marthe Brelan, puis Charles Coutelle, dans la réserve de livres. Sous l'ampoule, il semblait encore plus pâle qu'à la bibliothèque, et plus creusé ; la même agitation d'homme qui ne tient pas en place, crispé. Cette animation apaisait Marthe : il a peur de moi. S'il a peur de moi, je n'ai plus peur. Il répétait qu'il n'avait pas beaucoup de temps. Ce soir, ni plus tard. Il vivait dans l'urgence de tout. Sa maladie, la rechute, il voulait connaître la vie à toute allure ; il s'était fixé sur elle, comme sur l'unique chance de son existence.

On guérit de notre maladie pulmonaire, aujourd'hui, disait Marthe. Les antibiotiques… Charles Coutelle était allergique aux antibiotiques. Ils le mettaient dans un tel état qu'il préférait laisser la maladie faire son chemin. De nouveaux médicaments étaient à l'essai, il n'aurait peut-être pas le temps d'en profiter. Pressé, pressé, l'œil brillant de fièvre, il avait un si grand désir de vivre des bonheurs inconnus. Nous sommes pareils, tous les deux. Sans doute, mais Marthe ne voulait pas précipiter le bonheur. Ils se connaissaient si peu, elle avait besoin de s'habituer à son image, à son corps.

Je suis trop maigre ? Je t'effraie ? Mais notre corps ne compte pas. Je ne demande même pas à t'embrasser. Ne prenons pas le risque de mélanger nos bacilles. Nous devrons nous toucher sans nous toucher. Tu comprends ? Pressé, pressé.

Marthe voulait prendre le temps de comprendre. Revoyons-nous demain.

Suzy pensait que Charles Coutelle idéalisait sa maladie : il avait besoin d'une infirmière, la plus pure possible, Marthe, pour s'apitoyer sur lui comme une mère. Sa mauvaise santé devait l'avoir rendu impuissant. Pour Judith, la maladie pulmonaire, au contraire, décuplait son excitation. Il voulait une femme disponible sur-le-champ. Marthe avait eu raison de le faire attendre. Tout dépend de ce que tu cherches, disait Albertine, connaître un homme ou connaître l'amour. Ce n'est pas la même chose. Michelle aurait aimé être à sa place ; avoir les mêmes doutes ; elle croyait n'avoir aucune chance de se retrouver dans la même situation, avec sa boiterie.

Je lui dirai que tu annules le rendez-vous de ce soir, a dit Suzy. Il te faut un homme plus sûr, pas cet efféminé malade qui ne sait même pas ce qu'il veut.

Dis-lui plutôt d'être à l'heure. Je ne sais pas ce que je veux faire avec lui, mais je le ferai.

Elles étaient quatre à la porte, cette nuit-là. Elles écoutaient, elles s'inquiétaient de ne rien entendre. Préférable qu'ils parlent bas, mais à ce point ? Ou ils ne se parlent pas du tout, encore mieux. Ils pourraient soupirer, au moins. Qu'est-ce que tu sais des soupirs, Michelle ? Ils se retiennent, ils savent que nous sommes à côté. Laissons-les. Mais ils ne sauront pas que nous sommes parties. Autant rester.

Un fracas étouffé dans la réserve, ils se sont lancés ? Et s'il lui fait du mal ? Maigre comme il est ? Les secs sont parfois les plus méchants. Qu'est-ce que tu connais aux secs, Michelle ? Judith s'est décidée à entrouvrir la porte, pour sauver Marthe. Charles Coutelle posait des cartons de livres côte à côte ; l'un d'entre eux était éventré, Marthe rassemblait les ouvrages tombés.

Judith a tiré la porte sur elle. Ça ne se passait pas trop bien. S'ils en étaient à ranger des livres… Ils se fabriquent un lit, a dit Michelle, c'est bon signe, au contraire. Rouvre la porte. S'ils voyaient la porte ouverte, ils seraient paralysés. Mais s'ils se couchaient sur leurs cartons de livres, ils ne verraient plus la porte. Michelle voulait les regarder, comme au cinéma. Dommage, ils étaient en partie masqués par les rayonnages plus ou moins remplis. Les jambes de Marthe dépassaient, les bas, elle en était aux bas. Elle lui fait le coup des bas, comme Marlène Dietrich, j'ai bien fait de lui montrer. Oui, mais un seul bas. Charles Coutelle se foutait des bas et de Marlène Dietrich, pressé, pressé. Il avait gardé son pantalon, courbé au-dessus des jambes de Marthe. Il lui appuyait sur les genoux. Marthe résistait, lui demandait de la douceur. Qu'il l'embrasse au moins sur les bras, les épaules, s'il ne fallait pas mêler leurs salives. Rien avec la bouche, a dit Charles Coutelle. Même les mains pourraient être contaminées. Je ne peux pas te caresser. On ne peut se toucher que par là, en bas, laisse-toi enfoncer la pointe. Je peux plus attendre. Les genoux de Marthe se relâchaient, s'éloignaient l'un de l'autre. Les jambes de Charles fléchissaient. Déjà fini, trop pressé, Charles Coutelle.

Il reculait, il bafouillait. Les jambes de Marthe l'ont rattrapé, serré. Elle ne voyait pas pourquoi il fallait s'arrêter là. Ce serait difficile, pour le moment, selon Coutelle. Il regrettait, Marthe l'excitait beaucoup trop depuis des semaines, ça devait arriver.

Marthe s'était assise sur les cartons, elle a aperçu Michelle, un moment de colère, une sale tête. Je comprends, tu m'en veux, a dit Charles Coutelle. Michelle a adressé à Marthe un signe d'encouragement et articulé en silence, en détachant les syllabes, le nom d'Ava Gardner.

C'est bien de recevoir de l'aide, a dit Marthe. Alors je vais t'aider aussi. Elle l'a attiré vers les cartons, bien caché derrière les rayons de livres. Je n'aurais pas cru que ça reviendrait si vite, disait Charles Coutelle.

Marthe a élevé la voix : Je ne veux plus voir personne.

Coutelle croyait qu'elle le jetait dehors, pour se moquer de lui. Non, elle ne voulait voir personne d'autre que lui. Il n'a pas cherché à comprendre, elle le dirigeait vers elle.

Michelle avait tiré la porte derrière elle. Alors ? La première scène était ratée, ils la rejouaient, il fallait un peu de patience.

Elles commençaient à trouver le temps long, c'était bon signe. La lumière du couloir s'est allumée, surveillante ou Mlle Devaux, ce n'était pas le moment de se faire surprendre devant la réserve, les quatre filles s'y sont jetées. Charles et Marthe se sont redressés. Le garçon s'affolait, ces quatre filles allaient s'en prendre à lui… Pas le moment de faire du bruit, Albertine a étouffé ses protestations sous la jupe de Marthe, les autres l'ont maintenu à demi allongé, en silence, pendant que des talons se rapprochaient, s'éloignaient. La minuterie du couloir s'est éteinte sous la porte. Elles ont relâché Coutelle. Il rattachait son pantalon, furieux, persuadé que Marthe s'était amusée avec lui, que toutes les filles s'étaient donné le mot pour le voir, profiter de lui, peut-être. Ces talons sur le parquet, il les avait entendus ? Il imaginait une comparse, un traquenard de filles, il gardait un doute.

Les filles auraient voulu savoir ce que Marthe avait éprouvé, au moment où… la deuxième fois… Elle refusait de donner des détails. Elles en savaient déjà trop. Une affaire aussi personnelle, elle avait l'impression de l'avoir vécue sous les yeux de tous. Vous vous êtes suffisamment montrées comme ça. Il lui arrivait de douter autant que Charles Coutelle de leur sincérité. Cette irruption finale pouvait avoir été concertée, plaisanterie ou jalousie. Au moment où elle s'était sentie si proche, pour la première fois, d'un homme, fondue en lui, elles avaient tout cassé. Il n'avait plus confiance en elle et refusait de la revoir.

Ne nous dis pas que tu croyais que le grand amour te tombait du ciel. Tu voulais devenir une femme. À vingt-cinq ans, il était temps, on t'a donné un coup de main. Tu n'avais quand même pas l'intention de te marier avec un crevard du sana ? Attends d'être sortie d'ici pour en trouver un en bonne santé. Il ne sera peut-être pas aussi excité qu'un malade, mais c'est mieux pour un mari, parce qu'après il faut le tenir.

Elles décevaient Marthe : elles ne comprenaient rien à ses désirs.

Et toi, est-ce que tu les comprends, tes désirs ?

Elle n'y avait jamais réfléchi.

12

La convocation dans le bureau de Mlle Devaux n'a pas traîné. Vous savez pourquoi vous êtes là ? Vous êtes guérie. Marthe n'avait pas encore fait la radio de contrôle. La guérison, douteuse la semaine précédente, indiscutable aujourd'hui ? Vous m'entendez bien, Mlle Brelan, guérie. Elle l'appelait Marthe depuis des mois. Elle savait ? Improbable ; il valait mieux croire à la guérison.

Vous allez devoir nous quitter. D'ordinaire les filles sont contentes d'apprendre la nouvelle. Vous partirez cet après-midi, l'autocar de cinq heures.

Si vite, sans avoir prévenu ses sœurs ? Elles devaient lui rendre visite dimanche.

Oubliez toute visite, mademoiselle Brelan. Vous n'en avez reçu que trop. Je ne parle pas de vos sœurs, mais de votre grand-mère, pour commencer. Sa présence, certains dimanches, m'a-t-on dit, jette le désordre dans le service. Un établissement de soins comme le nôtre exige le calme absolu.

Grand-mère Madeleine n'avait jamais fait de mal à personne, ici, au contraire.

Je ne parle pas de votre grand-mère, évidemment. J'espérais que vous comprendriez toute seule. Vous m'obligez à aborder un sujet que je n'aime pas.

Elle était déçue. Elle avait mis de si grands espoirs en Mlle Brelan : la plus scrupuleuse des malades, la plus mûre, une courbe de guérison lente, mais régulière, la perfection.

Marthe n'en pouvait plus de cette hypocrisie. Aidez-moi, petites sœurs. Qui m'a dénoncée, Mlle Devaux ? Comment ça, dénoncée ? Et si Mlle Devaux ne savait pas tout ? Tu es en train de te couler, Marthe.

Mlle Devaux a pris son temps. Elle a ajusté ses épingles à cheveux, une à une. Vous ne savez pas le mal que vous avez fait. Que vous m'avez fait, d'abord : vous conduire de cette manière dans mon établissement. Je passe sur vos soirées entre compagnes. Mais ce garçon, mademoiselle Brelan, vous avez aggravé son état. Nous avons dû nous séparer de lui, l'adresser à un hôpital parisien, où on le sauvera peut-être. Il est probablement trop tard.

Était-ce le rôle d'un médecin d'accuser un malade d'en tuer un autre ? Mlle Devaux n'accusait personne, elle posait un diagnostic. Tout ce qui agitait M. Coutelle détruisait sa santé. Si une femme, par sa présence, ses appels, ses provocations a agité l'esprit de M. Coutelle, si, par ses gestes, elle a mis en péril son intégrité physique, elle a contribué à la destruction de sa santé.

Mlle Devaux évitait le regard de Marthe et enfilait les généralités sur l'hygiène et la maladie. Marthe voulait savoir si Charles Coutelle s'était plaint d'elle. Ou plutôt, vous l'avez forcé à se plaindre, vous avez profité de son état, c'est honteux.

Mademoiselle Brelan, la vantardise des hommes est sans limites, mais elle ne suffit pas à condamner une femme. Rien de ce qui se passe dans mon établissement ne m'est étranger. Il faut sortir, mademoiselle Brelan, l'autocar est à cinq heures.

C'était donc une fille du pavillon ? Elle a pensé aux Louise, des fouineuses à mauvaise réputation. Effrayée à l'idée qu'elle pouvait avoir la même réputation qu'elles à présent. Se donner à l'occupant, au vainqueur, ce n'est pas comme faire plaisir à un faible. Mais si Mlle Devaux avait raison, si Charles mourait à cause d'elle, comme le Noir américain avait été fusillé après être allé avec Louise ? Judith et Sabine diraient que je me mets toujours du côté de l'autorité. Que vont-elles penser de moi ? Les Louise, non, elles n'iraient pas me reprocher ce qu'elles ont fait avant moi. Albertine, forcément, l'œil de Mlle Devaux, comme elle l'avait pensé la première fois dans la réserve. Pourquoi Mlle Devaux aurait-elle laissé sa protégée participer à des rencontres qui sapaient son autorité ? Marthe s'est mise à douter de chacune, même de la boiteuse Michelle et de Suzy, qui lui avaient donné confiance en elle… Ava Gardner… Tu parles, Ava Gardner, femme fatale, Marthe, fatale à Charles Coutelle ? Pas son genre. C'était si beau de le croire, pourtant, malade, enfermée dans un sana. L'agitation des soirées de la réserve avait contribué à sa guérison, l'inverse de l'opinion médicale.

La certitude lui est venue d'un seul coup : Judith Folope avait parlé contre elle à Mlle Devaux ; elle n'avait jamais encouragé ses approches de Charles Coutelle, elle avait essayé de freiner Suzy à la bibliothèque. Judith, c'était elle, la fausse sœur, l'amie de toutes et de personne. Il était temps de retrouver ses vraies sœurs, un élan d'amour pour elles la reprenait. Elle les avait laissées tomber, c'était le seul mal dont elle se sentait coupable, et elle en était guérie.

Une infirmière lui a fait passer la visite de sortie. Mlle Devaux se contenterait de signer le document.

Cela n'aurait pas de valeur ? Mlle Brelan était-elle en mesure de réclamer l'application des règles, après les avoir si peu respectées ? Mlle Devaux avait décrété sa guérison, elle ne reviendrait pas là-dessus : poids retrouvé, couleurs, appétit, poumons sains ; quelques traces ineffaçables, il ne fallait pas demander davantage, il reste toujours quelque chose du mal qu'on s'est fait.

Elle a bouclé sa valise, les filles défilaient, quelle chance tu as, c'est allé si vite, huit mois. Michelle était jalouse des films que Marthe pourrait aller voir. Écris-moi pour me les raconter, Ava Gardner. Suzy faisait ses heures à la bibliothèque ; Albertine passait une vraie visite de contrôle, avec Mlle Devaux. Judith Folope a rattrapé Marthe dans le bâtiment administratif : Il paraît que tu parles contre moi. Je te comprends. Je n'aurais jamais dû t'entraîner. Je vais partir aussi. Tu ne voudras pas m'embrasser. Serre-moi la main, comme un homme. Même pas la main ?

13

Judith Brelan a porté une main à sa bouche : cette femme en peine avec sa valise, en haut de la rue, le portrait de Marthe. Marthe, essoufflée, annonçait sa guérison. Guérie, alors qu'elle avait le plus grand mal à reprendre sa respiration ? La marche, la valise, des séquelles sans importance, du moment qu'un document signé de Mlle Devaux la déclarait en bonne santé, non contagieuse, apte au travail. Pourtant, dimanche dernier, Marthe avait parlé de six mois de repos supplémentaires à Dreux. Le vendredi, guérison miraculeuse, elle rentre sans prévenir. Elle aurait pu envoyer une lettre, un télégramme, téléphoner aux voisins, les Beaumont. Elles ne leur parlaient plus depuis longtemps, mais dans des circonstances exceptionnelles, ils auraient rendu service. Marthe n'avait pas réfléchi à la manière de présenter son retour précipité. Elle pensait que ce serait simple, on parlerait entre sœurs, comme autrefois.

Elles n'étaient pas entre sœurs, il en manquait une. À sept heures passées, un vendredi, que faisait Sabine ? Elle ne tarderait plus. Pourquoi aurait-elle tardé ? La Monasix Luxe commence à fatiguer. Elle va si loin ? Pour quoi faire ? Reprends ton souffle, nous parlerons tout à l'heure. Déshabille-toi, lave-toi du voyage, allonge-toi. Tu ne donnes pas l'impression d'être guérie autant que tu le dis.

Le ronflement de la vieille Renault dans le garage, Sabine est apparue dans l'entrée ; Marthe l'apercevait de loin, pendant qu'elle rangeait son petit sac à main noir et se défaisait d'un imperméable bleu lavande, serré à la taille. Méconnaissable : une aisance de dame ; prenant le temps de remettre ses vêtements et ses cheveux dans leurs plis ; une fraîcheur dans la glace ; sûre d'elle-même. Avait-elle connu l'homme, elle aussi ? Rentrait-elle d'une visite à un homme ? Marthe n'osait pas le demander. Une déception, ce retour, elle pensait que le dialogue des sœurs reprendrait intact et intarissable, elles en étaient réduites à se regarder, gênées.

Judith seule manifestait sa joie : nous trois, nous trois, elle n'arrivait pas à en dire plus. Elles se taisaient ensemble, se guettaient. Toutes les questions, elles se les posaient avec les yeux. Elles attendaient le moment où elles se lanceraient en même temps dans les réponses, comme elles en avaient l'habitude. Ce moment tardait. Marthe a demandé à Judith de lui couper les cheveux. Comme ça, à neuf heures du soir, rien de plus pressé ? Dis donc, c'est ta guérison qui te rend malade ? Judith au moins ne changeait pas, toujours le mot vrai, et cinglant.

Fais-moi une coupe courte.

Les mèches d'Ava Gardner parsemaient le pavé de la cuisine, Marthe s'est sentie loin du sanatorium et neuve, plus forte aussi : Il s'est passé quelque chose d'exceptionnel, qui m'a rendue heureuse malgré tout.

On comprend que c'est grave, a dit Sabine. Tu vas te reposer auprès de nous.

Marthe ne voulait pas se reposer, plutôt reprendre sa place chez M. Cicéro, faire vivre ses sœurs, de nouveau.

Il était préférable d'attendre, selon Judith, la route serait fatigante, jusqu'à Boulogne, pour une convalescente.

Et la voiture est prise par Sabine ? Elle a trouvé une place ? C'est heureux aussi, nous aurons deux salaires. Vous auriez pu me le dire plus tôt… C'est ma place ?

Moi, a dit Judith, je te jure que je ne te cache rien : je n'ai cherché aucune place.

C'est Grand-mère Madeleine qui leur a réappris à se parler. Elle descendait la rue, le dimanche matin, la démarche plus brinquebalante que jamais, appuyée sur son parapluie noir. D'habitude, la Monasix était sortie du garage, on démarrait aussitôt pour Dreux. Grand-mère Madeleine n'a manifesté aucun étonnement ; pas de voiture rouge bordeaux devant la maison, notre Marthe est rentrée. Elle ne pouvait pas passer sa vie dans une sorte d'hôpital. Guérie, elle l'était depuis longtemps. Ces escrocs gardent les gens en bonne santé pour remplir leurs chambres. S'ils trouvent de meilleurs clients, ils vous chassent malade. Elle a ri longuement, heureuse de serrer Marthe sur elle et de la caresser, les mains, les bras, les épaules, le dos, comme c'était bon de la retrouver plus grasse, une vraie bonne fille. Et la nuque, tendre, mais ses cheveux, qu'avait-elle fait à ses cheveux, si rêches sous la main ? Ils t'ont chassée, je crois bien. Des voyous, je le savais. Cette demoiselle Devaux ne valait rien, je l'ai toujours pensé. Je ne comprends pas que le Dr Bontemps t'ait envoyée là-bas. Je t'aurais guérie, moi aussi. Il était grand temps que tu rentres, ils t'auraient tuée, des voyous. Dis-moi ce qu'ils t'ont fait, que je te console.

Elle savait mettre en confiance. Marthe a presque tout raconté, l'impression de confesser des fautes de plus en plus graves. Plus c'était grave, plus Grand-mère Madeleine riait. La chambre de la grande Françoise donnant sur la terrasse des hommes… c'était bien une idée de filles. Les garçons faisaient la même chose de leur côté ? C'était bien une idée de garçons. La réserve de livres, la nuit ? Elle l'aurait bien accompagnée. Au nez de cette demoiselle Devaux, tu as eu bien raison. Vous vous êtes fait prendre, comme c'est drôle. Ce n'était pas si simple, et plus grave. Un homme évidemment, tu as eu bien raison, il fallait faire enrager ces escrocs. Où est le mal ? Tes parents ne sont plus là pour le voir. Il n'y a que moi, je suis si vieille. Tu vas nous le présenter. Votre chance, c'est de vous être fait surprendre et chasser par des escrocs. Rien ne pouvait mieux te guérir qu'un homme. Comment est-il ?

Justement, le plus grave, c'était comme si elle l'avait tué. Vous en avez fait tant que ça ? Au point d'achever la santé d'un garçon ? Mais c'est très bien, Marthe. Ne sois pas embarrassée devant nous. Le bonheur n'est pas si fréquent, il ne faut pas en manquer un morceau. Même si ce n'est pas beaucoup… Et pas beaucoup, c'est moins encombrant que trop. Son rire la secouait, sa petite-fille avait enfin commencé à vivre. Il n'aurait pas fallu tarder davantage.

La vision de Grand-mère Madeleine colorait l'histoire de Marthe ; elle ne savait plus ce qui était vrai : ce qu'elle avait vécu avec Charles Coutelle ou ce qu'en imaginait Grand-mère Madeleine. Grand-mère

Madeleine avait le don de rendre tout plus beau, c'était bon de se laisser aller avec elle.

Sabine et Judith s'y mettaient, parlaient en même temps, voulaient en savoir plus sur ce garçon. Marthe était obligée d'avouer qu'elle ignorait presque tout de lui. Son métier, elle ne connaissait pas son métier ? C'était un malade, c'est tout. Sabine ne pourrait aller qu'avec un homme dont elle saurait le métier, et pas n'importe quel métier. Dans un établissement de ce genre, il fallait s'intéresser à un médecin, pas à un malade.

Tu es une arriviste, criait Judith. Marthe a eu raison de ne pas lui demander son métier. Mais il n'a pas l'air assez solide. Et puis, partir sans rien dire, c'est lâche. Il ne faut pas le regretter, ce n'était sûrement pas quelqu'un d'exceptionnel.

Sabine braillait que, forcément, pour Mlle Judith Brelan, il faudrait un homme d'exception, et sans profession.

Exactement, hurlait Judith, je n'aimerai qu'un homme hors du commun.

Elle ne voulait pas exercer un métier ordinaire, résultat elle ne travaillait pas du tout et ne travaillerait jamais. Un homme hors du commun, autant dire qu'elle ne le trouverait jamais non plus, parce que cela n'existait pas, tout simplement, les hommes hors du commun, il fallait être réaliste. Ses perpétuelles lectures sur l'architecture utopique lui avaient déformé la cervelle. Les hommes ne pouvaient avoir avec elle qu'une existence utopique. Judith persistait, elle préférait rester enfermée et solitaire, si ce n'était pas pour atteindre l'idéal.

Vous serez surprises, j'y arriverai.

Sabine s'est moquée, un bon moment, de ses certitudes toujours aussi enfantines ; Grand-mère Madeleine les accompagnait de ses rires. Marthe se disait qu'elle avait vraiment retrouvé ses sœurs, même si leurs cris la fatiguaient. La joie commune naissait de son retour, cela effaçait les mois passés. Elle pouvait jouir de ne plus être la même : elle avait fait des expériences, elle avait connu un homme, pas un homme d'exception, pas un homme d'avenir, du moins un homme véritable.

Les minutes où elle s'était sentie pénétrée de la chair d'un autre lui revenaient plus intenses. Elle avait d'abord considéré ce moment comme une faute, Mlle Devaux en avait presque fait un crime. Aujourd'hui, grâce à la bienveillance et au goût du bonheur de Grand-mère Madeleine, elle commençait à y voir l'instant le plus parfait de ses dernières années ; personne ne pouvait plus l'empêcher, elle le garderait pour elle seule.

Grand-mère Madeleine voulait fêter la renaissance de Marthe à Paris. Sortez la Monasix. En nous pressant, nous serons aux Champs-Élysées pour midi, je vous paierai le champagne. Avec quoi ? Elle a agité son porte-monnaie plat. Si ce n'est pas du champagne, la joie suffira.

Quand il s'est agi de se mettre au volant, le trouble s'est installé. Qui devait conduire ? Ce n'était plus comme avant, elles étaient deux à pouvoir le faire.

Il faudra te réhabituer, a dit Sabine, la direction est de plus en plus dure.

Et tu es convalescente, a ajouté Judith.

Marthe aimait croire depuis des mois que la maladie l'avait forcée à entamer une nouvelle forme d'existence, ses sœurs la ramenaient à l'ancienne. Pourtant, ce ne serait plus la même vie, elle se sentait prête pour d'autres tentatives, loin de Sabine et Judith, ou avec elles. Ce serait encore mieux avec elles. En attendant, elles avaient profité de son absence pour la devancer.

Grand-mère Madeleine lui montrait Paris, comme si c'était la première fois. Et, grâce à elle, Paris était plus beau qu'avant.

DEUXIÈME PARTIE

1

Passé la joie du retour, Marthe a conservé, longtemps, une impression de malaise, en compagnie de ses sœurs. Elle leur reprochait de la traiter comme une malade ; prévenantes ; les bonnes intentions à n'en plus finir, une chaise où elles l'obligeaient à s'asseoir, si elles l'avaient vue un quart d'heure debout ; s'allonger dès que possible, manger copieux, des aliments réputés riches en fer. Convalescente, pour elles, ce n'était pas enfin guérie, mais encore malade. Judith y trouvait son compte, garder sa sœur près d'elle. Sabine aussi : éviter à Marthe les tâches domestiques légitimait qu'on lui épargne les tâches professionnelles.

Cette insistance à la tenir éloignée du cabinet d'architecture Cicéro paraissait suspecte à Marthe. Ses sœurs s'étaient gardées de lui dire avec précision depuis quand Sabine s'était fait engager par M. Cicéro, quelques semaines avant son retour, disait l'une, au printemps précédent, disait l'autre. Grand-mère Madeleine mélangeait toutes les dates, ça les arrangeait bien. Elles n'auraient pas avoué que Sabine s'était précipitée à Boulogne dès le début de la maladie.

Avoir pris la place de sa grande sœur ne lui donnait aucun remords. Si Marthe y faisait une allusion, elle se défendait de l'avoir remplacée. Engagée d'abord comme standardiste : Marthe s'était-elle occupée du téléphone au cabinet Cicéro ? Jamais. Depuis quelque temps, elle osait à peine s'en vanter, elle occupait les fonctions d'une secrétaire de direction. Marthe avait bien tenu un petit rôle de secrétaire, mais à la direction ? Évidemment non.

Ces preuves indiscutables renforçaient le malaise. Sabine avait pris du grade dans la maison et ne tenait pas à voir sa sœur venir la concurrencer au travail. Mais si les sœurs Brelan n'avaient pas occupé les mêmes postes, qu'est-ce qui empêchait M. Cicéro d'embaucher les deux ? Pas facile à exposer sans la blesser : la construction ne se portait pas mal, on devait néanmoins privilégier les postes rentables. Celui de Marthe avait plus relevé de la charité pour Grand-mère Madeleine que de l'efficacité économique. Celui de Sabine tout autant, alors ? Au début, peut-être, mais elle avait su se rendre utile, créer des conditions nouvelles, montrer des qualités singulières ; manière de dire que Marthe n'avait pas réussi à se rendre indispensable. Personne ne le disait, ni Sabine ni M. Cicéro, Marthe le devinait derrière les justifications malhabiles.

Marthe elle-même a fini par y trouver son compte, a réclamé sa place avec de moins en moins d'insistance. Elle n'était plus sûre d'avoir envie de travailler dans les mêmes conditions. Sa maladie pulmonaire avait changé sa manière de voir. Elle se sentait affranchie des contraintes sociales et comprenait mieux Judith et ses refus. Les deux se moquaient parfois de voir Sabine revenir si tard de Boulogne, soucieuse des dossiers en retard.

Je pourrais te soulager, disait Marthe, mais il paraît que je ne suis bonne à rien.

Sabine n'appréciait pas ces piques, prenait des airs importants, soulignait qu'elle se sacrifiait pour la communauté. S'il ne tenait qu'à elle, elle aurait cédé sa place à Marthe. Mais on ne pouvait s'improviser seconde du patron. Marthe avait bien travaillé, au début, avec son grand cœur, elle les avait aidées, c'était son tour, désormais, de faire vivre ses sœurs, son tour d'essayer de vivre aussi. Marthe avait-elle eu un autre but, même au sanatorium de Dreux ? À l'entendre, elle avait fait pas mal d'expériences, elle ne devait pas empêcher les autres de connaître la vie.

Nous y sommes, pensait Marthe : sa sœur était jalouse de sa vie à Dreux, jalouse d'une vie de malade au milieu des malades. Elle n'en savait pas tout, elle avait imaginé bien plus à partir des récits tronqués de son aînée. Ces nuits en compagnie d'autres femmes, ces moments flous et si heureux, semblait-il, et l'homme, l'histoire de l'homme, cela agaçait Sabine, elle avait du mal à le cacher. Le seul point sur lequel elle n'avait pas surpassé Marthe. Elle dénigrait ce passé, s'il ressurgissait comme un regret dans la conversation. Elle ne comprenait pas qu'on puisse se laisser attirer par un homme sans avenir, qui ne pouvait lui promettre aucune vie au-dehors. Judith la soupçonnait d'avoir des vues sur M. Cicéro lui-même, plus de cinquante ans, et marié : écœurant ; la différence d'âge et son absence de talent comme architecte et urbaniste. Sabine se disputait régulièrement avec l'une ou l'autre de ses sœurs. Elle les menaçait de ne plus rien payer pour elles. Comme ça, au moins, elles seraient obligées de se débrouiller pour gagner leur vie.

Tu ne me laisserais pas tomber, moi, disait Judith. Nous ne sommes pas restées unies, comme nous l'avons été depuis la mort de papa, pour nous faire ça aujourd'hui. Tu te rends compte ? M'obliger à travailler ? Personne n'a le droit de s'engraisser sur mon dos. Si vous acceptez d'être des victimes du salariat, libre à vous. Moi, j'ai réfléchi à la question. C'est une affaire de principe.

Elle avait étendu ses lectures aux utopies politiques, elle théorisait toute la journée. Son goût pour les faits divers la tenait plus que jamais : elle voyait l'injustice du monde à l'œuvre dans les accidents et les crimes. Ceux que les journaux qualifiaient de Bourreau de l'Est parisien, d'Ogre des Flandres, de Fou de Perpignan, d'Égorgeur des Beaux Quartiers lui semblaient être d'abord des victimes du désordre social. Ses excès mettaient en rage ses aînées et les réconciliaient pour un temps. Elles dormaient encore, sauf les soirs où la tension était la plus vive, par habitude, désir de préserver les apparences de l'entente, dans le même lit trop étroit.

Le rire de Grand-mère Madeleine tombait plus souvent à plat. Sabine considérait qu'il fallait ménager la Monasix Luxe, dont les réparations devenaient coûteuses, et limitait, interdisait parfois les sorties du dimanche. La tristesse gagnait la grand-mère. Elle a dit une fois, bas, on dirait Rosie, sa manie de tout régenter. Vous me faites du chagrin à vous fermer la bouche l'une à l'autre.

Elle n'a pas trouvé d'autre moyen, pour les réconcilier, que de tomber malade, elle aussi. Étourdissements, palpitations, un dimanche, il a fallu utiliser le téléphone des Beaumont pour appeler une ambulance. L'anémie était profonde. Elles se sont retrouvées toutes les trois à la clinique autour du lit de Grand-mère Madeleine, ratatinée et noire sur son drap blanc. Tante Rosie n'a pas tardé à surgir dans la chambre, traînant Pierre Ledru derrière elle, reprochant à ses nièces de vouloir tuer leur grand-mère, sans doute pour attraper leur part d'héritage. Grand-mère Madeleine, tenue par sa perfusion, ne pouvait plus rire, du moins sourire : rien de mieux pour souder les sœurs Brelan que les reproches de sa fille Rosie. Ça n'a pas manqué. Anémie ? Preuve que Grand-mère Madeleine est mal nourrie. Qui la nourrit ? Qui contrôle son argent pour l'empêcher de s'acheter à manger ? Mesdemoiselles, ce n'est pas l'endroit... respectez les patients... le calme... Rosie ne se laissait pas faire. Elle savait que le malheur arriverait avec ses nièces. Elle l'avait annoncé dès le début, chez le juge de paix. On voyait le résultat de leur existence contre nature. Mises au ban de la famille, de la société, des déclassées, des débauchées même. Elle n'ignorait rien du comportement de Marthe à Dreux, une honte pour la famille. Comment l'avait-elle appris ?

Vous reconnaissez que j'ai raison. Tout se sait, mes petites filles. J'ai été trop bonne de vous laisser voir votre grand-mère depuis.

Les sœurs Brelan étaient secouées, sans réplique devant Rosie, pour la première fois de leur vie, doutant de Grand-mère Madeleine. Qu'est-ce qu'elle avait bien pu raconter à sa fille ? La malade s'agitait sans pouvoir parler. Sa main libre disait : ce n'est pas moi. Judith n'acceptait pas la résignation de ses sœurs devant de telles attaques. Elle a appelé leurs regards, ne me retenez pas, pour une fois, poussez-moi plutôt. Elles retrouvaient leur élan de sœurs. Tout ce qui te passe par la tête, le plus excessif, nous serons d'accord.

Judith a fait le tour du lit métallique, petite fille pointue aux yeux gris perçants, sous le nez de Rosie, calme pour lui dire qu'elle ne savait rien encore. Les hommes, elles en faisaient ce qu'elles voulaient. Le temps des Pierre Ledru était fini, les femmes qui se contentaient d'hommes pareils étaient déjà mortes. Les femmes nouvelles prendraient le pouvoir partout, sans pitié pour les traîtresses comme Rosie. Les hommes ne serviraient qu'à l'amusement et, parfois, à la reproduction. Aucun espoir pour les Ledru, dans un cas comme dans l'autre. Où avait-elle lu tout ça ? Peu importe, continue… Rosie et Pierre Ledru affectaient la dignité : l'offense excessive est insignifiante. Ma pauvre enfant, tu ne sais pas ce qu'est la décence, devant ta grand-mère malade, dans une clinique.

Rosie voulait faire interdire les visites des sœurs Brelan à la clinique. Elles ont dû prendre des précautions pour ne plus croiser les Ledru dans la chambre de Grand-mère Madeleine, à la première heure du matin. La patiente étonnait le médecin-chef par ses facultés de récupération. La formule sanguine s'améliorait de jour en jour ; le rire de Grand-mère Madeleine emplissait régulièrement le couloir de son étage. Elle s'était acquis les faveurs du personnel, un menu à part, des friandises interdites. Les trois sœurs venaient l'embrasser à sept heures et demie, avant le départ de Sabine pour Boulogne. Grand-mère Madeleine leur répétait sa joie de les voir réunies. Vous ne pourrez jamais faire autrement qu'être heureuses toutes les trois.

La seule ombre pour Marthe, c'était le doute. Elle n'osait pas accuser sa grand-mère d'avoir rapporté à Tante Rosie ses excès et ses ennuis de Dreux. On savait qu'elle alternait les moments de faiblesse et de lucidité, on devait lui pardonner. Mais comment lui pardonner sans savoir ?

Si tu ne lui poses pas la question, disait Judith, je le ferai à ta place.

Cette fois, il ne valait mieux pas. La brutalité a ses limites avec une vieille femme fatiguée. Sabine s'en est chargée, avec des sous-entendus, des mines de négociatrice, se fondant sur son expérience au cabinet d'architecture. Elle a amené Grand-mère Madeleine à reconnaître qu'elle avait pu se confier au Dr Bontemps. Ils avaient parlé de Marthe, forcément. Le médecin avait son dossier, avec les commentaires de Mlle Devaux. Et comme Rosie était toujours fourrée chez le Dr Bontemps… Judith s'indignait, de manière à être entendue de tout le service. Le secret le moins gardé était forcément médical. Enfin, c'était la version de leur grand-mère, les sœurs Brelan étaient obligées de la croire ; Marthe n'y parvenait pas complètement.

En dix jours, Grand-mère Madeleine avait retrouvé ses forces. Elle se perdait encore plus qu'avant dans les calculs, mais c'était sans importance à ses yeux. C'est vrai, disait Judith, si les femmes prenaient le pouvoir, elles devraient abolir tout ce qui se compte. La pire invention des hommes, le calcul. L'argent, les dates, les mesures, tout ce qui réglemente la vie de manière insupportable, à bannir. Elle reconstruisait avec sa grand-mère un monde sans chiffre. Le médecin-chef s'en amusait. Il assurait que Grand-mère Madeleine était le genre assez rare de malade qu'on ne voulait pas lâcher même après leur guérison.

N'essayez pas de nous avoir, disait Grand-mère Madeleine, vous nous gardez pour avoir nos sous.

Nous ne sommes que des hommes, répondait le médecin.

Ils riaient tous ensemble. La veille de la sortie, Marthe est restée plus longtemps. Elle avait une demande à faire à sa grand-mère : si elle avait été une bonne grand-mère, si elle n'avait jamais nui, en paroles, même involontairement, à l'aînée de ses petites-filles, elle obtiendrait ce qu'elle lui demandait, elle seule en était capable. Grand-mère Madeleine devinait des reproches, n'y comprenait plus rien. Ce que tu me demandes est trop difficile, Marthe, comment veux-tu qu'on m'écoute ici ? Marthe insistait, elle saurait, comme ça. La grand-mère a promis, pour avoir la paix.

La visite de contrôle était bonne, je ne peux plus rien faire pour vous, a dit le médecin-chef. Elle s'est lancée : si, si, il pouvait encore faire un petit quelque chose, un dernier privilège. Elle avait remarqué qu'à certaines heures le personnel faisait défaut dans sa clinique, elle lui proposait d'embaucher une de ses petites-filles.

Pourquoi ferais-je cela ?

Mais pour moi, Docteur, simplement pour moi.

Son rire durait, communicatif. Le médecin répétait : Pour vous, simplement pour vous. Elle ne doutait de rien. Il fallait être sérieux. La plus jeune, il l'avait entendue parler plus d'une fois, un ferment de révolte dans sa clinique, merci bien ; une ennemie des comptes ; c'était déjà bien difficile de faire des bénéfices. Marthe alors ? Son expérience du milieu médical, son air posé, le médecin-chef ne pouvait pas dire non. Il résistait pourtant, ce n'était pas aussi facile qu'avec M. Cicéro. Pour finir, sans réfléchir, elle a promis au médecin, s'il faisait engager Marthe, de revenir mourir dans son établissement, dans son service. Je ne mourrai qu'auprès de vous. Le médecin n'avait jamais entendu un patient lui faire une promesse de ce genre. Je vous arrête tout de suite : je suis près de la retraite.

Nous nous reverrons vite, alors, a dit Grand-mère Madeleine.

Le médecin ne savait plus s'il devait rire avec elle. Il a accepté de prendre Marthe dans son service, de la former ; aider les malades, elle en semblait capable, si elle était comme sa grand-mère, qui parvenait même à faire du bien aux médecins.

Grand-mère Madeleine avait réussi, sans le chercher, à rétablir un semblant d'égalité entre les deux aînées. Sabine y trouvait son compte : elles ne seraient pas en concurrence au cabinet d'architecture, et Marthe obtenait un poste des plus subalternes. Judith n'était pas mécontente non plus : elle prenait le refus du médecin de l'embaucher comme un compliment inestimable. Il lui resterait à protéger sa sœur contre les exploiteurs de la clinique.

Marthe avait la certitude que Grand-mère Madeleine n'avait jamais parlé contre elle, ce bonheur-là lui suffisait, même si elle devait à présent se salir les mains. Elle a été très vite aimée des malades.

Dites à votre grand-mère, lui a glissé un jour le médecin-chef, que je la remercie. Merci pour quoi ? Elle le sait. N'oubliez pas d'ajouter que je n'ai pas l'intention de prendre ma retraite pour le moment. Elle saura aussi pourquoi.

2

Le renversement de l'existence commune des sœurs Brelan est venu plus tard. Judith venait d'atteindre sa majorité, elle entrait à son tour en possession de l'héritage. Elle n'en voulait pas. Se retrouver avec de l'argent personnel, c'était comme liquider son père. Les parts dans le cabinet d'architecture Cicéro la gênaient. Se transformer en capitaliste du jour au lendemain, indigne d'elle et de ses principes. Elle n'aimait pas entendre ses sœurs lui répéter qu'elle était grande et autonome. Elle tenait à son statut de petite dernière.

Tu ne pourras pas rester une gamine éternelle, disait Sabine. Pourquoi pas ? Elle leur a abandonné ses parts. Faites-en ce que vous voulez, vendez-les à M. Cicéro, distribuez l'argent. Tenir des comptes, c'est bon pour des hommes. Sabine et Marthe ont refusé d'abord. Nous voyons bien qu'en nous donnant tout ce qui te revient tu nous obliges à nous occuper de toi pour toujours. Ça t'arrange que tes sœurs tiennent tes comptes à ta place, travaillent à ta place, se sacrifient pour toi. Toi, tu gardes les mains pures. Judith n'admettait pas cette critique. Ses principes politiques d'abord, son utopie d'un monde débarrassé de la finance et de l'exploitation. Il ne s'agissait pas d'arrangements, mais de convictions. Elle ne cédait jamais, les aînées ont placé son argent, sans le dire.

M. Cicéro ne parlait plus des parts Brelan depuis longtemps. L'enthousiasme de Sabine, ses dons d'organisatrice le soulageaient, le cabinet se valorisait, il aurait eu du mal à prétendre que les parts ne valaient plus rien. Des projets nouveaux apparaissaient, le besoin de grands immeubles était criant dans l'Ouest parisien et au-delà. Le rêve de M. Cicéro : la reconnaissance internationale, comme son maître Le Corbusier.

On avait inauguré à Berlin, en 1957, une nouvelle Cité radieuse, comme celle de Marseille. Un dessinateur de Le Corbusier, resté grand ami de M. Cicéro, avait participé au projet. Une quinzaine d'années après la fin de la guerre, la reconstruction était loin d'être terminée en Allemagne, plus ruinée que la France. Ce n'était pas facile, mais il restait des marchés à prendre, moins prestigieux que ceux de Berlin. M. Cicéro n'avait plus un Louis Brelan auprès de lui pour maintenir la plus haute exigence artistique de l'architecture. Il voyait bien que Le Corbusier lui-même était obligé quelquefois de renoncer à ses idéaux. Il fallait remplir ses caisses d'abord. La fille de Louis Brelan l'encourageait. Judith piquait des colères, quand Sabine annonçait un projet rentable et simple. La trahison de leur père. Si j'étais à ta place, j'empêcherais les idioties de ton Cicéro.

Tu n'as qu'à prendre ma place, au lieu de refuser de travailler. Le monde ne sera pas idéal, mais il se fera sans toi.

L'ami de M. Cicéro lui a conseillé de s'adresser au directeur d'un Bureau d'études techniques, à Berlin, bien placé auprès des commanditaires : il venait de prendre la succession de son père. On pouvait essayer de l'approcher, s'allier à lui, pénétrer ses réseaux. Des entrepreneurs allemands attendaient-ils quelque chose d'un architecte français ? Avec le prestige de Le Corbusier, peut-être, mais un disciple de Le Corbusier ?

La première approche a été décevante, un rendez-vous froid dans le bureau berlinois de Markus Schlegel, interrompu par le va-et-vient des collaborateurs. M. Cicéro répétait sans fin le nom de Le Corbusier ; les liens qu'il entretenait avec lui depuis plus de vingt ans ; la filiation ; l'intérêt de poursuivre des constructions dans l'esprit du Maître, sans les coûts du Maître.

Je ne suis pas seul à décider des coûts, disait Markus Schlegel, ni des projets. Je crains de ne pas être la bonne personne pour vous faire entrer sur le marché de mon pays. Des réponses lasses et un regard distrait, M. Cicéro et Sabine Brelan sont rentrés sans espoir à Boulogne. C'était fatal, a dit Judith, quand on abandonne ce à quoi on a toujours tenu, on n'intéresse personne.

Qui intéresses-tu, toi ? a demandé Sabine. Qui fréquentes-tu, en dehors de nous ? Des êtres de papier journal : toutes ces histoires de caniveau que tu empiles dans tes dossiers, ça te fait de belles relations. Je me demande vraiment ce que tu leur trouves.

Ils sont plus vrais que toi, répondait Judith.

Le mauvais allait remonter.

Markus Schlegel, contre toute attente, a rappelé M. Cicéro. Il voulait des précisions sur les matériaux inscrits dans les projets, discutait la nature du béton envisagé, le diamètre des poutrelles ; s'il ne fallait pas prévoir plus large. À la fin, il a demandé des renseignements sur la secrétaire aux yeux gris ; si elle prenait toujours des notes avec le même sérieux. Il ne savait pas si une collaboration était possible entre les deux sociétés ; il la souhaitait.

M. Cicéro était prêt à repartir pour Berlin sur-le-champ, à condition que Sabine Brelan l'accompagne. Il n'exigeait rien d'elle, flirter, pas plus, boire des verres en souriant, le temps de se mettre d'accord sur des plans, faire des promesses jusqu'à ce qu'un contrat soit signé. Ensuite, l'éloignement, les contraintes du travail, Markus Schlegel tournerait ses regards vers d'autres employées. Ces hommes-là ne tenaient à personne bien longtemps. Nous ne devons pas laisser passer l'occasion. Un marché pareil.

Sabine ne se sentait pas une femme comme ça. Jamais trouvée belle ; assez grande, mais trop carrée de mâchoires ; les yeux gris, comme ses sœurs, comme sa mère, mais les narines plus écartées qu'elle ne l'aurait voulu ; pas la chevelure dense de Marthe ni le nez fin de Judith ; plus d'assurance qu'elles dans le regard et dans la voix, ça oui. Suffisant pour intéresser un chef d'entreprise allemand ?

N'oubliez pas que vous êtes une petite Française, disait M. Cicéro. Les étrangers en raffolent. Vous devez honorer la réputation de votre pays et celle du cabinet d'architecture par la même occasion. Tenir une conversation bien élevée et coquine en même temps, c'est le secret de la France. Faites durer jusqu'à ce que le contrat soit dans notre poche et nous n'en parlerons plus.

Sabine voulait en parler au contraire. D'abord pour protester contre le peu de considération que M. Cicéro avait pour elle : il partait du principe qu'elle lui rendrait ce service tout naturellement. Elle imaginait la violence de Judith si on lui faisait la même proposition, son hostilité pour les hommes calculateurs. Elle la jugeait excessive le plus souvent, mais là, elle lui donnerait raison. Pourtant, elle s'était gardée d'aborder la question avec ses sœurs. Flattée qu'un homme l'ait remarquée, tentée d'essayer, de voir jusqu'où iraient ses capacités. Marthe l'avait bien fait, elle ne lui était pas inférieure. Elle reconnaissait que son aînée avait agi à égalité avec un homme, avec générosité même, pour aider un malade. Si elle marchait avec ce Markus Schlegel, elle se soumettrait à la fois à ses désirs et à ceux de M. Cicéro ; doublement écrasée ; Judith aurait raison de lui en vouloir. Ce n'est pas à mes sœurs de décider pour moi, a-t-elle pensé. Mais comment être sûre de prendre la bonne décision sans elles ?

Je suis très déçu que vous refusiez, a dit M. Cicéro, je croyais que vous teniez davantage à la réussite du cabinet d'architecture. Ça ne vous coûterait pas beaucoup et je vous rembourserais au centuple.

Qui lui avait dit qu'elle refusait ? Ce qu'elle refusait c'était de se faire manœuvrer par des hommes. Si Markus Schlegel voulait s'amuser avec elle, il perdrait son temps. C'est elle qui l'aurait. Elle ne marcherait qu'à cette condition.

Vous êtes encore plus ambitieuse que je ne le croyais. Vous me surprenez, Sabine. Je ne vous force pas. Je ne veux pas vous exposer à une déception. Ces hommes-là ne se laissent pas avoir comme vous l'imaginez. Je ne vous en voudrai pas, si vous me dites non.

Un nouveau voyage a été mis sur pied en quelques jours. Les discussions ont commencé dans le bureau de Markus Schlegel, rudes, se sont poursuivies plus légères dans un restaurant de Kurfürstendamm. Ils dînaient à quatre : une employée bilingue aidait à la conversation. Markus Schlegel connaissait quelques phrases françaises, les toutes faites qu'on adresse aux femmes ; pas suffisantes pour plaire à Sabine. La présence de la traductrice empêchait tout tête-à-tête, idéal pour les négociations commerciales, pensait M. Cicéro, sans précipiter les liaisons intimes.

Les projets avançaient lentement. Markus Schlegel assurait avoir soutenu M. Cicéro auprès des autorités de la ville pour une série d'immeubles, mais son influence se heurtait à celle des concurrents : Willy Brandt, le maire de la ville, n'était pas un homme facile à convaincre. Il se tournait alors vers Sabine Brelan, comme si l'issue des négociations dépendait d'elle. Elle esquissait des phrases en allemand, que lui enseignait Christel, la traductrice. Elles s'entendaient bien, toutes les deux, leurs fous rires agaçaient Markus Schlegel. Il préférait Sabine sérieuse. À n'y rien comprendre, disait M. Cicéro. Moi qui vous demandais de lui faire des sourires de petite Française légère. Il a l'air d'aimer les femmes graves. Ça ne va pas faciliter nos affaires. Essayez de voir ce qu'il veut.

M. Cicéro entraînait Christel au bar du restaurant, au moment du café, sous prétexte de choisir un cigare, plus facile avec l'aide d'une interprète. Markus Schlegel contemplait le visage de Sabine, se contentant de dire : Vos yeux, qu'il prononçait vos cieux. Elle se retenait de rire, pour ne pas avoir l'air de se moquer de son accent. Vos cieux, vos cieux, cela lui allait bien : il avait une tête d'ange musicien, comme Sabine en avait vu dans les livres de son père, statues de la cathédrale de Reims ou peinture italienne de la Renaissance ; un ange joufflu soufflant dans une trompette, avec des mèches claires et bouclées sur les oreilles. Elle oubliait qu'il dirigeait un Bureau d'études techniques : inflexible dans le travail, mais là, un sourire mélancolique, presque enfantin, pendant qu'il répétait vos cieux, vos cieux ; cette figure pleine, cette poitrine épaisse d'où sortait une voix de basse, difficile de dire qu'il l'attirait, trop gras, fragile pourtant, elle le sentait, elle prenait confiance : on pouvait mener un ange. Elle a fini par lui dire qu'elle était si sérieuse et si grave qu'il pourrait compter sur elle pour tout ce qu'il voudrait, à condition que M. Cicéro n'en souffre pas. Elle s'exprimait en français, mélangé de deux ou trois mots allemands, une tentative approximative de traduction, en l'absence de Christel, toujours occupée à définir les caractéristiques de chaque marque de cigare. Markus Schlegel avait du mal à la suivre ; tout ce qu'il a compris, c'est que Sabine ne voulait pas faire souffrir M. Cicéro, sans doute parce qu'elle était sa maîtresse. Il a quitté la table, au retour de Christel et de M. Cicéro, refusant le cigare choisi pour lui.

Qu'est-ce que vous lui avez raconté ? Vous gâchez tout. Je savais que je ne pouvais pas vous faire confiance. Vous êtes comme votre père et votre grand-mère, vous voulez me faire payer ce qu'ils ont fait pour moi. Je n'aurais jamais dû vous prendre avec moi, les sœurs Brelan. Encore un marché qui va me passer sous le nez.

Les discussions n'étaient pas rompues, seulement elles passaient par Sabine exclusivement : lettres à Boulogne, de moins en moins officielles, même si elles étaient de la main de la traductrice, Christel, simplement signées par Markus Schlegel. Les projets en souffrance ne servaient que d'amorce à des compliments personnels, des reproches à peine masqués, une jalousie de plus en plus franche qui allait se transformer en haine de M. Cicéro et faire échouer leur tentative d'association. Sabine Brelan lisait le courrier à haute voix devant M. Cicéro. Il voyait qu'elle s'interrompait au bout d'une dizaine de lignes, quand la lettre semblait se développer sur deux pages. Il demandait la suite, elle la refusait. Il la soupçonnait de travailler à ses propres intérêts. Sabine se défendait ; ses intérêts étaient les siens, elle avait toujours des parts dans l'affaire, comme ses sœurs. C'est bien ce qui inquiétait M. Cicéro. Il n'aimait pas ce comportement de patronne chez Sabine, ses poses de négociatrice occulte qui le dépossédait de son autorité.

Je vous ai demandé de lui faire de gentils sourires pour le décider, pas de signer à ma place. Ce sont mes projets que je place, pas les vôtres. Je pourrais vous demander de quitter le cabinet pour faute, si j'échouais à cause de vous.

Elle a dû lire une lettre jusqu'au bout. M. Cicéro n'y comprenait plus rien : ce dégoût de Markus pour les relations supposées entre l'architecte et Sabine, d'où sortait-il ça ? Sabine ne s'est pas démontée : une stratégie de sa part, rendre jaloux Markus Schlegel pour le forcer à intervenir auprès des responsables berlinois. Insensé, selon M. Cicéro. Un Allemand haut placé ne pouvait pas faire tant de cas d'une petite employée française. Vous n'êtes pas mal, vous êtes jeune, plutôt décidée… Je ne cherche pas à vous blesser, mais je voudrais bien savoir ce qu'il vous trouve, alors qu'il a les moyens d'acheter ce qu'il veut.

Il est plus délicat que vous, il sait qu'on n'achète pas tout. Vous vouliez me vendre pour un contrat à Berlin, pour être comme Le Corbusier. Si elle était là, ma petite sœur vous dirait qu'être Le Corbusier, ça ne s'achète pas non plus. J'ai bien envie d'accorder à M. Schlegel tout ce qu'il attend, en échange de rien.

Puisque vous êtes si forte, obtenez les deux à la fois, le contrat et le bonhomme, mais vite, je vous laisse libre.

Sabine Brelan a envoyé une lettre à Markus Schlegel. Elle assurait vouloir se séparer de M. Cicéro, qui la retenait de force. Il tenait à elle comme secrétaire de direction et comme femme, songeait à l'épouser, dès qu'il aurait divorcé. Trop vieux, trop occupé de ses intérêts personnels pour faire un bon mari. Elle demandait l'aide de Markus. Elle a pensé que Christel traduirait sa lettre : est-ce qu'elle n'en détournerait pas le sens ? Il lui avait semblé que les boucles angéliques de Markus ne lui déplaisaient pas, à elle non plus, ni son statut de jeune dirigeant. Il faudrait se méfier d'elle, apprendre l'allemand pour le toucher directement.

3

Markus Schlegel s'est annoncé en France dans les quinze jours. Il prenait cet appel à l'aide au sérieux. Une femme à sauver, à tout prix. Il avait obtenu une première promesse de marché pour un grand ensemble, comptait la présenter à M. Cicéro, s'il laissait aller sa secrétaire de direction. Sabine s'affolait ; elle aurait bonne mine, quand Markus Schlegel comprendrait que M. Cicéro n'avait aucun lien personnel avec elle ; trop heureux de se débarrasser d'elle, pourvu qu'il ait son contrat. Elle était allée trop loin toute seule, un moment de vertige. Vouloir se prouver son ambition, c'était bien ; elle doutait d'elle, pour la première fois. Trop bête de renoncer maintenant. Il fallait que M. Cicéro joue l'homme obligé de quitter une femme malgré lui, blessé, mais courageux. Difficile à obtenir, il n'était pas blessé, encore moins courageux. Et comment l'empêcher de montrer son bonheur de pénétrer le marché allemand ?

Elle lui a fait valoir qu'il ne s'agissait que d'une promesse. Markus Schlegel la reprendrait s'il se sentait trompé. Mais je ne suis pas un acteur, répétait M. Cicéro. Vous bâtissez une histoire pour obtenir un homme… Pas pour obtenir un homme, pour vous obtenir un marché… C'est la même chose. Et c'est moi qui joue le mauvais rôle, et c'est moi qui dois me débrouiller pour vous sortir d'affaire. Et qu'est-ce qui me dit que, une fois que vous aurez sauté dans son lit, il honorera sa promesse de contrat ? Faites-le mariner jusqu'au premier coup de pioche dans le sol de Berlin.

Sabine a hésité ; des mois, des années peut-être, avant la réalisation du projet. M. Cicéro ne reviendrait pas sur ses conditions. Elle a cédé, ajouté un détail : pour la première rencontre, il serait préférable que les deux hommes s'expliquent seuls. Elle arriverait en fin de matinée ; ils se seraient arrangés ; un déjeuner à Passy scellerait l'entente ; pour la suite, on improviserait : M. Cicéro trouverait un prétexte pour disparaître au dessert. Ce serait le moment d'être vrai.

Vous avez pensé à la présence de l'interprète ? a demandé M. Cicéro. Pour la vérité et l'intimité, vous devrez être patiente.

La construction s'est effondrée en moins d'une heure : Markus Schlegel s'inquiétait de l'absence de Sabine Brelan. Pas la tête aux projets communs avec M. Cicéro, il se montrait trop flou pour lui.

Soyons sérieux, vous m'exposez des promesses verbales. Vous me parlez une fois de Charlottenbourg, une autre fois de Spandau. Avez-vous quelque chose de sûr à me proposer ?

Schlegel donnait sa garantie personnelle, pour Charlottenbourg et pour Spandau, mais Sabine, que faisait Sabine ? Évincée du cabinet d'architecture peut-être ? Ou mise à l'abri par M. Cicéro ? Empêchée de rencontrer Markus ? Il parlait fort, direct ; Christel traduisait à demi-mot.

Je lui ai accordé sa matinée, disait M. Cicéro. Elle nous rejoindra pour la conclusion de notre affaire. Pas d'affaire, sans Sabine ; où habitait-elle ? Un taxi pour la rejoindre, sur-le-champ. Vite, plus vite… Dites, la guerre est finie depuis un bail, a dit le chauffeur de taxi, je ne peux pas rouler plus vite.

La façade rectangulaire et allongée, avec son allure de bâtiment public miniature, d'hôpital ou de prison, dans une petite ville au caractère plutôt ancien, a surpris Markus Schlegel. Quand la porte s'est ouverte, il a débité des formules en français, des compliments traduits d'avance par Christel et appris par cœur ; le bonheur de vous retrouver ; des moments attendus ; revoir vos yeux, le gris de vos yeux, devenu le cri de vos cieux. Il s'est arrêté là. Il reconnaissait bien le gris des yeux, pas la forme du visage, pas l'expression, interrogative et étrangère. Une femme plus petite que dans son souvenir.

Judith se tenait droit, la porte à demi fermée, ne comprenant pas ce que lui voulait ce grand bouclé avec un si fort accent. Bien embarrassé pour poursuivre : ses phrases toutes faites ne convenaient plus à la situation. Le nom de Sabine Brelan, répété à l'infini et sur tous les tons, lui servait de seul langage. Ma sœur ? reprenait Judith. Ma sœur, vous demandez ma sœur ? Cela sonnait comme Schwester pour Markus, sœur en allemand. Sabine lui avait dit une fois qu'elle n'avait plus ses parents, jamais qu'elle avait une sœur. Si elle avait évoqué le nom de Markus Schlegel devant Marthe et Judith, c'était au milieu d'autres, comme un des interlocuteurs de M. Cicéro en Allemagne ; rien laissé voir de personnel. La confusion était mutuelle. Ces yeux gris, le même regard que Sabine, troublant. Incompréhensible pour Judith : qu'un homme aussi imposant vienne de si loin réclamer sa sœur et avec autant d'insistance ?… Sabine pas là ? Où Sabine ?… Sur la route de Boulogne, Sabine, partie travailler chez M. Cicéro. Ils s'étaient croisés sur la nationale 12. Markus Schlegel a repris son taxi, vite, plus vite. Le chauffeur gardait son calme : Si vous étiez repartis aussi vite en 40, ça aurait fait moins d'histoires.

Au cabinet d'architecture, Schlegel a mis la pagaille pour le reste de la journée. M. Cicéro demandait des assurances nouvelles pour ses projets allemands ; Markus Schlegel voulait des certitudes sur ses rapports avec Sabine Brelan. Chacun restait évasif. Sabine s'inquiétait des réactions de ses sœurs. Elles lui en voudraient de leur avoir caché cette relation nouvelle. Il ne s'agit pas de vos sœurs, criait M. Cicéro, mais du plus gros contrat de ces dernières années. Markus s'interrogeait sur la famille Brelan. Avait-il bien compris qu'elle n'avait pas de parents ? Pourquoi tenait-il tant à ce qu'elle n'ait pas de parents ? Morts, ses père et mère, elle ne pouvait pas faire mieux. Elle était restée avec ses deux sœurs. Deux ? Elles vivaient toutes les trois ensemble, comme elles l'avaient toujours fait depuis plus de vingt ans. Pourquoi ne pas l'avoir dit plus tôt ? Elle n'avait pas eu le temps de lui parler d'elles. Était-ce si grave, vivre avec ses sœurs ? Pas grave, au contraire, il était heureux de cette nouvelle. Elles ne s'étaient jamais quittées, vraiment ? Et quelle était la couleur des yeux de la troisième sœur ? Gris aussi ? Bleu-gris ou gris-vert, cela dépendait des jours. Markus s'enthousiasmait pour cette singularité familiale. Sabine se laissait emporter par ses étonnements d'étranger. Il souhaitait l'inviter avec ses sœurs à Berlin, pour lui présenter sa mère. C'était si important pour lui.

M. Cicéro a fait remarquer à Sabine qu'elle manœuvrait plus vite pour elle que pour lui : Schlegel annonçait un mariage, sans avoir fait avancer leur contrat. Vous vous êtes engagée avec moi : vous n'accorderez rien à cet homme avant le début des travaux. Elle l'a promis, sûre d'elle.

4

La maison des sœurs Brelan a connu plusieurs journées de crise. Judith ne reprochait pas à Sabine de ne pas leur avoir parlé de Markus Schlegel, mais de lui avoir caché leur existence. À croire que ses sœurs ne comptaient pas plus que ça pour elle ou lui faisaient honte. Marthe avait eu son histoire avec Charles Coutelle, pas au détriment des autres, elle était revenue. Sabine semblait décidée à les quitter.

Marthe comprenait son envie de mener une vie indépendante, c'était aussi la sienne, bien avant sa maladie. Mais si loin ; avec un homme dont elle ne comprenait pas la langue, qui ne comprenait pas la sienne. Markus avait promis d'apprendre le français avec Christel ; Sabine a trouvé en deux jours des cours du soir, près du cabinet Cicéro. Elle apprendrait la conversation allemande. Bel effort, mais si, le jour où vous vous parlez enfin, vous découvrez que vous n'avez rien à vous dire ? Pas le même monde, tout cet argent qu'il manipule, nous, nos kilos de nouilles, nos comptes vides à la fin du mois.

Markus connaissait déjà la situation de Sabine, elle lui avait plu pour d'autres raisons. Les connaissait-elle, ces raisons ? L'attirance, c'est la meilleure raison : il paraissait la trouver attirante. Il ne se serait pas précipité jusque chez elles, dans tous ses états, Judith pouvait en témoigner, s'il ne l'avait pas trouvée attirante.

Tu parles sans cesse de son attirance pour toi, jamais de la tienne pour lui. Il est épais, gras, ses joues flottent, il a des yeux de fille, avec de grands cils, des bouclettes de bébé à trente-sept ans. Bien trop vieux pour toi. Alors qu'est-ce qui t'attire chez lui ? Son argent ? Sa place ? Le patron de Schlegel & Schlegel : quand tu le dis, on voit que ça te chatouille les lèvres.

Sabine n'avait pas honte de ses ambitions. Elle avait toujours pensé qu'elle était faite pour réussir. Chez Cicéro, elle avait montré ce qu'elle valait. Où était le mal ? S'enfermer sur soi-même, comme Judith, sous prétexte qu'on avait connu des malheurs, c'était ajouter le malheur au malheur. En sortir, ce n'était pas cracher sur la vie passée, mais l'embellir. Si j'avais plus de facilités, un autre statut, je vous en ferais profiter, n'ayez pas peur.

Les deux sœurs n'attendaient aucun profit d'une nouvelle existence de Sabine. Marthe, parce qu'elle pensait faire aussi bien autrement et ailleurs ; Judith pour des raisons idéologiques : améliorer son sort grâce à un capitaliste, c'était contribuer à exploiter ceux dont il tirait sa fortune. Au contraire, disait Sabine, c'est redistribuer les richesses. À toi, d'en faire le bien ensuite, si tu y tiens.

Marthe refroidissait son enthousiasme. Sa cadette parlait comme si Markus Schlegel l'avait déjà épousée. Avait-il évoqué le mariage une seule fois en sa présence ? Il avait regagné Berlin en promettant son retour ou une nouvelle rencontre. Imaginons que ses occupations l'entraînent ailleurs ; une autre secrétaire de direction attirante ; l'oubli l'emporte vite, si loin.

Imaginons que les projets de M. Cicéro ne l'intéressent plus ou n'aboutissent pas : tu dis toi-même que tu t'es engagée à lier ton histoire avec Markus Schlegel à la réussite des projets du cabinet Cicéro, c'est idiot.

Sabine ne se sentait pas tenue par sa promesse, une phrase en l'air pour calmer M. Cicéro. Tu es encore plus arriviste qu'on ne le croyait, pas possible d'avoir une sœur comme ça. Si elle croyait dominer tout le monde, elle se faisait des illusions. Pour l'instant, elle était dominée de chaque côté : un urbaniste français s'était servi d'elle pour obtenir un marché ; un patron allemand la traitait comme une monnaie d'échange.

C'était la nouvelle Europe, disait Sabine. On en parlait à la radio depuis quelques années, avec le Traité de Rome, on était entré dans le Marché commun. Enfin une utopie qui se réalisait, elles devraient être fières d'avoir une sœur comme elle.

Leur propre sœur, parler comme ça… Une femme à vendre et à acheter… À l'époque où elles vivaient… Un produit d'exportation, tu parles d'une gloire. Deux pays s'échangent notre sœur et elle se sent importante. Pas deux pays, deux hommes, des sauvages primitifs qui troquent une femme contre un morceau de viande. Et tu vas nous parler d'attirance, après ça, d'amour aussi, pourquoi pas de passion ? Je ne veux pas que ma sœur subisse une vie pareille sans comprendre ce qui lui arrive. Tu marches à l'envers de l'Histoire, ma pauvre.

Sabine ne se voyait pas en victime. Les femmes avaient toujours fait ce qu'elles voulaient des hommes. Les révolutionnaires qui voulaient les libérer du pouvoir des hommes ne comprenaient rien au pouvoir. Les lectures de Judith la rendaient obtuse, l'utopie des femmes libres était une idiotie. Les femmes ambitieuses devaient soumettre les hommes en leur laissant croire encore longtemps qu'ils étaient les maîtres.

Si tu pars, nous ne serons plus sœurs.

La phrase de Judith leur a fait plus de mal que tout le reste. Plus grave pour elles, à cet instant, que le sort des femmes, l'avenir des utopies et de l'Europe. Nous ne serons plus sœurs. Après avoir parlé trop fort toutes les trois, elles se taisaient sans oser se regarder. La nuit du samedi était bien avancée. Sabine a dû faire un lit dans la chambre du bout. Juste le temps de se dire que Grand-mère Madeleine donnerait son avis le dimanche, qu'elle savait tout mieux qu'elles. Elle arbitrerait entre les sœurs, on la suivrait, comme toujours.

Grand-mère Madeleine n'en pouvait plus de rire. Les filles présentaient leur version de l'histoire. Ça tombait du ciel, un Allemand, Schlegel. Va prononcer son nom, avec des dents en moins. Et gros et riche ? Et qui promettait sans promettre. Revenu, reparti. Sabine au milieu, un produit d'exportation dans le Marché commun européen ? Qu'est-ce que c'était donc, le Marché commun. Mes petites filles, je n'y comprends plus rien. Je suis beaucoup trop vieille et fatiguée. Parlez l'une après l'autre, pour une fois.

Elles se sont expliquées posément. À la fin, Grand-mère Madeleine a pris un ton grave, le regard vague et vitreux : Si tu cours derrière un chat, il t'échappe toujours. Si tu veux l'obliger à monter sur tes genoux, il ne t'obéit jamais. Il faut caresser le chat quand il passe.

Que voulait-elle dire ? Elle n'en savait rien elle-même, des phrases arrivaient comme ça, de plus en plus souvent, le grand âge. Il aurait fallu ne pas y prêter attention. Les sœurs Brelan, au contraire, ne pouvaient pas s'empêcher de les prendre au sérieux. Elles en ont discuté longtemps jusqu'au soir. Pour Sabine, l'évidence : sa grand-mère lui conseillait de profiter de l'occasion. Marthe préférait comprendre qu'on ne devait pas s'attarder, après un bon moment, comme avec Charles Coutelle. Elles se trompaient toutes les deux, selon Judith : la phrase signifiait qu'on avait intérêt à chercher son bonheur dans son entourage habituel. Pour une fois, Grand-mère Madeleine les divisait.

5

Markus Schlegel les a laissés sans nouvelles plusieurs semaines, le cabinet Cicéro comme Sabine Brelan. Judith triomphait, le capitalisme reculait, la nullité de M. Cicéro avait sauté aux yeux des Allemands. Ma nullité personnelle, aussi, ose le dire, pendant que tu y es, ajoutait Sabine.

Deux lettres sont arrivées simultanément, l'une au cabinet d'architecture, l'autre chez les sœurs Brelan. La première annonçait que le projet Cicéro était à l'étude, pas encore retenu, mais presque. La seconde que la mère de Markus Schlegel souhaitait rencontrer Sabine Brelan. Pourquoi ne pas nous montrer cette lettre ? demandait Marthe. Une lettre de rupture, assurait Judith, elle a honte de nous l'avouer. Pour couper court, Sabine leur a traduit ce qu'elle pouvait. Était-ce l'effet de la langue étrangère ? le ton apparaissait bien formel, pas trace de sentiment. Une vraie lettre commerciale, a dit Judith, je suis sûre qu'il y avait plus d'émotion dans la lettre à Cicéro. Ce n'est pas un homme de ce genre qu'il nous faut.

Mais il n'était pas pour elle, de quoi se mêlait-elle encore ? Sabine aurait préféré recevoir les encouragements de ses sœurs. À la réflexion, il valait mieux que Markus ne plaise pas à Judith. N'empêche, sa jeune sœur avait toujours un jugement plus percutant que personne : la lettre était vraiment trop froide. Sabine se rassurait comme elle le pouvait. Les sentiments ne s'exprimaient pas facilement, ils finiraient par arriver, quand on se connaîtrait mieux. Caressons le chat quand il passe. Aujourd'hui, une invitation à Berlin. Jouer la dame guindée ne me fait pas peur, si c'est pour m'en sortir. Vous serez heureuses pour moi et avec moi, plus tard.

Deux nouvelles lettres ont suivi, le lendemain, des repentirs des précédentes. L'une demandait à M. Cicéro d'infléchir son projet dans une nouvelle direction, si on voulait satisfaire les clients. L'autre précisait que la mère de Markus Schlegel exigeait de recevoir Sabine en compagnie de sa famille.

Je n'irai sûrement pas me montrer à Berlin chez ta future belle-mère, criait Judith. Elle a raison, ajoutait Marthe, c'est le marché aux bestiaux. Cette mère veut évaluer la race, en examinant les femelles du cheptel. Si nous plaisons, tu entres dans la famille Schlegel, sinon pas de contrat. Tu ne peux pas accepter d'être traitée comme ça.

Sabine n'était pas loin de leur donner raison. Elle les savait capables de saboter la rencontre. En même temps, refuser de présenter ses sœurs à Mme Schlegel, c'était se condamner d'avance. On demanderait son avis à Grand-mère Madeleine, dimanche, pourvu qu'elle ne se contente pas d'une phrase à triple sens.

Grand-mère Madeleine s'est enthousiasmée pour le projet. Elle aimait les voyages, elle en serait. Cette Mme Schlegel voulait voir la famille, pas seulement les sœurs Brelan, relis-nous la lettre, Sabine. La famille, c'est bien écrit, regarde : *die Familie*, c'est une langue facile, l'allemand. Votre famille, c'est moi. Je pars tout de suite avec vous.

Sabine a fait valoir que Berlin était beaucoup plus loin que Paris. On ne pouvait pas se lancer comme pour un dimanche après-midi aux Champs-Élysées. Et Judith, on la connaissait, Judith, elle ne savait pas s'empêcher de dire des énormités… son goût de la provocation… encore plus développé ces derniers mois… ses proclamations de révolutionnaire en chambre… l'avenir du communisme, les utopies collectivistes… Vous imaginez au milieu d'un dîner de capitalistes allemands… On nous envoie à Berlin-Est aussitôt. Et si elle se met à raconter les crimes les plus horribles de ces dernières années…

Dis-moi, ces gens-là ne comprennent pas le français ? Judith peut lancer toutes les horreurs qu'elle veut, avec ses mines de petite fille au nez pointu, elles passeront inaperçues. Je ne m'en fais pas pour elle.

Restait une dernière crainte, difficile à évoquer : les rires perpétuels de Grand-mère Madeleine la feraient passer pour folle, gâteuse au moins. Ils n'étaient pas toujours évidents à comprendre, même pour des Français, alors pour une famille allemande des plus sérieuses… Prenons le risque, a dit Marthe, nous savons bien que Grand-mère Madeleine arrive à plaire à tout le monde.

Judith voyait que le projet prenait corps, les autres tombaient d'accord, sans tenir compte de son avis. Elle a proposé d'embarquer Tante Rosie et Pierre Ledru. Ils représentaient la famille, eux aussi. Rien de mieux pour plomber un mariage.

Détrompe-toi, a dit Marthe, ils cadrent sûrement mieux que nous avec cette mère Schlegel. Ce serait le mariage assuré dans la semaine. Il vaut mieux que tu viennes avec nous sans te plaindre. Ça te sortira de tes livres. D'ailleurs, en ce moment, tu ne lis que des livres allemands, Marx, Engels, autant aller dans le pays.

Les négociations franco-allemandes se sont poursuivies. Markus craignait la visite d'une grand-mère : sa mère, expliquait-il dans ses lettres, avait fait échouer, depuis quinze ans, plusieurs projets de mariage de son fils avec des jeunes filles allemandes, sous prétexte que leurs parents ne lui convenaient pas ; un père était alcoolique, quoique de bonne famille ; un autre avait été ouvrier, bien que sobre et enrichi ; les derniers étaient divorcés. Alors Sabine, orpheline depuis longtemps, c'était une chance inespérée de conclure un mariage, sans reprocher ses parents à la future épouse. L'apparition d'une grand-mère, c'était un risque nouveau.

En somme, a dit Judith, il ne s'intéresse à toi que parce que nous n'avons plus nos parents. Française en plus, l'enquête de la mère sera plus difficile. Tu parles d'un amour. Marthe ajoutait qu'il était étrange qu'un homme de trente-sept ans ait besoin de l'autorisation de sa mère pour se marier. Les lois allemandes étaient-elles si différentes des nôtres ?

Vous ne voyez que les obstacles et vous ne faites jamais rien. Judith peut attendre mille ans dans sa cage son être exceptionnel à l'amour absolu et toi, Marthe, regretter éternellement la disparition d'un malade qui a bien voulu de toi avant de mourir. Nous devons avancer. La vérité, c'est que vous êtes jalouses de moi. Je vous demande seulement de m'accompagner quelques jours à Berlin et de m'aider à plaire à cette mère. Je me charge d'imposer Grand-mère Madeleine à Markus. Je ne me sens bien que si tout le monde me suit. Suivez-moi.

6

Sabine et Marthe ont pris deux semaines de congés, à la fin de l'été. Le voyage a failli ne pas se faire : la République Démocratique Allemande venait de dresser un mur, une nuit d'août 1961, à travers Berlin. Judith trouvait des alliés dans les communistes allemands, une bénédiction, ce mur, les ambitions contre nature de Sabine s'écroulaient. Difficile de trouver un train, un avion pour Berlin ; on craignait une réaction de l'Ouest, la guerre pouvait renaître dans la ville, pas le moment de s'y jeter. Elle n'éclatait pas, Sabine a repris espoir. On prendrait la Monasix Luxe.

Un modèle de plus de trente ans, tu n'y penses pas, elle n'atteindra jamais la frontière.

Sabine était décidée, elle roulerait lentement, on prendrait son temps, on rallierait Berlin par le secteur français.

Grand-mère Madeleine ne supporterait pas un si long voyage, nonagénaire à présent, la mort assurée. Cette mort-là ou une autre, ça la faisait bien rire, un dernier voyage et elle serait contente. Elle voulait savoir où sa petite-fille mettrait les pieds et donner son avis.

Elles ont fait sensation aux frontières, avec leur voiture brinquebalante. Les douaniers et les soldats hésitaient entre l'étonnement et le soupçon. Quatre femmes décidées à rejoindre Berlin en pleine crise, ça devait cacher quelque chose. Elles ont connu les fouilles prolongées, l'attente devant des bureaux déserts. Grand-mère Madeleine amadouait les autorités, soit par sa gaieté et ses petits mots, soit par l'expression d'une soudaine grande fatigue, parfois les deux, si l'une ne suffisait pas.

Leur arrivée en guimbarde rouge, en bas du grand immeuble neuf, de standing, occupé par les Schlegel, a inquiété la mère. Des femmes non accompagnées, traversant la France, la Belgique et les deux Allemagnes, ça ne présageait rien de bon pour son fils. Les premiers moments, devant un ragoût de porc arrosé d'une sauce brune, un des rares plats que savait confectionner la cuisinière, le même servi tous les jours, avec une soupe de choux à six heures chaque soir, ont été pesants. La conversation hésitait. Markus Schlegel, devant sa mère, se montrait cérémonieux comme jamais, des compliments à chacune pour ses yeux gris, courant de l'une à l'autre pour prendre les vestes légères, tirer et avancer les chaises. Il plaçait ses phrases françaises toutes faites, Sabine lui répondait en allemand. Ses cours du soir n'avaient pas été inutiles ; pas de quoi aller bien loin, pourtant. Grand-mère Madeleine multipliait les mimiques de contentement, la sauce, la bière, l'eau gazeuse, les couverts, les meubles, tout lui plaisait. Mme Schlegel se voyait déjà dépossédée de ses biens par une vieille Française qui semblait les évaluer les uns après les autres.

Faire connaissance était presque impossible : on en revenait sans cesse à la construction du mur. Mme Schlegel voulait voir les dernières images à la télévision. Un poste de télévision, une joie pour Grand-mère Madeleine. Les Ledru parlaient d'en acheter un, sans jamais s'y résoudre, de vrais rapaces. Le rire de Grand-mère Madeleine couvrait les commentaires de la télévision allemande. Mme Schlegel ne voyait rien de risible dans ces images où apparaissaient des maisons détruites, des familles séparées, une ville coupée en deux. Sabine s'efforçait de justifier les rires de sa grand-mère, au risque de faire passer les Brelan pour des arriérées, ne connaissant pas la télévision et conduisant une voiture de l'entre-deux-guerres. Il a été décidé d'aller voir le mur, le lendemain matin. Partager des moments historiques aiderait à souder les deux familles, pensaient les uns. Pendant qu'on s'occupe de ce mur, se disaient les autres, on repousse les affaires de mariage, c'est toujours ça de gagné.

L'appartement des Schlegel n'était pas loin de la Friedrichstraße. Des Berlinois de l'Ouest se rassemblaient par petits groupes, observaient les ouvriers de l'Est occupés à monter le mur à la place des barbelés. On se haussait sur la pointe des pieds pour apercevoir les casques derrière, et les armes. Certains esquissaient des gestes, des appels ; on se taisait. Mme Schlegel était la plus émue. Elle était née à l'est de l'Allemagne. Ce mur lui ôtait le dernier espoir de revoir sa petite ville d'origine. Marthe Brelan, la voyant défaillir, lui avait pris le bras, d'un geste spontané, comme avec les malades à la clinique. Elle était bouleversée par le sort de tous ces gens de l'Est empêchés de travailler à l'Ouest, tout simplement de se déplacer comme eux. Les deux femmes se comprenaient sans saisir le sens exact de leurs paroles. Le ton suffisait ; Mme Schlegel commençait à oublier ses réserves ; ces jeunes Françaises n'avaient pas que du mauvais ; une main ferme, cette brune.

Sabine se tenait près de Markus Schlegel, contemplatif devant le mur. Ils s'étaient connus dans le cadre professionnel, leur conversation y revenait. Les plaques de béton étaient montées à la hâte : techniquement, ça ne durerait pas longtemps. Je ne donne pas cher de leur mur. Il va se fissurer, s'écrouler en quelques mois. La liberté reviendra à Berlin, non parce que les Occidentaux vont envoyer des chars, mais parce que les travaux ne sont pas conduits sérieusement. Sabine ajoutait que la situation ne tiendrait pas politiquement non plus. Ensuite, il faudrait reconstruire les quartiers endommagés. Des affaires en perspective pour ceux qui sauraient se placer. Elle ne doutait pas que Markus serait de ceux-là. Il s'est dit admiratif devant Sabine. Il avait remarqué, depuis leurs premières rencontres, sa rapidité d'analyse. Ça se confirmait : quelques minutes devant le mur, elle voyait, comme lui, les bénéfices à en tirer. Deux optimistes ne pouvaient que s'entendre. Si elle s'installait à Berlin, il en ferait sa femme et sa conseillère. Sa mère le conseillait depuis longtemps, mais elle voyait tout en sombre et le dissuadait par principe de prendre le moindre risque.

Judith ne voulait pas entrer dans leur conversation personnelle, pourtant le mur ne lui semblait pas aussi fragile qu'ils le pensaient. Le béton armé, même vite monté, restait du béton armé. Et la force du projet, selon elle, c'était sa simplicité. Un modèle génial d'urbanisme : un mur, rien qu'un mur, c'est la perfection pour un architecte. Pas de décor inutile, la pureté de la ligne, vraiment, on ne fera pas mieux. Ceux qui ont imaginé ça sont très forts.

Que dit-elle ? demandait Markus. Sabine prétendait ne pas pouvoir traduire, trop compliquées à formuler en allemand, les paroles de sa petite sœur. Judith tenait à être bien comprise de Markus Schlegel et de sa mère. On pouvait par des gestes et des interjections manifester son admiration pour le travail en cours. Mme Schlegel avait du mal à suivre, Marthe l'entraînait loin de Judith. Markus avait bien saisi : Tu aimes être amusante, Judith, même quand ce n'est pas le moment. Non, non, elle n'avait jamais été plus sérieuse. Elle attendait depuis longtemps la réalisation d'une nouvelle utopie architecturale, toujours liée à un projet politique. C'était fait, grâce à ce mur. Elle n'avait rien de plus à ajouter. Sabine s'emportait. Elle jurait que sa sœur ne croyait pas un mot de ce qu'elle disait. Elle aimait seulement dire le contraire de tout le monde, sa tournure d'esprit depuis toujours, mais la plus gentille des filles, incapable de mettre en pratique les horreurs qui sortaient de sa bouche. Judith ne voulait pas se laisser rabaisser. Marthe avait lâché le bras de Mme Schlegel : Enfin, les filles, vous n'allez pas vous donner en spectacle devant ce mur. Tout le monde vous regarde.

Grand-mère Madeleine s'était approchée au plus près d'un ouvrier au travail de l'autre côté. Elle se haussait pour mieux voir, l'interpellait. Qu'est-ce qu'il y a donc de si important chez vous que vous voulez nous cacher ? Je voudrais bien aller y voir. J'ai fait un long voyage. Je peux quand même savoir ce qui se passe chez vous. Personne ne saisissait ses paroles, mais ses intentions étaient visibles : une vieille femme cherchait à passer le mur. Une inconsciente pour les uns, une courageuse pour les autres. Il fallait éviter tout incident. Markus Schlegel a ramené Grand-mère Madeleine près du groupe. On éviterait de s'approcher du mur désormais.

Mme Schlegel voulait bien mettre sur le compte du grand âge le comportement de Mme Brelan : elle n'était plus en état de comprendre la situation politique. Elle avait ri, la veille, déjà, devant les images télévisées. C'était inquiétant, mais on pouvait lui pardonner. Évidemment, l'image de la famille Brelan en pâtissait. Ces faiblesses mentales y étaient-elles courantes ? Commençaient-elles à se manifester de bonne heure chez les femmes ? Et chez les hommes ?

Vous savez, a dit Judith, les hommes ne tiennent jamais longtemps, chez nous. Ils s'unissent aux femmes de notre famille et ils meurent très vite, souvent de manière tragique, avant d'avoir eu le temps de perdre la tête.

Grand-mère Madeleine faisait des efforts, depuis la visite au mur, pour tenir son rire. Elle n'a pas pu s'empêcher de le lâcher. Sabine a été dispensée de réprimander sa sœur. Les Schlegel croyaient à une plaisanterie familiale, ils ont fini par rire sans chercher davantage à savoir pourquoi.

Au troisième jour, Mme Schlegel a voulu parler d'argent. Elle n'avait obtenu aucune information sérieuse sur les parents des sœurs Brelan, morts dans la force de l'âge, rien de plus. Au moins, ils avaient laissé des biens à leurs filles, elle n'en doutait pas ; plutôt, elle avait envie, sans détours, de le savoir avec précision. On n'allie pas deux familles, sans apport réciproque. Elle voyait la difficulté, sa plus grande inquiétude : l'héritage s'était trouvé partagé entre trois sœurs, quand elle avait un fils unique, qui avait repris l'entreprise prospère de son mari.

À quelle époque remonte la prospérité de la maison Schlegel & Schlegel ? a demandé Judith.

Sabine a tout de suite saisi le danger de la question. Elle ne pouvait pas étouffer Judith chaque fois qu'elle prenait la parole. Elle se contentait désormais de ne pas traduire et de changer de sujet. Markus avait compris tout seul, il a souri : Tu es une fille subtile, Judith. La maison Schlegel & Schlegel a été fondée en 1918. Elle n'a perdu de l'argent qu'à une seule époque, celle de la grande inflation. Elle s'est toujours redressée. Cela te suffit ?

N'insiste pas, Judith, a dit Sabine.

Markus a ajouté qu'il ne comptait pas perdre d'argent non plus dans l'Allemagne d'aujourd'hui.

Pourtant, perdre de l'argent, c'est plus honnête, a repris Judith. Il faudrait supprimer l'argent. Si je t'épousais, je te ruinerais, en quelques années.

Qu'est-ce qu'elle s'imaginait ? Épouser Markus ? Aucun sens.

C'est amusant, au contraire, disait Markus Schlegel : je ne détesterais pas perdre beaucoup d'argent pour une fille comme toi. Mais pour en perdre beaucoup, il faut en gagner beaucoup. Pour en gagner beaucoup, il faut l'aimer beaucoup, pas le supprimer.

Il plaisantait à son tour ? Sabine n'aimait pas beaucoup ce genre de plaisanteries. Markus se montrait trop compréhensif avec les idioties de Judith. Aucune personne raisonnable ne pouvait l'écouter longtemps. Aucun homme raisonnable ne voudrait d'elle.

J'essaie seulement d'être aimable avec les membres de ta famille. Ce sont tes sœurs.

Le séjour de quatre jours à Berlin tirait à sa fin, Markus insistait pour le prolonger d'un jour ou deux, on commençait tout juste à être à l'aise ensemble. Sabine préférait s'en tenir là, pour le moment : contrôler sans cesse les réactions ou les propos de ses sœurs et de sa grand-mère, c'était épuisant. Elles menaçaient, lui semblait-il, de jour en jour, ses plans personnels. Mme Schlegel avait une préférence pour Marthe, toujours à s'appuyer sur son bras ; des échanges de regards, de petits mots dans les deux langues ; des sorties à deux dans le quartier ; elles étaient retournées au mur, revenues désespérées et encore plus complices. Markus Schlegel était toujours prêt à questionner Judith sur tous les sujets, en se mettant à l'écart avec elle. Il attendait avec un plaisir visible ses réponses les plus déplacées, c'en était gênant. Il redevenait grave en présence de Sabine et de sa mère, prévenant avec elles, comme s'il les mettait sur le même plan. Il fallait hâter le départ, éloigner Judith et Marthe de Berlin.

La Monasix Luxe n'en pouvait plus, une fuite d'huile lui a été fatale près de Cologne. Le dernier souvenir de leur père allait rester en Allemagne. J'aurais dû m'écouter, répétait Sabine dans le train du retour, partir seule.

Je n'ai rien dit contre toi à Mme Schlegel, se défendait Marthe, au contraire.

Tout ce que j'ai dit contre toi faisait rire Markus, disait Judith, c'est bizarre, mais je crois que j'ai servi tes intérêts chaque fois que je voulais te nuire.

C'est ça, vous m'avez rendu service, et vous avez si bien réussi que je dois tout reprendre à zéro. Si je n'obtiens pas Markus, je ne resterai pas avec vous non plus. C'est tout ce que vous aurez gagné.

Chez elles, Sabine s'arrangeait pour ne plus croiser ses sœurs, le matin, pour ne plus dîner avec elles, pour ne plus partager leur chambre. La séparation des sœurs Brelan n'avait jamais été aussi complète. Tout juste si Sabine a accepté de se montrer quelques minutes, le dimanche suivant, pour la visite de Grand-mère Madeleine. Le temps de l'entendre exprimer sa joie. Elle n'en revenait pas d'avoir mené à bien un si long voyage. Son seul regret : ne pas avoir pu le continuer plus loin, à cause de ce mur. À quoi servait-il, ce mur, déjà ? C'était bien compliqué, pas la peine de recommencer les explications, elle les oublierait aussi vite. Et cette famille allemande, comment s'appelait-elle déjà ? Très bien, très bien, pourquoi ne pas se marier avec le garçon ? Des gens parfaits, certainement… Le seul inconvénient, c'était que la mère était beaucoup trop vieille et le garçon beaucoup trop jeune…

Mais enfin, cette mère a au moins vingt-cinq ans de moins que toi et le garçon dix ans de plus que Sabine.

Grand-mère Madeleine se perdait une fois de plus dans les chiffres, il ne fallait pas lui en tenir rigueur.

Chiffres ou pas chiffres, elle n'en démordait pas : la mère était trop vieille et le garçon trop jeune.

Cette fois, les sœurs ne se sont pas disputées pour imposer leur interprétation de cette nouvelle énigme. Elles n'en avaient aucune, et elles n'avaient plus envie de se parler.

7

Des robes, des parfums sont arrivés chez les Brelan. L'enveloppe qui les accompagnait portait le seul nom de Sabine, la lettre à l'intérieur était adressée aux trois sœurs. Sabine l'a déchirée sur-le-champ, s'est approprié les cadeaux, les exhibant avec l'enveloppe, comme une marque de son succès.

C'est curieux, a remarqué Judith, les robes ne sont pas toutes de la même taille. La bleue est plus petite. Elle n'ira pas à Sabine.

Rien ne lui échappait. Sabine était convaincue qu'il fallait précipiter le mariage, avant que Judith ne parvienne à tout gâcher. En attendant, elle poursuivait son travail au cabinet d'architecture. Elle a fait valoir des avancées dans les projets de M. Cicéro en Allemagne, grâce à son intervention et malgré la crise politique en cours. Elle promettait une issue rapide et définitive, si on la laissait repartir pour Berlin. Elle a envoyé des lettres pressantes à Markus Schlegel, strictement professionnelles : elle avait ajouté un remerciement pour les cadeaux, en post-scriptum.

Markus en a conclu qu'il avait déplu ; les cadeaux ne convenaient pas, sans doute ; offrir des parfums et des robes à des Françaises, sans connaître leurs goûts. Il s'excusait pour sa maladresse de vieux célibataire.

Il ne lui venait pas à l'esprit que Sabine pouvait mal prendre ces cadeaux faits à trois femmes en même temps. Il glissait en post-scriptum qu'un accord était possible avec la ville de Berlin, pour un projet moins ample que prévu.

Nous arrivons, a répondu Sabine, sans préciser qu'elle amenait avec elle M. Cicéro. Markus Schlegel a eu le plus grand mal à dissimuler sa déception : convaincu que Sabine avait renoué avec son patron la relation qu'il leur avait prêtée. Elle venait le narguer, esquivait les questions sur ses sœurs, ramenait la conversation aux négociations en cours.

M. Cicéro accepterait de réduire ses ambitions en Allemagne, disait-elle, si on se mettait d'accord rapidement. Elle semblait diriger son patron, profitant de ses progrès en allemand pour prendre en charge les discussions, sans perdre de temps à consulter M. Cicéro. Elle lui faisait servir schnaps sur schnaps, il hochait la tête, d'accord sur tout.

Elle avait réservé deux chambres d'hôtel. Mme Schlegel a insisté pour que les invités logent dans son appartement. M. Cicéro était fatigué, Sabine viendrait seule. Markus lui en était reconnaissant. La cuisinière avait préparé du sanglier, avec sa sauce brune. Sabine montrait à tout propos son enthousiasme d'être à Berlin, chez les Schlegel. Et ce mur abominable, où en était-il, ce mur ? Les travaux se poursuivaient, la séparation semblait définitive, mais la guerre serait évitée. Sabine plaignait ceux de l'Est, s'emportait contre les interdictions imposées aux familles et aux amis de se rencontrer. Quand on était originaire de ces régions, comme la mère de Markus… Mme Schlegel a promis à Sabine de marcher jusqu'au mur, le lendemain. L'émotion persistait, elle devait s'appuyer sur son bras, en appréciait la fermeté, presque égale à celle de Marthe.

Au retour, en compagnie de Markus, Sabine s'est essayée à quelques provocations sur le modernisme exaltant de l'architecture est-allemande. Ceux de l'Ouest devraient s'en inspirer, construire un mur aux lignes encore plus épurées pour encercler le mur. Markus l'écoutait perplexe. Était-elle sérieuse ? Elle a répondu par un grand rire descendant.

La deuxième soirée a été la plus heureuse : Sabine riait de plus en plus, s'arrêtait un instant pour un mot de tendresse, jamais aussi naturel qu'elle le souhaitait. Elle se moquait du capitalisme familial allemand, dès qu'elle se trouvait seule avec Markus, jamais aussi féroce qu'elle le voulait. La gaieté partagée leur suffisait. Elle a serré dans ses bras la mère et le fils à l'heure du coucher, pas trop tard. On devait signer l'accord avec la ville à dix heures, le lendemain.

Sabine Brelan s'agitait dans son lit, avant le jour, pas chez elle, nulle part, perdue ; l'urgence de l'action ; quelle action ? Emporter l'adhésion des officiels pour le projet Cicéro ? Celle de la mère pour un mariage ? Les deux s'embrouillaient, elle n'en pouvait plus, une décision à prendre, être elle-même, simplement, avec son audace naturelle dans l'action, que ses sœurs ne possédaient pas. Le tout pour le tout, aujourd'hui. Elle s'est gorgée de ces mots, le tout pour le tout, sans savoir ce qu'ils signifiaient pour elle à cet instant. Elle s'est levée, pas le temps d'enfiler la robe de chambre que la mère lui avait prêtée, a suivi le couloir, large de deux mètres, une longue antichambre plutôt, glissé devant la porte de Mme Schlegel, qui ronflait, atteint la porte du fond.

La poignée résistait. Markus n'aurait pas fermé à clé ? Peur de qui chez lui ? Non, un simple défaut dans le bâti de la porte… Un spécialiste des travaux publics… Il fallait tourner à fond, pour libérer la clenche. Sabine se sentait calme : elle s'est assise sur le bord du lit, s'y est glissée, en veillant à bien couvrir ses genoux avec sa chemise de nuit. Elle n'entendait plus la respiration de Markus ; quelques mouvements incohérents du demi-sommeil ; elle attendait son contact. Le bras gauche a rencontré la hanche de Sabine ; recul brusque ; suivi d'un retour et d'interrogations à peine articulées.

La Française, a dit tout bas Sabine. Quelle Française ? Il s'est rattrapé aussitôt, oui, la Française, pour se reperdre dans le flou d'un réveil laborieux, les Françaises, les Françaises. Il étendait ses mains de chaque côté, comme s'il les cherchait. Elle s'est coulée sous son bras gauche, il ne bougeait plus. Un long moment, jusqu'à ce que le jour monte. Pas de volets à la fenêtre, rideaux ouverts, ils commençaient à se distinguer. Markus Schlegel voulait voir les yeux, les yeux gris, rien d'autre que les yeux gris, le cri des cieux, comme il disait toujours. Il la voulait assise, pour mieux voir ses yeux, assise sur son ventre proéminent.

Sa chemise de nuit la gênait, il l'a empêchée de la retirer. Seuls les yeux l'excitaient. Il la fixait, Sabine en était mal à l'aise, elle aurait préféré être prise brutalement et rapidement, sans un regard, comme les hommes devaient faire, pensait-elle, pour en finir, dans le désordre. Markus prenait son temps ; son grand corps lui pesait ; il le déplaçait toujours avec lenteur. Il restait sur le dos, attirait vers lui le visage de Sabine, pour l'embrasser, croyait-elle ; pour voir ses yeux de plus près, a-t-il dit. Elle l'a embrassé quand même, il ne l'a pas repoussée. Il lui demandait seulement de ne pas fermer les yeux. Il l'a redressée, éloignée de lui. Elle a cru que c'était fini ; il ne voulait pas d'elle ; le tout pour le tout, c'était raté.

Il l'installait mieux, sous la bosse du ventre, tirant sur ses jambes de chaque côté. La chemise de nuit a craqué, Sabine n'osait plus bouger. Elle a glissé comme emportée par une pente ; elle s'agrippait aux épaules charnues de Markus, pour se remonter, il la faisait redescendre. Elle cherchait un nouveau point d'appui, se haussait, il l'obligeait à lâcher prise ; elle s'affaissait, se redressait, luttait. Garde les yeux ouverts. Et parle, parle en français. Que devait-elle dire ? Ce qui lui passait par la tête, des paroles tendres, des paroles dures, aucune importance, du moment que c'était en français. Elle ânonnait des bouts de phrase, variait les tons, alangui ou haché, selon les mouvements, une conversation sans suite.

Markus était un lent, immobile sur le dos, laissant Sabine chercher son équilibre sur lui. Elle a eu trop chaud d'un seul coup, elle allait s'évanouir, l'impression que ses yeux tournaient, elle allait les fermer pour les contenir. Garde-les ouverts, ouverts. Markus n'en pouvait plus de les voir basculer vers le haut. Sabine s'est sentie trempée, sans que le corps de Markus Schlegel ait semblé agité du moindre soubresaut. Il l'a déposée à côté de lui, toujours allongé, calé dans son oreiller. C'est lui qui a fermé les yeux.

Il a croisé sa mère avant le départ pour la signature. Il avait commis une faute, lui a-t-il expliqué, il n'avait plus le choix, il devrait racheter. J'aurais préféré l'autre, a répété Mme Schlegel, mais tu es grand, tu as choisi.

M. Cicéro ne comprenait pas pourquoi Sabine lui demandait de rentrer seul à Paris ; il tenait son contrat, il était conscient de devoir beaucoup à son associée employée. Il avait l'intention de la récompenser à leur arrivée. Elle restait. Jusqu'à quand ? Et ses sœurs ? Elle le chargeait de les prévenir. Elle ne reviendrait pas.

Les Schlegel s'étonnaient aussi. La mère se demandait s'il n'était pas souhaitable de préserver un temps de décence et de séparation avant le mariage. Conventions bourgeoises, a dit Sabine, et Markus était content de l'entendre contredire sa mère. Elle faisait la douce avec Mme Schlegel, pour se rattraper. Le matin, elle s'approchait de la chambre de Markus, forçait la poignée toujours récalcitrante, escaladait le ventre, nue, pour ne pas déchirer davantage sa chemise de nuit, tenait ses yeux grands ouverts, formait des phrases françaises de plus en plus amples, s'animait sur le vaste corps inerte qu'elle serrait entre ses jambes, se multipliait. Leur plaisir croissait. Markus se rendormait ; dans le vague de son demi-sommeil, il lui demandait quelquefois de répéter son prénom.

Ils commençaient à parler de dates pour le mariage. Auparavant Sabine désirait sûrement retourner en France ? Annoncer la nouvelle à ses sœurs ? Aller chercher ses affaires personnelles, quelques objets auxquels elle tenait ? Elle ne tenait pas aux objets du passé. Nouvelle vie, nouvelles affaires. Elle se constituerait une garde-robe sur place.

Retourner auprès de ses sœurs lui semblait hasardeux, elle craignait leurs réactions. Elles feraient tout pour l'empêcher de se marier. Judith lui opposerait ses théories sur la société capitaliste patriarcale dont elle serait la victime. Marthe serait plus compréhensive, mais si triste. Elle avait voulu s'affranchir de ses cadettes, avant d'y renoncer ; Sabine était décidée à ne pas commettre la même erreur, elle ne reviendrait pas en arrière.

Il serait temps de les revoir, après le mariage. Elle ne comptait pas les inviter à la cérémonie ? Non, pour ne pas leur faire de peine. Markus s'étonnait de ses scrupules.

M. Cicéro s'était montré laconique auprès de Marthe et Judith. Leur sœur n'était pas rentrée de Berlin avec lui, il n'allait pas plus loin. Amoureuse de son Allemand, entre nous, ça ne durera pas. Ce serait préférable, j'ai besoin d'elle à Boulogne.

Elle ne revenait pas, aucune lettre au courrier ; le téléphone tout juste installé ne sonnait pas. Judith en était persuadée : un enlèvement. Marthe se voulait rassurante. Tu as trop lu, tu crois encore que les hommes enlèvent les femmes à notre époque. Et puis, tu connais Sabine, c'est plutôt elle qui enlèverait un homme, surtout s'il est riche.

Il fallait en être sûr, Judith était prête à faire le voyage ; ramener leur sœur ; sa place est avec nous, pas avec ce gros lard qui ne pense qu'à l'argent.

Un gros lard qui avait encouragé les discours anticapitalistes de Judith, à Berlin : Tu l'amusais beaucoup, je crois. Oui, elle l'amusait, les hommes pensaient pouvoir acheter les femmes qu'ils voulaient, à condition qu'elles les amusent. Si elle aimait un homme, il devrait être hors du commun, le contraire de Markus Schlegel : détester l'argent et l'amusement. Elle ne comprenait pas que Sabine se soit soumise aussi facilement, même avec ses rêves de réussite sociale. Un enlèvement, rien qu'un enlèvement. Si tu ne veux pas m'accompagner, j'irai avec Grand-mère Madeleine. Sabine l'écoutera, elle.

Grand-mère Madeleine était fatiguée, elle se contentait de répéter que Mme Schlegel était trop vieille et Markus trop jeune pour Sabine. Si tu cours à Berlin, avant leur mariage, c'est toi qu'il épousera. Il a l'âge pour toi.

On ne pouvait plus compter sur Grand-mère Madeleine, sa tête partait de jour en jour. Ses élucubrations sur les âges n'avaient aucun sens.

Marthe cherchait à se convaincre que ce mariage était inespéré pour la famille Brelan. La chance de l'une ne pouvait pas être considérée comme la malchance des autres. À la place de Sabine, elle n'aurait pas hésité. Seulement, la première qui partait condamnait la deuxième à s'occuper de la troisième. Tant que Judith s'enfermerait dans son déclassement volontaire, on ne l'abandonnerait pas, sœurs jusqu'au bout. Il en fallait une, c'était tombé sur elle, Marthe, la plus capable d'abnégation depuis toujours, même s'il lui arrivait de reprocher à la plus jeune de l'empêcher de vivre.

Je ne demande rien à personne, disait Judith, surtout pas d'argent. C'est un mensonge de dire que je vous retiens ou que je vous interdis de faire votre vie. Tout ce que je sais, c'est que notre vie ne devrait pas passer par des gens comme Markus Schlegel. Notre père attendait plus de nous, il me semble. Alors, moi, j'aurai une vie exceptionnelle, qui ne dépendra pas de vous. Ne m'accuse pas avant de voir.

Marthe se demandait si Judith n'était pas folle ; immature au moins. Malheureuse trop jeune, figée dans ses quatorze ans, elle avait besoin de plus d'indulgence que ses sœurs. L'immaturité n'était pas une maladie, mais elle exigeait autant de soins que la folie. À la clinique, Marthe s'occupait de la même manière des patients atteints de maladies graves ou bénignes. Soigner les autres, ce devait être son sort, il valait mieux l'accepter.

Sabine leur a adressé une longue lettre pour leur annoncer que son mariage avait eu lieu, sans famille, de part et d'autre, l'union pure de deux personnes. Vous ne me croirez pas, mais c'est comme ça. Le plus important était qu'elle ne les oublierait pas. Elles pouvaient compter sur son aide, comme toujours. Elle n'osait pas le dire trop clairement, pour ne pas blesser Judith, mais, si Marthe était gênée, un jour, pour remplacer la Monasix Luxe, par exemple, ou dès maintenant, elle lui enverrait des mandats à volonté. Markus lui-même l'avait proposé. Judith en a pleuré. La contamination de l'argent était plus rapide que tout : sa propre sœur en perdait toute délicatesse ; peut-être pas enlevée, mais achetée par un riche ; exhibant dès sa première lettre ses moyens nouveaux ; disposée à acheter à son tour ses propres sœurs. La conclusion, proclamant qu'elles resteraient les sœurs Brelan avant tout, ne sauvait rien, aux yeux de Judith : une formalité épistolaire. Marthe voulait croire à la sincérité de Sabine, malgré tout.

Tu ne vaux pas mieux qu'elle. La sincérité, pour toi, c'est un mandat.

Marthe ne savait plus quoi faire pour empêcher la désintégration du noyau Brelan.

8

Sabine écrivait souvent, téléphonait quelquefois. Judith ne voulait pas lui répondre. Cette chronique du bonheur la dégoûtait ; sa sœur en bonne ménagère d'une société enrichie, elle n'arrivait pas à y croire. Elle traquait les signes du malheur à venir. Contente d'apprendre que Mme Schlegel avait exigé de son fils qu'il signe un contrat de mariage. Ils ont peur de se faire voler leurs biens, aucune trace d'amour là-dedans, je l'ai toujours dit. Sabine comprendra cette comédie sociale avant la fin de l'année, elle va nous revenir, ce n'est pas possible autrement. Une grande crise économique nous ferait du bien, la ruine des Schlegel, et ils montreraient ce qu'ils valent : la petite Française aux yeux gris ne suffirait plus. Une autre joie : Sabine, en Allemagne, ne pouvait pas travailler comme elle le souhaitait. La mère de Markus trouvait que c'était indigne d'une femme. Et que ferait-elle, si elle avait un enfant, comme elle l'attendait du mariage de son fils ?

Tu vois, disait Marthe, Mme Schlegel pense comme toi : elle n'accepte pas qu'une femme ait un métier.

La différence, c'est que je ne me contente pas d'être contre le travail des femmes, je suis aussi contre le travail des hommes.

Sabine avait proposé d'aider Markus dans la maison Schlegel & Schlegel, mais son niveau en allemand n'était pas encore suffisant pour qu'elle puisse occuper un emploi digne de la femme du patron. Elle se contentait de suivre le dossier Cicéro. L'architecte y trouvait son compte : une émissaire permanente en Allemagne. L'immeuble prévu n'était pas encore sorti de terre ; des retards, des recours de riverains, les incertitudes politiques liées à la construction du mur, l'affaire n'avançait pas, Sabine avait l'impression de perdre son temps.

La naïve, commentait Judith, elle a cru que ses ambitions devaient passer par un homme. Elle a obtenu l'homme et ses ambitions sont démolies. Je l'ai toujours dit. L'ambition des femmes doit passer par les femmes elles-mêmes. Nous aurions fait bien plus toutes les trois ensemble. Qu'est-ce qui lui reste ? La mère Schlegel sur le dos, du matin au soir.

Sabine faisait l'éloge, lettre après lettre, de Mme Schlegel, la mère qui lui avait manqué, attentive, ferme. Judith comprenait autoritaire et fourrant son nez partout : ça ne collerait pas longtemps avec le caractère de Sabine. Et Markus ? Il écoutait sa femme, une conseillère officieuse. Ça pouvait plaire un temps. Un homme sérieux, calme et organisé ? Tu parles, un mou ennuyeux, Sabine s'en apercevra vite.

Judith s'attendait à tout moment au retour de sa sœur ; elle avait confiance. Pas de retour. Et Markus faisait une proposition inquiétante. Il connaissait l'importance des liens entre les trois sœurs, il s'en voulait de les sentir distendus à cause de lui : il avait imaginé de les faire venir à Berlin ; de les marier à des Allemands ; un ami ingénieur, employé au Bureau d'études techniques, et musicien amateur, un artiste, ce serait bien pour Judith. Pour Marthe, il cherchait dans ses relations, il ne désespérait pas de trouver rapidement. Mme Schlegel songeait au fils d'un cousin, resté à l'Est. Elle espérait la chute du mur, avec l'aide des Américains, pour rétablir les liens. Sabine avait transmis l'offre des Schlegel, sans conviction. Elle se doutait, écrivait-elle, que ses sœurs la refuseraient d'avance. Elle n'y était pas favorable non plus.

Judith, contre toute attente, s'est déclarée intéressée. Tu nous étonnes, petite sœur. Qu'est-ce que tu caches dans ton cerveau compliqué ? Rien de plus simple : Markus Schlegel voyait que Sabine s'ennuyait de ses sœurs, preuve qu'elle était malheureuse avec lui ; mûre pour revenir : je la ramènerai de Berlin.

Marthe et Judith sont arrivées à Berlin, au moment de Noël 1963. Un assouplissement des relations entre l'Est et l'Ouest permettait aux Berlinois de l'Ouest de rendre visite, pendant quelques jours à des parents de l'Est. Mme Schlegel voulait en profiter pour sonder le cousin et son fils, logés dans Mitte, le centre de la ville, sous contrôle soviétique, sur un éventuel mariage avec une Française. Marthe était effrayée d'avance. Si les sœurs Brelan se retrouvaient à Berlin de chaque côté du mur, où était le bénéfice ? Judith se disait prête à s'installer dans une démocratie populaire.

Elles ne comprennent pas, disait Mme Schlegel, que nous ne voulons pas les envoyer à l'Est, mais essayer de ramener les nôtres à l'Ouest.

En somme, on se sert de nous, a souligné Judith. Il faut sauver les cousins de l'Est. Et, comme on avait invité à dîner l'ami ingénieur, un garçon peu bavard et intimidé devant ces trois sœurs animées, Judith s'est tournée vers lui : Puisqu'on est là pour rendre service, de quoi a besoin le musicien amateur ? D'une tournée française ? De quel instrument joue-t-il ? De la trompette ? Si au moins il jouait du violon. Je ne veux pas d'un ingénieur qui joue de la trompette.

Sabine avait craint la venue de ses sœurs. Elles s'étaient imposées contre son avis. Retrouver Judith disposée à mettre la pagaille dans les projets des Schlegel la rassurait ; la réjouissait. Le trompettiste s'est fait une tache de sauce, il en a profité pour disparaître avec discrétion.

Mme Schlegel s'est absentée deux jours, munie d'une autorisation officielle, contrôlée, fouillée. Markus et les sœurs Brelan l'avaient accompagnée au check-point. Elle les a quittés avec beaucoup d'émotion, songeant qu'elle pourrait ne jamais revenir, si les communistes ne tenaient pas leur parole.

Tu préférerais peut-être que les communistes ne tiennent pas leur parole, a suggéré Judith à Markus, en suivant les premiers pas de Mme Schlegel dans Berlin-Est.

Qu'est-ce que tu veux dire ? a demandé Markus.

Rien, tout ce qu'elle dit ne veut rien dire, a répondu Marthe. C'est Judith.

Les sœurs Brelan avaient retrouvé leurs façons d'être communes. Elles restaient un bon moment silencieuses, échangeaient des regards vifs et se mettaient à parler toutes les trois ensemble ; l'une en allemand, les deux autres en français. On n'y comprenait plus rien ; elles s'y retrouvaient toujours.

Markus prétendait n'avoir jamais vu Sabine aussi heureuse depuis leur mariage. Les filles oubliaient leurs griefs. Il serait temps d'aller attendre le retour de Mme Schlegel au check-point. Les contrôles prenaient du temps. Devant le mur, Markus a soupiré : il était fils unique, il n'avait jamais imaginé à quel point des frères et sœurs pouvaient s'entendre, avoir besoin les uns des autres. Les sœurs Brelan étaient-elles un cas exceptionnel ? Alors, disait-il, pourquoi vous séparer à nouveau ? Ce serait plus simple, si vous acceptiez des maris berlinois… Même si vous ne voulez pas de ceux que nous vous proposons pour l'instant, parce que l'un joue de la trompette et que les communistes ne lâcheront pas l'autre, pourquoi ne pas rester ici, avec nous ? L'appartement est assez grand. Bien entendu, ma mère ne l'accepterait pas, pour le moment, mais, je vous le dis en secret, elle est malade. Le cœur. Le médecin lui cache son état. Il me tient au courant des examens. Nous espérons qu'elle tiendra longtemps, mais cela peut s'arrêter à tout moment. Vous voyez. Quel dommage de ne pas pouvoir épouser trois femmes en même temps.

Sabine n'était pas sûre d'avoir saisi le sens exact des paroles. Pourtant la seule à parler convenablement l'allemand. Même ses sœurs avaient compris.

La trigamie n'est pas tolérée chez nous, a dit Judith, mais ça ne te dérange pas, ce que tu aimerais c'est coucher avec nous trois.

Sabine lui a crié de se taire. Markus rougissait, sa tête d'ange replet et bouclé s'agitait de honte. Ce n'est pas ce que je voulais dire… Tu te trompes… Je disais ça pour vous, pour que vous restiez ensemble, comme des sœurs… Tu me crois, Sabine ? Ce malentendu est regrettable.

Il s'était repris, son allure la plus guindée de responsable d'entreprise. Mme Schlegel quittait le secteur de l'Est et agitait la main dans leur direction. Markus baissait les yeux à l'approche de sa mère, comme si elle avait entendu leur conversation. Il a regardé Judith en biais : Tu ne vas pas lui répéter tout ça ? Tu la tuerais. Avec son cœur.

Judith ne discutait plus, elle adressait des signes amicaux aux vopos, de l'autre côté du mur.

Le cousin et son fils s'étaient montrés ouverts à la proposition de Mme Schlegel, mais sans espoir immédiat. Ils voulaient voir des photos de Marthe. Comment n'y avait-on pas pensé ? Il faudrait attendre un an, avant que de nouvelles visites soient autorisées. Le projet n'aboutirait pas avant des années.

Ne vous inquiétez pas, madame Schlegel, Markus ne manque pas d'idées. Vous lui avez donné le sens de l'économie : il pense qu'un mari peut servir à trois femmes.

Que dit Judith ? a demandé Mme Schlegel. Pourquoi ne me traduisez-vous jamais ce que dit Judith ?

Sabine et Markus avaient gardé l'habitude de ne pas partager leur chambre. Sabine retrouvait son mari, le matin tôt ; moins souvent, depuis que ses sœurs logeaient dans l'appartement ; une sorte de honte, un désir de discrétion. Judith avait repéré les déplacements de Sabine, vers six heures et demie, quand ils avaient lieu. Un matin où elle n'avait pas entendu les portes s'ouvrir, elle s'est présentée à sept heures moins le quart dans la chambre de Markus. Il respirait fort, sur le dos, son ventre faisait une bosse. Judith a fait le tour du lit par la gauche. Un bras de Markus s'est étendu à l'opposé, ballant : Sabine devait passer par le côté droit. Pourquoi ne dis-tu rien ? a demandé Markus. Parle-moi. Elle était coincée avec son allemand rudimentaire. Elle a essayé : *Ja, ja*. Pourquoi « *Ja, Ja* » ? Il parlait généralement allemand avec Sabine, mais français pour faire l'amour. Pour lui, le français était la langue du sexe. Judith n'a pas pu s'empêcher de rire. Je suis venue… je suis venue… Sabine m'envoie… Elle pense que c'est ce que tu veux… Tu l'as dit…

Markus Schlegel s'est assis dans son lit, il cherchait la lumière, son souffle. Il avait du mal à y croire. Laquelle était-ce ? Toi ? Pas croyable. Il a éteint. Ces yeux gris. Approche ici. Les yeux gris. Parle français.

Je serais bien embêtée de parler autrement qu'en français, qu'est-ce que tu veux que je te dise ?

Comme d'habitude.

Elle ne savait pas les petits mots de sa sœur. Des mots sexuels, il voulait des mots sexuels français. Il s'était remis sur le dos, dégageait le ventre, s'assouplissait déjà les jambes, tendait le bras vers elle, monte vite.

Elle le frôlait, il la voulait en face de lui, les yeux gris, elle s'est mise en biais, avant de s'éloigner.

C'est comme ça que tu traites ma sœur ? Tu coucherais avec une autre, après un an de mariage ? Elle va être contente de l'apprendre. Si tu t'imagines qu'elle m'envoie… Il ne faut jamais me croire.

Il l'avait attrapée par le poignet, surpris par sa finesse. La main a glissé entre les deux gros doigts.

Cours après moi, si tu peux.

Elle a retrouvé Marthe dans leur chambre : Il a voulu coucher avec moi, il faut le dire à Sabine.

Ne fais pas d'histoires ici. C'est toi qui es allée chez lui, ça va te retomber dessus. Regarde-moi : tu as fait quelque chose avec lui ?

Rien ; dommage pour toi, a dit Marthe, mais c'est mieux pour tout le monde. Le désordre s'installait dans le couloir. Sabine était sortie, attirée par la course de Judith ; Markus devant sa porte, ne sachant plus s'il devait avoir l'air de quitter sa chambre ou d'y retourner. Il a pris le parti de l'indignation. Mme Schlegel apparaissait à son tour, voulait qu'on lui explique les cris. Quels cris ? Une dispute d'amoureux sans plus. Quels amoureux ? C'était plus compliqué.

Sabine a réuni ses sœurs : une colère froide, dans le flou du début. Judith reconnaissait être entrée chez Markus, avoir été obligée de se sauver. Sabine perdait son calme, l'envie d'être rassurée : sa sœur avait fait ça pour nuire à Markus, pas par intérêt réel pour lui ?

Je suis contente de t'entendre, a répondu Judith, tu es toi-même convaincue qu'on ne peut avoir aucun intérêt réel pour ton mari.

Elle allait trop loin, des années qu'on la laissait aller trop loin, l'âge n'y changeait rien, et on lui pardonnait, on l'aidait, on l'aimait. Pour quelle récompense ?

Tu me pardonneras, tu m'aideras et tu m'aimeras toujours, c'est ça ta récompense.

Elle rendrait folles ses sœurs, tous ceux qu'elle approchait, c'était ça le malheur. Il faudrait l'enfermer, lui arracher les yeux, n'importe quoi. Elle avait eu l'intention de provoquer une dispute entre le mari et la femme ? Leur rupture, tout simplement, parce qu'elle n'avait jamais accepté leur mariage ? De la pure méchanceté, une provocation indigne d'une sœur.

Aucune provocation, selon Judith, la preuve de sa bonté au contraire : la vérité se manifestait grâce à elle. La vérité, c'était que Markus la préférait à sa sœur depuis qu'il l'avait rencontrée. Personne ne s'en était aperçu, elle si. L'autre vérité, c'était que Markus était un homme prêt à tromper sa femme sans scrupule. C'est tout ce qu'elle voulait prouver. Si tu acceptes de vivre comme ça, libre à toi.

Sabine s'est précipitée sur Markus, l'a poussé dans sa chambre. Elle est ressortie apaisée : son mari lui avait juré avoir sincèrement pris Judith pour Sabine ; le jour n'était pas encore levé quand elle s'était présentée ; il avait fini par deviner ses yeux, les mêmes, les yeux gris des Brelan, comment savoir à laquelle des trois ils appartenaient ? Le timbre de leur voix était proche aussi. Il n'avait pris conscience de l'imposture qu'en prenant son bras, plus fluet que celui de sa sœur. Il l'avait chassée alors, elle pouvait le croire. C'est mon mari, a dit Sabine, je ne peux que lui faire confiance. Tout le reste sera une invention de ta part, pour nous séparer. Mais c'est toi et moi que tu sépares, aujourd'hui, définitivement.

Marthe aurait voulu que Judith se justifie, reconnaisse une erreur, demande pardon : elle préférait s'enfoncer, criait que Markus n'aimait qu'elle ; c'est lui qui lui avait demandé la veille de venir dans sa chambre. C'était ça la vérité.

Inventions, rien que des inventions.

Inventions, peut-être, mais, même s'il ne lui avait pas demandé de venir avec des mots, tout en lui l'invitait à le rejoindre.

Schlegel refusait de la voir et restait enfermé. Pas d'autre solution qu'un départ rapide. Marthe et Sabine s'agitaient : courir à la gare, horaires du premier train, réservations, revenir, valises, accélérer les formalités. Mme Schlegel cherchait des explications ou une traduction auprès des uns et des autres, sans succès. Son fils cloîtré dans son lit, les femmes trop agitées pour se prêter à une conversation, restait Judith, désœuvrée. La mère la pressait de questions incompréhensibles. À la fin, fatiguée, Judith a réussi à faire comprendre à Mme Schlegel que, si elles étaient obligées de partir si vite, c'est que les Soviétiques et les soldats est-allemands avaient commencé l'invasion de Berlin-Ouest.

Le cœur de Mme Schlegel n'a pas résisté à la nouvelle. Pas la mort, une défaillance, provoquée, pensait-on, par l'agitation du matin. Le médecin préconisait de la digitaline, une mise en observation à l'hôpital. Le taxi pour la gare est arrivé en même temps que l'ambulance. Sabine et Markus entouraient la mère, ne voulaient pas la laisser seule. Ils en oubliaient les sœurs sur le départ : ils ne leur ont pas dit au revoir.

La patiente en a réchappé. Elle a dormi longtemps. Au réveil, elle a demandé où étaient les soldats est-allemands et les Soviétiques. De l'autre côté du mur, lui a répondu Markus, pourquoi ?

Nous avons encore gagné cette fois, alors ?

Oui, une nouvelle victoire pour toi.

Entre-temps, Marthe et Judith avaient traversé les deux Allemagnes par le premier train de nuit.

Si tu espérais trouver un mari là-bas, disait Judith, tu dois être déçue. C'est à cause de moi.

Je vais t'avouer quelque chose : j'aurais préféré, comme toi, que Sabine revienne avec nous. Tu t'es mal débrouillée. Là, tu m'as déçue. Tout ce que tu as réussi à faire, c'est renforcer l'entente entre elle et Markus. Maintenant elle est avec lui pour le restant de ses jours. Par ta faute.

9

Les crises, comme les a nommées Marthe dans une lettre à Sabine, ont commencé avec le printemps.

Les deux sœurs Brelan continuaient à partager le même lit. Marthe a eu conscience, une nuit, vers une heure, de l'absence de Judith, un creux frais à côté d'elle. Elle a attendu quelques minutes son retour, écouté les bruits de la maison, appelé, pas trop fort, visité les autres chambres, couru d'un bout à l'autre du couloir, toutes les pièces, hurlé le nom de Judith. Les clés de l'entrée sur la porte, le verrou mis, restait le jardin, derrière.

Judith se tenait assise par terre, en pyjama, adossée à un tronc, sur lequel le lampadaire de la rue envoyait par-dessus le toit une tache blanche. Elle rejetait la tête en arrière comme pour mieux attraper la lumière. Elle ne réagissait pas aux qu'est-ce que tu fais là ? de sa sœur, tu vas attraper froid, rentre vite. Marthe l'a forcée à se relever, l'a ramenée dans la chambre. Aucune protestation, pas davantage de justifications. Une insomnie, c'est ça ? demandait Marthe, une petite insomnie, couvre-toi au moins, ou contente-toi de descendre dans la cuisine, si tu ne peux pas dormir un moment.

Elle a retrouvé sa sœur, d'autres nuits, adossée à l'arbre, dans la tache lumineuse, le regard vague.

Si tu as peur du noir, allume dans la chambre, ça ne me dérangera pas plus que de te chercher dans le jardin.

Judith demandait à sa sœur de ne pas la chercher. Marthe ne pouvait pas s'en empêcher. Judith prenait sa place, même quand la nuit était froide ou pluvieuse. Elle cherche à se rendre malade, a pensé Marthe. Elle était convaincue, depuis sa tuberculose, qu'on ne tombait malade que volontairement.

Tu te fais du mal, c'est à cause de Sabine ? Elle te manque ? Tu t'en veux de ce que tu as fait là-bas, à Berlin ? Tu as honte ? Tu regrettes ?

Judith ne répondait jamais. Marthe bâtissait des hypothèses qu'elle rejetait aussitôt. Sa sœur n'était pas une fille à remords, comme elle, encore moins honteuse de ce qu'elle osait dire ou faire. Alors quoi ? Elle s'est décidée à écrire à Sabine, avec des précautions, soulignant que leur sœur devait toujours leur en vouloir, qu'elle n'aimerait pas entendre parler de leurs difficultés, encore moins de celles de Judith, elle la comprenait très bien... Mais elle se sentait si démunie devant ces crises répétées... une sœur ne pouvait pas rester indifférente à sa sœur...

Jure-moi, a répondu Sabine, que vous n'inventez pas une nouvelle histoire pour me faire revenir.

Le dialogue s'est renoué de cette manière : Sabine se plaignait d'être cantonnée de plus en plus au rôle de garde-malade, Mme Schlegel se sentant fragile, depuis son malaise de l'hiver, souvent allongée pour se ménager, et régentant la maison du fond de son lit, avec une impatience croissante. Marthe lui répondait qu'elle était obligée, elle aussi, de veiller sur une malade ; un bonheur de se le dire, de partager à distance des ennuis voisins. Les deux aînées se retrouvaient. Sabine s'inquiétait des insomnies de Judith, lui faisait dire qu'elle lui en voulait de moins en moins de sa tentative auprès de Markus. Était-ce son échec qui la rendait malade ?

Judith refusait d'être traitée comme une malade. Elle avait besoin de réfléchir la nuit, rien d'autre. Encore des théories fumeuses ? demandait Sabine. Elle compulse toujours ses coupures de presse ? Quels nouveaux faits divers ? Une pièce entière consacrée à ses dossiers ? Il serait temps qu'elle passe à l'action pratique. Nous avons eu une patience de mère avec elle. N'accepterait-elle pas enfin de se mettre au travail ? M. Cicéro ne faisait plus rien de valable, depuis le départ de Sabine, il avait besoin d'être mené, selon elle : je ne vous l'ai jamais dit, mais il boit en douce. Je le limitais aux bonnes doses. Il doit se laisser aller. Une nouvelle sœur Brelan auprès de lui ne lui ferait pas de mal. Si Judith croyait toujours à son urbanisme utopique, ce serait l'occasion… un cabinet d'architecture… Elle comprendrait enfin que l'utopie ne suffit pas, il faut passer par le réel, pas s'en tenir aux journaux.

Judith se contentait de prononcer le nom de M. Cicéro avec dégoût. Les crises ont pris de l'ampleur. Une nuit, plus tôt que les autres fois, Marthe a senti le creux froid à sa gauche, enfilé sa robe de chambre, trouvé le jardin vide. Le halo du lampadaire enveloppait l'arbre entier, au fond du jardin en friches. Elle s'est sentie soulagée, d'abord, de ne pas tomber sur la figure fantomatique de sa petite sœur prostrée dans la nuit, puis inquiète de ne la retrouver dans aucune pièce de la maison. Les clés étaient restées sur la porte, verrou ouvert : une crise plus forte, un affolement, au point de se sauver sans refermer la maison ?

Leur rue était vide, comme le boulevard en haut ; Marthe ne pouvait pas errer en tenue de nuit, à la recherche de sa sœur, ni réveiller les Beaumont ; prématuré d'alerter les secours. Elle a retrouvé le pyjama de Judith plié dans la cuisine : sortie habillée, toujours ça, pas un geste de folie.

Judith est rentrée avant trois heures, excitée. La vue de sa sœur, debout dans l'entrée, l'a assombrie. Tu me surveilles. Tu me prends toujours pour une petite fille. Écris vite à Sabine pour lui dire que je suis rentrée vivante.

Marthe posait des questions plus précises, n'obtenait que les réponses les plus vagues. Sortie, oui ; marché, oui. Pourquoi ? Pour rien. Tu n'es pas ma mère, tu n'es pas mon père.

Notre sœur, écrivait Marthe en Allemagne, me paraît de plus en plus déroutante. Elle dort le jour, sort trois ou quatre nuits par semaine. Je ne m'y fais pas. Je suis presque heureuse les journées où je prends le service de nuit à la clinique. Au moins, je ne sais pas si elle a traîné jusqu'à deux ou trois heures. J'ai bien pensé la suivre, mais comment passer inaperçue dans un quartier aussi désert que le nôtre à minuit ou une heure du matin ? Surtout à un moment où on parle de sales affaires dans la région. Elle me casse les pieds avec ses articles de journaux : des femmes seules agressées chez elles et torturées… un suspect arrêté et relâché… Et la voilà qui se promène dans les rues. Mais qu'est-ce qu'elle cherche ? S'il faut que je me mette à courir derrière elle, je crois que j'en perdrai le souffle au bout de dix mètres. J'ai toussé l'autre nuit.

Marthe a parlé de son état au médecin-chef qui l'avait engagée dans son service. Elle craignait une rechute. Si elle contaminait des patients ?

Vous êtes toujours aussi scrupuleuse, mademoiselle Brelan, a dit le médecin. Il ne croyait pas à une reprise de la tuberculose. Pour la rassurer, une radio de contrôle lui a prouvé que les atteintes au poumon, toujours visibles, n'avaient pas évolué. Une bonne nouvelle, de quoi lui rendre des forces. Elle en aurait besoin : Vous savez que je vais quitter la clinique, l'âge de la retraite. À ce propos, votre grand-mère m'avait promis de venir mourir dans mon service. Elle n'aura pas tenu parole, vous pourrez lui en faire le reproche de ma part. La première fois que Marthe riait avec le médecin-chef. Il est devenu plus grave : son remplaçant prendrait ses fonctions à la fin du mois de juin ; il avait déjà étudié la situation du personnel ; remarqué que quelques-uns travaillaient sans le statut ou la formation exigés aujourd'hui ; il était décidé à se débarrasser d'eux dès son arrivée. Vous faites partie du lot, mademoiselle Brelan. Vous aviez l'humanité, cela ne suffit plus dans un établissement moderne. Nous le quitterons ensemble. Ce n'est pas une consolation, prenez-le comme une chance. J'ai toujours pensé que vous n'étiez pas employée à votre valeur ici.

Marthe n'en revenait pas, non de se voir renvoyée de la clinique, mais d'entendre un homme vanter ses mérites, alors qu'elle avait eu l'impression d'être invisible devant lui ; jamais une parole personnelle ou aimable.

Le médecin a réuni les membres subalternes de son service pour un pot d'adieu, dans la discrétion, afin de ne pas blesser celles que son départ entraînait à sa suite. Elles ne sont pas venues, sauf Marthe. Elle n'était pas malheureuse, habituée à éprouver un soulagement chaque fois qu'elle abandonnait une situation.

Le médecin lui avait remis une lettre élogieuse à faire valoir devant tout autre employeur, elle y voyait une garantie pour l'avenir.

À la fin du pot, un mousseux et des biscuits à la cuiller, un brancardier l'a abordée. Elle le connaissait de vue ; jamais eu affaire à lui en particulier. Il prétendait l'avoir aperçue au café de La Renaissance. Impossible, elle n'allait pas dans les cafés, tout juste si elle situait celui-là dans la ville. Le brancardier s'excusait, une ressemblance probablement, les mêmes yeux gris remarqués une fois : Vous avez raison, l'autre personne devait être plus petite que vous. Nous sommes si nombreux à nous réunir dans ce café, de plus en plus nombreux, la fumée y est si épaisse… Vous êtes sûre que ce n'est pas vous ? Je sais bien que ce serait mal vu ici… Mais, devant moi, vous ne risquez rien… Je ne manque aucune réunion… Vraiment, ce n'est pas vous ?

Il ne lui a plus adressé la parole, parce qu'elle l'avait remisé trop sèchement. Elle s'en voulait, pas la présence d'esprit, elle aurait dû dire que c'était elle ou faire semblant de s'intéresser. Encore un qui la confondait avec Judith. Elle allait au café de La Renaissance la nuit ? Ces établissements avaient le droit de rester ouverts si tard ? Elle y assistait à des réunions ? Quel genre de réunion ? Une solitaire comme Judith, avec un esprit de contradiction comme le sien ? Des réunions mal vues ici. Si c'est mal vu, Judith peut avoir envie d'y être.

Elle ne savait pas comment aborder la question avec elle. Elle s'est rendue à La Renaissance un après-midi, pour y prendre un verre toute seule. L'endroit lui semblait ordinaire, les clients peu nombreux. Qu'est-ce qui pouvait bien se passer le soir ?

Le vendredi, elle s'est réveillée, le frais du drap à côté d'elle. Un tour de maison et de jardin pour s'assurer de l'absence de Judith, elle a marché dans la nuit étouffante d'un 26 juin, jusqu'à La Renaissance. Le café débordait sur le trottoir, des conversations animées, des enthousiastes debout, assis ; des cercles mouvants se mêlaient, se défaisaient, se reconstituaient, si un parleur savait capter l'attention. Marthe restait dehors, près de l'entrée. Porte ouverte, elle devinait des rivalités oratoires, Judith pouvait apprécier ces batailles, osait-elle y participer ? Elle ne l'apercevait pas aux premières tables visibles. Il faudrait s'avancer, risquer d'être prise pour une intruse.

Une main s'est glissée sous son bras, elle se voyait attrapée et chassée : Pourquoi m'as-tu dit que tu ne venais jamais là, l'autre jour ? Je ne me trompe pas, cette fois. Le brancardier l'a entraînée à l'intérieur, l'a présentée à un groupe, qu'il appelait ses camarades, comme une victime du mandarinat, licenciée abusivement par la hiérarchie médicale plus soucieuse de ses profits que de la santé du prolétariat. Les camarades ont hoché la tête avec dégoût sans lui prêter attention plus longtemps. Ils citaient des auteurs pour la paix et ne semblaient pas aimer l'Amérique.

Marthe était dépassée par les conversations trop bruyantes. Ce qui l'étonnait, c'était leur sérieux, mêlé à une gaieté soudaine. Ils étaient heureux ensemble, à dire du mal de tout. Elle cherchait Judith du regard : elle n'était pas non plus au fond du bar.

Et toi, qu'est-ce que tu en penses ? lui a demandé le brancardier. Elle a cru tomber dans le vide : de quoi parlait-on à l'instant ? C'est vrai, a renchéri un autre, tu peux nous parler de l'exploitation du personnel dans les cliniques privées. Elle a bégayé et s'est tue, quand elle a aperçu la tête de Judith descendant un escalier à droite du bar. Leurs regards se sont croisés ; éprouvant pour Marthe de se voir comme deux étrangères, hors de leur cadre ordinaire. Judith ne montrait aucune surprise. Elle a encouragé sa grande sœur d'un mouvement de tête. Marthe a décrit les conditions de travail à la clinique, les horaires extensibles, la solitude la nuit, comment elle avait appris son renvoi. Au milieu d'une fête, répétaient les camarades, on t'annonce ton renvoi au milieu d'une fête, aucune décence. Ils étaient écœurés, proposaient la création d'un comité de soutien, puisque plusieurs aides-soignantes étaient touchées. Judith était hors de vue.

La conversation est vite repartie sur la politique d'intervention du président Lyndon Johnson au Vietnam, les raids du printemps. Marthe en a profité pour se dégager de son cercle, glisser de groupe en groupe, demander si Judith Brelan était encore là. Elle venait de sortir, selon un garçon bien habillé. Marthe a quitté La Renaissance, malgré les appels du brancardier dans la rue. Elle a rattrapé Judith sur le boulevard, juste avant la rue qui descendait tout droit sur leur maison.

Tu as toujours peur pour moi ? a demandé Judith. Ce n'est pas si mal, ce que je fais, non ? On prépare l'avenir, là-bas. Ça se passe de la même manière dans beaucoup d'endroits. Tout va changer, il faudra que tu l'admettes. Sabine est partie dans la mauvaise direction, les exploiteurs, le profit, mais toi et moi, on est là. Je sens que ma vie est de ce côté-là. Tu me comprends, dis ?

Comprendre, ce n'était pas la question, selon Marthe. Rencontrer des gens qui partagent les mêmes lectures que toi, les mêmes utopies, c'est naturel. Le plus étonnant, c'était de la voir d'accord sur tout avec eux. Elle imaginait sa petite sœur plus individualiste que ça, idéaliste devant les terre-à-terre, réaliste face à d'autres utopistes, pour le plaisir de les contredire. Elle aurait voulu savoir comment Judith s'était retrouvée dans ce bar, elle qui ne voyait personne, ne semblait pas aimer le monde ; comment elle était considérée par les autres ; par les hommes, en particulier ; si elle prenait la parole et pour dire quoi.

Il ne fallait pas aller trop vite : Judith avait tardé à tout faire depuis son enfance. Elle se décidait à entamer une vie sociale, Marthe préférait s'en réjouir. Cette vie sociale prenait une tournure inquiétante ? De quel droit la lui interdire ? Elles se sont recouchées en silence.

10

Marthe rendait compte à Sabine des fréquentations de Judith, annonçait dans la même lettre son départ de la clinique, disait son découragement. La réponse de Sabine lui a paru forcée : elle voulait trop visiblement lui redonner le moral. Judith, selon elle, était la plus intelligente des trois sœurs. Elle finirait par comprendre qu'elle utilisait mal ses qualités. Elles s'étaient contentées de lui faire des reproches, pendant leurs années communes, sans rien obtenir d'elle. De loin, Sabine voyait mieux comment agir. Il suffisait de faire confiance à leur petite sœur, de l'encourager. Elle aurait à cœur de les contredire. Il fallait que l'Allemagne ait bien changé Sabine. Elle devenait plus souple.

La deuxième partie de la lettre contredisait cette impression : Sabine recommandait, ordonnait tout simplement à Marthe, de prendre rendez-vous avec M. Cicéro, à Boulogne. Leur premier projet allemand, modifié et tronqué, venait d'être achevé, grâce à Markus. Elle lui en faisait miroiter un nouveau, plus important. Il ne pouvait rien lui refuser, elle lui avait déjà écrit. Il était obligé de reprendre Marthe avec lui. En attendant, Sabine adressait un colis à ses sœurs. Il est arrivé le lendemain, trois couches de papier kraft ficelé enveloppaient des billets de Deutsche Marks rangés en quatre paquets égaux. Marthe s'inquiétait : était-il légal d'envoyer des devises par la poste ? Si elle allait les changer à la banque, on l'interrogerait sur leur provenance.

La réaction de Judith a été double : d'abord, l'indignation devant l'indécence de Sabine, avec ses comportements de riche, considérant une fois de plus que l'argent suffisait à acheter ses sœurs. Elle refusait d'y toucher, menaçait de brûler les billets. Marthe les serrait contre elle, sentant sa sœur capable de détruire une si grosse somme. Quelques minutes plus tard, Judith avait changé d'idée : Si tu as plus peur de brûler des billets que de les utiliser, change des petites sommes de temps en temps, dans des banques, ça passera facilement. Ensuite, achète-toi une voiture, ça te sera utile pour aller à Boulogne. Prends une Dauphine, c'est une Renault, comme la Monasix de papa.

J'ai de plus en plus de mal à comprendre mes sœurs, a pensé Marthe, elles ne font jamais ce que j'attends d'elle.

Pour ses derniers jours à la clinique, le brancardier s'arrangeait pour la croiser le plus souvent possible, lui donnait rendez-vous à La Renaissance. Comme elle refusait, il lui proposait d'autres cafés. Ce serait encore mieux pour parler. Elle a fini par accepter. Encore un dont elle avait du mal à saisir ce qu'il attendait d'elle : il lui parlait comme à une militante, se présentant comme un syndicaliste empêché d'organiser une section dans une clinique menée par des patrons paternalistes ; en même temps, il faisait valoir ses épaules de brancardier, comme si elle devait admirer avant tout sa virilité. Elle s'est surprise elle-même à penser qu'après avoir couché avec un mourant décharné comme Charles Coutelle elle aurait tout à gagner à aller avec un épais baraqué, qui s'appelait Charles, lui aussi, bien qu'il ait honte de porter le même prénom que de Gaulle, l'ennemi de classe qui était arrivé au pouvoir grâce à un coup d'État. Ils ont bu quelques verres ensemble, le syndicaliste parlait déjà de mariage. Les révolutionnaires de La Renaissance étaient-ils tous aussi conventionnels ?

Ce ne sont pas des vrais, là-bas, disait Charles. Tu crois avoir vu des militants, la plupart ne connaissent rien à la politique. Quelques-uns sont comme moi, heureusement, mais les affaires sérieuses se passent ailleurs. Là-bas, c'est pour avoir de nouveaux contacts, repérer les éléments valables. On trouve de tout, des étudiants, des pions de lycée, des fainéants, des postiers…

On trouve même ma sœur. Qu'est-ce qu'elle raconte au milieu de gens comme vous ?

Charles ne s'était jamais trouvé dans un groupe avec elle, il l'avait remarquée dans la salle, c'était tout.

Ses yeux gris, bien entendu ?

Charles a promis de se renseigner sur Judith. Il voyait là un moyen de retrouver Marthe, même après son départ de la clinique, de lui fournir des informations qui semblaient si importantes. Il ne plaisait pas beaucoup à Marthe : ces mâchoires trop larges, ces mains deux fois plus épaisses que les siennes ; elle se sentait malhonnête de lui soutirer des renseignements, en lui donnant des espérances qu'elle ne savait pas définir elle-même.

Il lui a appris un soir, en échange d'un baiser rapide, que Judith discutait beaucoup avec un groupe d'éducateurs anarchisants. Le lendemain, il a obtenu de la tenir par les épaules, parce qu'il lui avait révélé que d'anciens prisonniers accompagnaient ces éducateurs. Ce n'étaient pas des gens dangereux ; des individus rejetés par le système, que la conscience politique sauvait. Charles serrait fort dans sa grosse main la sœur de Judith Brelan, pour la rassurer. Il comprenait que les anciens taulards faisaient forte impression sur Marthe. Il en rajoutait sur leurs crimes, jour après jour, pour conclure que, désormais, ils orientaient leur énergie vers une cause légitime et collective, et il empoignait Marthe, se collait à sa bouche, lui demandait quand elle le conduirait chez elle. Il avait une petite chambre chez ses parents, brancardier, ça ne payait pas cher à la clinique. Mais elle ? Maintenant qu'il savait qu'elle n'avait pas de parents, qu'elle vivait avec Judith, c'était facile. Il attendrait que la petite sœur donne sa vision de l'avenir à La Renaissance, il rejoindrait Marthe chez elle, ils passeraient quelques heures ensemble. Elle a repoussé le moment, prétextant ses démarches à Boulogne, pour trouver un nouvel emploi. Il n'en pouvait plus de ses atermoiements.

Si tu veux attendre qu'on se marie, je comprends, mais marions-nous vite. Et si on prend de l'avance, ça ne fera de mal à personne, aujourd'hui.

Elle s'est dit qu'elle avait laissé passer trop d'années, depuis Charles Coutelle, sans profiter de l'existence. Il était temps de laisser venir à elle le nouveau Charles. Elle a choisi une des six chambres de la maison, jamais occupée.

Six chambres et six salles de bains, Charles était décontenancé. Il ne s'attendait pas à tomber chez des bourgeoises. Il a éloigné de lui cette hypothèse, pour l'instant. Il remuait les épaules en ôtant sa chemise, faisait rouler ses muscles sous la peau.

Nous n'avons pas beaucoup de temps, a dit Marthe, Judith pourrait rentrer.

Ce n'est que ta sœur, c'est pas comme des parents.

Il s'est couché sur elle, elle sentait son poids l'étouffer. Il demandait sans cesse si ça lui plaisait comme ça. Qu'il parle moins. Il s'est senti encouragé, ardent, il la secouait par les épaules, pour l'animer, un geste professionnel, a-t-elle pensé. Elle a réussi à s'oublier. Le brancardier avait du bon. Elle a rouvert les yeux : elle craignait de tomber enceinte, la mauvaise période, il fallait se retirer. On se mariera, répétait Charles, laisse-moi aller au bout. Elle s'est accrochée à lui pour le faire sortir, pas facile sous une masse pareille. Elle s'est dégagée de justesse, pendant qu'il mouillait le drap. Il ne voulait pas faire mauvaise figure, il a répété que ça lui avait beaucoup plu. Et toi ?

Je crois que Judith est rentrée : elle me cherche.

La figure de Judith apparaissait dans l'entrebâillement de la porte, fixait Charles tout nu, cherchant ses vêtements, se rhabillant, s'excusant pour passer devant elle et se sauver. Ça devait toujours finir comme ça avec les hommes ?

Marthe a revu Charles au café. Il ne savait plus quoi penser d'elle ni de sa sœur. Le regard de Judith dans la chambre le figeait encore. Il parlait de mariage avec moins de conviction ; coucher avec Marthe, mais pas dans leur maison. Elle s'étonnait de son respect des conventions, un homme comme lui, en lutte contre le pouvoir, fréquentant La Renaissance… Certains exagéraient, là-bas, il n'était pas comme eux. Lui se voulait un syndicaliste responsable, constructif. Marthe lui plaisait, parce qu'elle paraissait constructive et responsable, pas comme sa sœur. Il avait prétendu ne pas avoir entendu les discours de Judith au café, pour ne pas la dénigrer. Il reconnaissait avoir menti : Un vrai pousse-au-crime, ta petite sœur. Si un gars se déclare anarchiste, elle lui demande quand il dépose sa prochaine bombe. Les étudiants, elle s'étonne qu'ils n'aient pas encore abandonné leurs études pour entrer dans la clandestinité. Les anciens prisonniers, elle leur montre quelquefois des articles de presse qui racontent leurs exploits ou leur procès. Elle semble avoir des archives plus complètes que la police. Certains l'ont même soupçonnée d'en faire partie. Elle leur prouve que ce n'est pas vrai en les incitant à piller les banques, au nom de la justice sociale. Tu te rends compte ? Tu n'es pas comme ça, toi ?

Marthe riait, elle reconnaissait Judith, elle avait toujours parlé comme ça en famille.

Peut-être, mais elle n'était plus en famille, ses paroles pouvaient tomber dans des oreilles fragiles. Tous les gars du mouvement n'étaient pas responsables et constructifs. Le travail consistait à les orienter dans la bonne voie, pas à les exciter, comme le faisait Judith.

Il lassait Marthe, à force de lui demander des assurances sur son bon esprit. Oui, elle avait bon esprit, c'est même ça qui l'agaçait quelquefois. Il lui arrivait d'envier Judith. Avoir la même lucidité devant le monde et les hommes, la même vitesse d'esprit et de langue. Charles voulait savoir si d'autres membres de la famille Brelan ressemblaient à Judith.

Notre sœur Sabine est pour la compétition entre les individus, elle veut gagner beaucoup d'argent, diriger des employés soumis. Elle croit tellement au capitalisme qu'elle a épousé un riche entrepreneur allemand. Curieusement, elle ressemble beaucoup à Judith. Et je ressemble beaucoup à Sabine et Judith. C'est à cause de nos yeux gris.

Les paroles de Marthe étaient décourageantes. Charles se répétait que, s'il épousait l'une, il n'épouserait pas les autres. Quelque chose lui échappait dans ces trois sœurs. Ils en sont restés là. Marthe se disait qu'elle était condamnée à quitter les hommes après avoir couché une seule fois avec eux.

11

Marthe avait repris sans difficulté sa place chez M. Cicéro. Il vieillissait, buvait autant que l'avait laissé entendre Sabine. Le cabinet ne marchait pas mal pour autant : les besoins dans la construction prenaient de l'ampleur dans la région parisienne. Plus rien d'utopique dans les projets en cours, de l'utilitaire, du rapide. Les Cités radieuses de Le Corbusier étaient devenues des références lointaines. Seule la perspective de projets en Allemagne excitait M. Cicéro, l'image de reconnaissance internationale qui lui avait toujours manqué.

Les deux sœurs Brelan trouvaient du plaisir à travailler ensemble, même de loin. Marthe contrôlait la consommation de whisky de M. Cicéro, cachait sa bouteille dans une armoire dont elle avait la clé, avant de lui présenter des propositions venues de Berlin. Elle lui autorisait un verre pour l'obliger à se mettre au travail, augmentait, diminuait les doses, selon son état, prenait soin de lui comme d'un malade. Quelques réalisations ont conduit Marthe et M. Cicéro à Berlin.

Les sœurs se retrouvaient, le plus important pour elles ; le projet de M. Cicéro, même modifié par le Bureau d'études Schlegel & Schlegel, était sans génie, comme d'habitude. Elles en plaisantaient en tête-à-tête.

Heureusement que Judith n'est pas là pour le voir.

Elle n'a toujours pas trouvé son être d'exception ?

Elle le cherche, elle a passé les mois de mai et juin dans Paris, à suivre toutes sortes d'étudiants, à la Sorbonne, à Nanterre, partout où on se bagarrait, mais les plus extrémistes se révèlent toujours trop raisonnables et constructifs pour elle.

Elles riaient moins quand Sabine parlait de sa vie à Berlin. Mme Schlegel devenait de plus en plus acariâtre et lui reprochait chaque jour de ne pas donner d'enfant à son fils. Que deviendrait la maison Schlegel & Schlegel si un nouveau Schlegel, que la mère prénommait déjà Markus, ne venait pas au monde rapidement ? Son fils avait épousé une Française stérile. Il avait tenu à une Française, admettons. Si au moins il avait choisi Marthe, répétait-elle encore le soir, devant l'assiette de porc dans sa sauce brune. Marthe avait tout l'air d'une femme fertile, un caractère de mère, quand Sabine passait son temps à se mêler des affaires de son mari.

Mme Schlegel était alitée devant sa télévision, le 21 août 1968. Les images des chars soviétiques entrant dans Prague l'ont sortie de son assoupissement. Elle a appelé sa belle-fille, elle suffoquait, voulait savoir ce qui se passait.

Ça m'a tout l'air de chars russes, s'est contentée de dire Sabine. Mais réveillez-vous, maman, qu'est-ce qui vous arrive, maman ?

Qu'est-ce que je vous disais ? répétait Grand-mère Madeleine, le dimanche suivant, cette femme était trop vieille. Elle n'avait pas de santé.

Grand-mère Madeleine ne rendait plus visite chaque semaine à ses petites-filles. Un dimanche de temps en temps, si elle se sentait bien, et en taxi. La Dauphine des filles ne permettait plus les sorties parisiennes. Diminuée, Grand-mère Madeleine tenait à donner l'impression de rester solide. Ses oublis s'étendaient, elle s'accrochait à ce qui restait.

Elle ne s'était jamais faite à l'absence de Sabine, s'attendait à chaque visite à retrouver ses trois petites-filles réunies, montrait sa surprise, demandait où était la troisième. En Allemagne, bien sûr, en Allemagne, et depuis quand ? Au milieu de ce flou, elle avait des moments de clarté. Marthe chez M. Cicéro ? Tu te souviens comment je t'ai fait engager ? Avec tout ce qu'il nous devait, à Louis et à moi.

Le dimanche où les filles lui ont annoncé la mort de Mme Schlegel, leur voyage à Berlin lui est revenu intact, elle en riait et répétait : je vous l'avais déjà dit à l'époque, trop vieille, Mme Schlegel. Vous voyez le résultat.

Elle gardait son rire descendant, il remplaçait de plus en plus ses phrases, quand elles lui manquaient. Les sœurs Brelan ne connaissaient pas son âge exact et ne comptaient pas sur elle pour l'apprendre ; elle ne devait plus être très loin de son centenaire ; le mot la faisait rire.

Markus Schlegel changeait beaucoup. Il s'en voulait d'avoir trop obéi à sa mère, d'être rentré toute sa vie chez elle à des heures raisonnables pour lui plaire. Il gommait ses manières guindées, ne respectait plus aucun horaire, rentrait de plus en plus tard à l'appartement, non qu'il travaillât davantage, mais parce qu'il avait retrouvé des amis de jeunesse. Ils allaient boire ensemble, chantaient. Sabine ne l'avait jamais vu aussi épanoui le soir et, désormais, le matin. Une de ses connaissances l'avait amené à un cercle de jeu, il se passionnait pour le poker, gagnait le plus souvent. Sabine avait remarqué des dollars débordant d'une de ses poches. Il était fier d'avoir plumé un officier américain. Elle se prenait à regretter son éducation vieille Allemagne, il lui reprochait de se prendre pour sa mère. D'ailleurs l'époque n'était pas à l'obéissance. On n'allait pas laisser les chevelus, les révolutionnaires profiter de la vie à la place des riches. Ils se mettaient en communauté, ne respectaient plus rien. Ça ne durerait pas, les riches leur montreraient qu'ils étaient capables de les battre sur ce terrain-là aussi. On leur volerait ce que leur vie aurait de meilleur, sans se faire dépouiller de la sienne et de son argent. Il était prêt à vivre dans une communauté. S'il avait trop bu, si Sabine s'énervait, il ne se retenait plus.

Tu devrais inviter tes sœurs. C'est ce que nous aurions dû faire depuis le début. Ta petite sœur était une vraie gauchiste avant l'heure, je me serais plus amusé à vivre avec elle qu'avec toi. Je suis sûr qu'elle en profite à Paris. Et la préférée de maman aussi. Toutes sauf toi. Fais-les venir pour moi.

Il laissait pousser ses cheveux bouclés, s'empâtait, portait des vêtements amples. L'air du temps ne l'empêchait pas de gagner beaucoup d'argent, au contraire, et d'en dépenser encore plus.

Sabine ne se laissait pas aller, pas de déception. Elle était en Allemagne, elle y resterait. Elle avait obtenu d'occuper un poste important chez Schlegel & Schlegel, défini par elle et pour elle, les relations avec l'étranger, elle n'avait pas l'intention d'y renoncer. Son mariage se défaisait, elle refusait de le reconnaître. L'époque n'aimait plus le mariage, il ne fallait pas s'en faire. Elle ne se demandait pas si elle aimait toujours Markus, seulement ce qu'elle avait aimé en lui. Sa situation sociale, la possibilité de réussir ? Tout le reste avait disparu, pas ça, elle l'aimait donc toujours ou elle aimait encore ce qu'elle avait toujours aimé en lui.

Dans ses lettres à ses sœurs, il lui arrivait de laisser paraître son insatisfaction, tout en la minimisant. Pour Judith, c'est parce qu'elle la minimisait qu'elle devait être bien grande. Sabine est la plus malheureuse de nous trois, nous devons la sauver.

Tu exagères, disait Marthe, elle écrit qu'elle ne regrette rien.

Précisément parce qu'elle regrette tout. On peut tromper son mari, pas ses sœurs.

Marthe lisait les lettres à Grand-mère Madeleine. Qui était ce Markus dont Sabine disait qu'il gagnait au jeu, un homme fait pour gagner, quoi qu'il fasse ? Ce gros garçon que nous avons vu une année ? L'image remontait à la surface. Il ne pense plus qu'à jouer ? Naturellement, je me souviens qu'il était bien trop jeune pour Sabine. C'est dommage, j'aurais voulu vous savoir heureuses toutes les trois.

Curieusement, elle est revenue le dimanche suivant, elle a écouté une nouvelle lecture, demandé à Marthe de la reprendre, puis à Judith. Elle avait du mal à fixer son attention jusqu'au bout. Elle a répété sa phrase, j'aurais voulu vous savoir heureuses toutes les trois. Son rire a hésité, s'est lancé, de plus haut que d'habitude, a dégringolé un moment, plus bas que jamais.

La mort de Grand-mère Madeleine a ramené Sabine en France. Elle avait le don de réunir les sœurs, de les diviser aussi : elles décortiquaient devant le cercueil, posé dans la chambre que Louis Brelan lui avait réservée en concevant sa maison, la dernière phrase de

Grand-mère Madeleine. Pour Sabine, c'était un encouragement à être heureuse chacune de son côté et à sa manière. Pour le moment, elle pensait être la seule à y être parvenue. À Marthe et Judith de suivre les conseils de leur grand-mère. Pas ça du tout, répondait Judith, Grand-mère Madeleine pensait que nous ne serions heureuses que si nous étions toutes les trois. Il ne faudrait pas, a conclu Marthe, que cette phrase nous empêche de l'être, heureuses. Les deux autres, pour une fois, lui ont donné raison : elles se sont serrées, enlacées, autour de la bière, longtemps, sans répondre aux coups de sonnette de plus en plus impatients de Tante Rosie, arrivée en compagnie de Pierre Ledru pour la levée du corps.

Ils se sont observés en silence. Tante Rosie se souvenait de jeunes filles de quinze, vingt ans. Ces femmes de trente, presque quarante ans n'étaient pas devenues moins hostiles : elles avaient empêché le transfert du corps chez sa fille, sous prétexte de commodité. Les sœurs Brelan ne se voulaient pas rancunières, prêtes, dans les circonstances, à laisser de côté les images des Ledru chez le juge de paix ou devant le lit de Grand-mère Madeleine à la clinique. La simple apparition de Tante Rosie, plus fermée que jamais, et de son mari, à sa traîne, comme s'ils n'avaient pas évolué en vingt ans, les a glacées en un instant. Partager la mort de Grand-mère Madeleine avec eux était le plus insupportable. Tous ont pris sur eux, au long de la cérémonie. À la fin, Tante Rosie n'a pas pu s'empêcher de dire assez haut que les sœurs Brelan avaient tué leur grand-mère. L'obliger à faire le déplacement les dimanches, à son âge, sous prétexte qu'elles refusaient de mettre les pieds chez leur tante, ça devait mal finir. L'assemblée est restée suspendue. Les trois sœurs gardaient le silence ensemble. Le regard de Sabine a croisé celui de Marthe ; Marthe a cherché les yeux de Judith ; elles ont commencé un bout de phrase en même temps.

Pas la peine de vous mettre à trois pour crier plus fort que moi, a dit Tante Rosie, je sais ce que je sais.

Elle leur a tourné le dos, elle triomphait. Elle a raison, a murmuré Pierre Ledru. Les filles n'ont plus hésité, les deux aînées ont encouragé leur cadette du regard. Sors-nous de là, il n'y a que toi pour trouver ce qu'il faut dire. Judith n'a pas réfléchi, la voix claire : Naturellement, nous l'avons tuée… Et pourquoi ? Tout simplement parce que Grand-mère Madeleine préférait mourir avec nous que vivre avec toi.

L'assemblée respirait, embrassait les filles. Elles se sentaient les sœurs Brelan, comme toujours.

Elles se sont retrouvées dans la grande maison, abandonnées par la dernière personne qui les aimait toutes les trois, mais pas tristes. Sabine ne pouvait pas s'attarder, ses devoirs de femme en Allemagne. Elle a encouragé une dernière fois sa petite sœur à faire quelque chose de sa vie, pour être enfin heureuse, par elle-même. Ce serait un hommage à rendre à Grand-mère Madeleine.

Ne t'en fais pas pour moi, j'ai toujours dit que je n'exercerais qu'un métier hors du commun, c'est fait ; et que je n'aimerais un homme qu'exceptionnel, je tiendrai parole.

TROISIÈME PARTIE

1

Marthe Brelan avait cru sa plus jeune sœur apaisée, depuis la mort de Grand-mère Madeleine. Ce n'est plus une nocturne, écrivait-elle à Sabine. Ses crises d'insomnie semblaient rares, l'entraînaient de loin en loin sous son arbre, plus jamais en dehors de la maison, au milieu de la nuit. La Renaissance avait perdu son pouvoir d'attraction : le café avait changé de patron. L'ancien était devenu paysan en Auvergne, le nouveau faisait des efforts pour atténuer la réputation de repaire révolutionnaire de l'établissement. Il n'avait pas trop de mal, les groupuscules s'étaient dissous d'eux-mêmes, l'ordre revenait partout, les survivants ne se supportaient plus entre eux. Les lieux de rencontre devenaient indéfinis, ou invisibles. Judith gardait des liens amicaux avec un groupe d'éducateurs spécialisés, d'assistantes sociales. Leurs petites maisons étaient ouvertes, elle ne savait pas exactement qui y vivait, qui y passait. On s'y servait à manger, on empruntait un lit, on disparaissait, on revenait. On y discutait encore beaucoup.

À les écouter tous, Judith avait senti son inutilité, le besoin de changer, de rendre service, même de manière bénévole. Ses amis l'encourageaient, même si quelques-uns doutaient de sa volonté, formulaient des réserves. Son absence d'activité connue, justifiée par le refus du salariat et du système, avait plu un temps. Quand d'autres, dans la même situation, couraient derrière l'argent, tapaient les amis, finissaient par les lasser, Judith ne demandait rien à personne, on lui en était reconnaissant. Mais ne leur cachait-elle pas sa vraie condition : une bourgeoise pleine de fric qui s'amusait avec eux ? Certains doutaient de sa sincérité, d'autant plus qu'elle restait discrète sur sa vie personnelle. Quelques-uns l'imaginaient comme une femme entretenue, mais on n'avait jamais vu l'homme. On connaissait l'existence de ses sœurs, on avait du mal à imaginer qu'elle soit à leur charge. Elle n'invitait personne chez elle, on s'en étonnait à peine. Très peu savaient où elle logeait, cette maison géométrique, trop grande, d'allure terne, passait pour un immeuble dont elle aurait pu occuper un minuscule appartement.

On aimait sa présence, son élan dans la discussion, mais son abstinence sexuelle affichée la laissait à la lisière du groupe. Depuis qu'on la connaissait, on ne l'avait vue proche d'aucun homme ni d'aucune femme. À une époque où les corps s'essayaient les uns les autres, sans arrière-pensée, pour une fois ou plusieurs, elle s'était toujours tenue à l'écart. Si elle s'était laissé approcher de temps à autre, de baisers en caresses, elle s'était toujours refusée, prétextant le plus souvent des règles trop abondantes. Ses règles permanentes étaient devenues un sujet de plaisanterie. On l'avait fait boire, fumer, pour la décoincer. Elle avait gardé la force d'échapper à leur contact physique. Ils ne la comprenaient pas, c'était si naturel. Elle préférait les femmes ? Elle ne serait pas la seule ici : on lui envoyait des membres d'un groupe de féministes, pour parler, être bien corps contre corps. Elle esquivait toujours. Alors quoi ? C'était bien la peine d'exposer ses connaissances sur les théories les plus révolutionnaires de la terre pour garder une telle peur de toute chair. Ton héritage judéo-chrétien ? Cette rigidité morale, inexplicable chez une femme prête à renverser les conventions et l'ordre admis, avait incité ceux qui l'estimaient le plus à lui présenter des amis psychiatres, adeptes de l'anti-psychiatrie, pour l'aider à surmonter on ne savait quel blocage lié à l'enfance.

Pas besoin d'être aidée, répondait-elle, je sais déjà quand ça s'est fait et pourquoi, et je ne veux pas le changer. C'est à moi, je le garde.

Son assurance devant les obscurités de sa psyché en désarçonnait quelques-uns, rendait admiratifs les autres qui lui reconnaissaient une souveraineté absolue sur elle-même. On ne t'embêtera plus avec les anti-psychiatres, a dit un éducateur, mais ce qui pourrait t'aider, c'est d'aider les autres. Tu pourrais commencer par entretenir une correspondance avec des prisonniers, ensuite tu leur ferais des visites, ce serait ta contribution à la lutte contre la condition carcérale. On manque de visiteuses de prison.

Le projet l'a enthousiasmée tout de suite, une révélation, pourquoi ne pas lui avoir proposé plus tôt ? Depuis le temps qu'elle se passionnait pour les faits divers, les criminels, que ses sœurs se moquaient de sa collection d'articles, du papier, de l'encre, loin de la vie réelle, comment n'avait-elle pas pensé d'elle-même à rencontrer ceux dont la vie remplissait une chambre entière de sa maison ? Elle les a déconcertés, pourtant, en liant sa démarche à sa passion la plus ancienne, l'architecture utopiste. Elle s'était emballée pour la construction de la prison de Fleury-Mérogis, à la fin des années soixante, un modèle de projet novateur.

Qu'est-ce que tu veux exactement ? a demandé une assistante sociale qu'elle n'aimait pas. Soulager des gens soumis à un régime injuste ou visiter un monument contemporain ? N'oublie pas que nous luttons contre l'existence même des prisons.

Elle se disait sincère dans les deux cas, aimer l'urbanisme, c'était aimer les hommes, leur permettre une vie idéale, dans un lieu idéal.

Tu crois vraiment qu'une prison puisse être un lieu idéal pour mener une vie idéale ? Ce n'est peut-être pas une bonne idée, dans ton cas, de devenir visiteuse de prison.

Au contraire, reprenait un autre, elle verra ce que c'est, ça lui fera du bien.

Judith voulait commencer sur-le-champ. Pas si vite, on n'entrait pas comme ça dans une prison. Il faudrait obtenir l'accord de l'administration pénitentiaire, donner des garanties d'honnêteté, de désintéressement, d'équilibre, exposer ses motivations. Alors l'idéal architectural, ça ne passerait pas. Elle a constitué un dossier, avec l'aide de ses amis du milieu pénitentiaire, s'est forcée à la patience, plus d'un an, sans en dire un seul mot à ses sœurs. Le système éprouvait sa solidité, elle tiendrait. Ceux qui la jugeaient pressée, excessive, incontrôlable n'en revenaient pas. Elle adressait au chef d'établissement les documents demandés, préparait avec soin ses entretiens, jouait de son passé d'orpheline, mettait en avant le statut et le sérieux de ses sœurs. Le plus difficile à justifier était son absence d'études, de métier et de vie familiale établie. Elle s'en sortait en assurant s'être consacrée, depuis l'âge de quatorze ans, à la réussite de ses aînées, preuve supplémentaire de son dévouement et de son sens de l'abnégation. Elle ne ferait que poursuivre avec des êtres moins chanceux l'idéal d'une nouvelle réussite, de leur réhabilitation sociale.

Elle a convaincu ses interlocuteurs, obtenu les autorisations nécessaires, fait son entrée à Fleury-Mérogis. Elle s'est trouvée face à des presque muets. Une phrase arrachée à la deuxième visite lui donnait un sentiment de triomphe. D'autres prisonniers bavardaient de façon décousue, réclamaient des médicaments supplémentaires, en douce. Ils acceptaient de rencontrer une inconnue si elle était disposée à leur faire passer les doses supérieures de calmant que l'infirmerie leur refusait. Elle leur promettait d'être leur calmant. Quelques-uns ne voulaient plus la voir. Avec d'autres, parfois, cela marchait, une nouvelle joie.

Judith a informé Marthe de ses fonctions nouvelles à leur début : une surprise et un soulagement. Marthe supposait que la mort de Grand-mère Madeleine avait eu cet effet bénéfique. Leur grand-mère était restée leur seul lien avec le passé, c'était bien pour les aînées, plus ennuyeux pour la petite : Marthe et Sabine pensaient depuis longtemps que sa vie s'était figée le jour de la mort de leur père. La disparition de Grand-mère Madeleine, s'écrivaient-elles avec espoir, libérait la petite fille immobilisée en Judith, son dernier cadeau de grand-mère bienveillante : leur sœur admettait enfin la possibilité d'avoir un métier, comme une femme adulte, et, selon son vœu le plus ancien, un métier pas ordinaire. Le reste suivrait, ayons confiance.

Pas si vite, disait Judith, en recevant les félicitations de Marthe, puis celles de Sabine par le courrier, je n'ai pas pris un métier à proprement parler. Je ne gagne rien à visiter des prisonniers. Mon seul but est de soulager des misères, pas de travailler. Vous êtes allées du côté des riches, Sabine plus que toi, moi, je choisis la voie des pauvres.

Elle n'oubliait pas les idéaux de son père, au contraire. Marthe a été obligée d'écrire à Sabine qu'elles devaient tempérer leurs espérances : leur petite sœur était devenue une femme active, mais rien n'était simple avec elle. Il fallait s'attendre à tout.

2

Judith s'épuisait, quelques après-midi par mois, en Dauphine, pour donner du courage à des détenus qui ne faisaient pas toujours beaucoup d'efforts. Leur regard médicamenté manquait de vivacité. Elle s'animait pour leur transmettre son énergie, ils réagissaient trop mollement à son goût. Elle leur parlait d'espérance, dessinait un monde meilleur, dehors. Certains lui reprochaient de parler comme l'aumônier, d'autres de ne pas oser, comme lui, évoquer Dieu. Deux aimaient philosopher avec elle, mais ils se perdaient vite dans des délires difficiles à suivre. Un autre, elle avait le plus grand mal à le convaincre de la puérilité du monde matériel : il s'angoissait de manquer, en prison, toutes les nouveautés technologiques de l'époque. Elle savait bien que leurs souffrances s'exprimaient de manière contradictoire, mais les apaiser lui coûtait de plus en plus. Elle doutait pour la première fois de ce qui aurait dû être sa vocation. J'ai trouvé la fonction hors du commun que je cherchais, oui, mais je n'avais pas pensé aux petitesses communes d'une fonction hors du commun. Pas la peine de se vanter d'une découverte pareille, pour se faire traiter d'idéaliste naïve.

Les visages creusés, inexpressifs, lui montraient chaque fois son impuissance à transmettre aux détenus courage et espoir. C'est un long chemin, lui disait une assistante sociale, ingrat. Les résultats se feront sentir dans des années, tu ne les verras sans doute jamais, c'est la grandeur du métier, ce qui le rend si difficile. Judith oubliait sa lassitude, faisait rire un détenu un lundi, encourageait un libérable inquiet un mardi ; le chevelu vieilli prématurément du vendredi, tremblant, implorant une piqûre, se fâchant de ses refus, l'abattait pour la fin de la semaine.

Marthe avait acheté un poste de télévision, installé dans la cuisine depuis peu. Judith regardait les nouvelles, le soir, en attendant le retour de sa sœur. Le présentateur contrit annonçait la rubrique judiciaire, l'ouverture d'un procès à Versailles, une affaire de viol et de meurtre. Le reportage montrait l'arrivée du prévenu au tribunal, sa sortie du fourgon, menotté, encadré par des gendarmes. Les forces de l'ordre étaient pressées : fendre la foule, échapper à ses insultes possibles, aux journalistes et aux photographes, faire écran devant l'homme, dissimuler son visage, lui faire courber les épaules, pour mieux le pousser vers l'entrée du tribunal.

L'accusé résiste, ralentit le pas, freine les gendarmes surpris. Avant qu'ils aient le temps de tirer sur la chaîne des menottes, il redresse les épaules, dégage la tête, il dépasse de dix centimètres ses accompagnateurs, tourne le visage vers la gauche, en arrière. Son regard croise l'axe de la caméra, il sourit. Il sourit à Judith.

Les gendarmes se sont repris, font masse autour de lui, l'abaissent, le poussent, le tirent, l'escamotent par une porte latérale. Le commentateur analyse ce sourire comme un défi à la France honnête et à la Cour.

Judith se précipite vers le poste, le présentateur passe à une nouvelle rubrique. Ce n'est pas possible, ces machines ne reviennent pas en arrière. Elle voudrait revoir l'entrée au tribunal, le prévenu qui lutte pour se montrer. Non, pas pour se montrer, pas un défi ; plus les minutes passent, mieux elle revoit la scène dans sa tête, plus la conviction s'installe que l'homme se débattait pour la regarder, elle, Judith Brelan, pour lui sourire personnellement. C'est idiot ? Des images enregistrées dans l'après-midi ? Un caméraman est derrière l'appareil ? C'est idiot, oui, mais c'est là, l'instant de sa vie, aucun homme n'a jamais adressé à Judith un sourire pareil. Sa mémoire en a retenu tous les détails, les épaules se relèvent, quart de tour, le visage allongé, le front large, les cheveux mi-longs, vont amorcer leur rotation vers elle, c'est lent, et brutal, la bouche s'étire à peine, le sourire et le regard convergent vers Judith, la touchent, la frappent, du jamais vu, jamais senti. Elle se sent réduite à rien devant ce sourire, le souffle court.

Elle essaie de se dire qu'elle se fait du cinéma, ça ne prend pas, plus fort qu'elle, le ventre chaud et serré. Elle se force à penser à autre chose, au retour de Marthe, imminent, à la vie de Sabine avec son Markus Schlegel, pour que ça retombe. Ça ne retombe pas, le sourire revient, la cherche à travers la foule, l'attrape pour la dixième fois de la soirée. Elle sait qu'elle ira au tribunal de Versailles, suivre le déroulement du procès. Quel est le nom de l'accusé ? Il lui échappe pour le moment. Le commentateur l'a répété, avec le mot affaire devant, l'affaire… l'affaire… Elle est certaine d'avoir le dossier dans ses archives. Elle fouille, pas moyen de mettre la main dessus… L'histoire avait fait du bruit, la violence du crime, un an, deux ans, l'affaire… Un nom d'île, elle se souvient d'avoir pensé : un criminel avec un nom d'île, et les coupures de presse restent introuvables. Plus rien que ce sourire confondant qui l'invite à son procès.

Marthe est rentrée de Boulogne, besoin de se rafraîchir, ces journées n'en finissent plus, M. Cicéro n'est pas toujours capable de suivre les dossiers. Il faut tout faire à sa place. Et, à la maison, rien n'est prêt non plus. Une sœur sans métier, deux ou trois heures de bénévolat, on pourrait s'attendre qu'elle ait préparé un repas, nettoyé la cuisine, et que trouve-t-elle à demander à neuf heures du soir ? Des noms d'îles. Cite-moi des noms d'îles. Ré, Corse, Oléron… Plus exotiques ? Tahiti, Java, Canaries… Non, ça n'est pas ça… Tu voudrais partir en vacances sur une île lointaine ? Tu m'étonnes. Et j'ai trop de travail en ce moment.

Judith n'est pas dans son état habituel, ne suit pas la conversation de sa sœur, sauf pour lui demander de temps en temps un autre nom d'îles. Seychelles, Martinique, Caïmans. Elle se réveille dans la nuit, elle a trouvé : Baléares, l'affaire Baléares, Martin Baléares. Qu'est-ce que tu veux aller faire aux Baléares ? demande Marthe dans le demi-sommeil. Rendors-toi : Judith en a déjà trop dit. Elle connaît Marthe, ses deux sœurs, si elle leur raconte ce qui lui arrive, le sourire de Martin Baléares, le sentiment d'une rencontre exceptionnelle, elle les entend déjà… leur sœur immature, irréaliste, excessive… jamais rien comme tout le monde, par principe… on l'aime comme ça, mais elle est usante à la fin… L'affaire Baléares, ce n'est pas pour elles.

Marthe trouve Judith à quatre pattes dans la chambre des archives. Elle a éventré des boîtes, dépouillé des pages et des pages. Elle sent la présence de sa sœur, dissimule des papiers, se fige, une enfant prise en faute. Elle lui demande de la laisser tranquille. Tu vois bien que je suis à la maison. Pas même au pied de l'arbre du jardin, je ne vais pas attraper froid.

Marthe est trop fatiguée pour perdre du temps avec une nouvelle obsession de Judith. Elle s'étonne seulement de la voir aussi rayonnante. Judith attend son départ pour ressortir les articles sur le Tueur de Chevreuse, ses précédents démêlés avec la justice, dont il s'est presque toujours sorti blanchi, n'étant condamné que pour de petits délits, jamais pour les crimes dont on l'avait pourtant soupçonné, dans la même région. Cette fois, ce serait plus difficile, écrivait l'auteur d'un article. Au-dessus, une photo de Martin Baléares, plus jeune, le même sourire, le même regard posé sur elle. Elle le connaît donc depuis plus de deux ans.

3

Au début de la deuxième journée d'audience, Judith participe à la bousculade pour s'installer au premier rang. Un policier la somme de se calmer et la repousse plus loin ; sale flic. Elle reste debout, pour guetter, par-dessus les têtes, l'arrivée du prévenu. Elle veut être la première à l'apercevoir. Un murmure traverse le public, son ventre se serre, elle se hausse sur la pointe des pieds. Martin Baléares s'avance, encadré d'uniformes. Elle espère attirer son regard, il prend sa place, les yeux baissés, il s'assied, se relève, à la demande du Président, donne ses nom et prénom.

Judith s'impatiente, toutes ces vérifications de son état civil, à quoi ça rime ? Qui voulez-vous que ce soit ? Et ces préliminaires sans fin, ce ton monocorde du juge : étudier le passé et les origines familiales de l'accusé, pour éclairer les jurés sur sa personnalité… Bien besoin d'être éclairés, avec leur air éteint. Comment peut-on juger avec des têtes pareilles ?

Judith se tient au bord du banc, pas loin de tomber, quand le magistrat regrette une situation personnelle commune à beaucoup de criminels, dans la moyenne des statistiques de la criminalité, famille nombreuse et modeste.

Vous l'entendez avec ses statistiques ? Pour qui se prend-il ? Ce n'est pas une statistique, un homme, c'est unique, surtout un assassin.

Pourtant, souligne la partie civile, ce serait trop facile de trouver une excuse dans la banalité de ses origines. Martin Baléares est le seul de sa fratrie à avoir un casier judiciaire. On peut connaître une enfance pauvre et douloureuse et rester honnête, à preuve ses trois frères et ses trois sœurs, tous occupés, même avec de minces revenus, ou mariés. Pourquoi Martin ? Oui, oui, l'accusation a raison, ce n'est pas n'importe qui, Martin. La voisine de Judith lui lance un regard de reproche.

J'étais le dernier des sept, explique Martin Baléares. Personne n'a jamais eu le temps de s'occuper de moi.

Pour la première fois, il s'anime et tourne la tête vers la salle. Il esquisse son sourire pour répéter : le petit dernier, avec un plaisir visible, et Judith se reconnaît dans ces mots et ce sourire. Elle sourit à son tour à sa voisine, qui détourne la tête.

On protège le petit dernier, dans les familles, dit le Président, il est plus choyé que les autres.

Martin Baléares assure qu'on ne l'attendait plus, celui qui est venu en trop, l'accident, quand les parents avaient passé la quarantaine, plus envie de s'occuper d'un petit. Son père est mort quand il avait huit ans. Les aînés avaient plus de vingt ans, le groupe familial s'était disloqué depuis longtemps.

Lot commun des familles, a soupiré le Président, une explication, pas une raison.

Quand va-t-il se taire, celui-là, avec son lot commun, sa routine judiciaire ? Et l'avocat de la défense ne réagit pas ? Pourquoi ne pas dire que rien n'est moins ordinaire que de se retrouver le dernier d'une famille sans père ? Judith se sent petite sœur de ce garçon-là. Elle s'est reconnue en lui, hier soir, devant l'écran de télévision, sans rien connaître de son existence ; son histoire entière, aujourd'hui, le rapproche d'elle, elle en est secouée. Quand Martin Baléares pose son regard, c'est sur elle ; quand il parle, elle a le sentiment qu'il lui parle d'elle, ne s'adresse qu'à elle.

Et l'école ? Quittée le plus tôt possible, rien à y apprendre qu'il ne savait déjà. Il préférait rester tout seul.

C'est comme moi, dit Judith à sa voisine de droite. Chut, autour d'elle.

Quitter l'école, sans formation, pour faire quoi ? Rien de suivi, des larcins, le chemin ordinaire du délinquant en devenir, se plaint le Président, mais tous les petits voleurs ne deviennent pas de grands criminels, heureusement. Alors ? De mauvaises influences ? Martin Baléares n'a jamais travaillé en bande, un solitaire, c'est là que son personnage se trouble.

Si personne ne vous a poussé sur le mauvais chemin, c'est qu'il y a quelque chose en vous ? Pouvez-vous nous dire ce que c'est ?

Martin Baléares laisse aller son regard dans le vide, semble chercher une réponse qui ne vient pas, secoue la tête et sourit.

Judith Brelan se lève à demi ; le sourire de Martin Baléares passe sur elle, s'arrête une seconde, avant de remonter vers la Cour.

Elle quitte Versailles bouleversée. Elle est en colère, l'institution judiciaire, des moins-que-rien, mais enthousiaste : elle a vu Martin Baléares en vrai ; et il l'a aperçue, elle aussi. Elle ne doute pas que ses traits, ses yeux gris, ne se soient imprimés dans son cerveau. S'il la revoit demain, à l'audience, il la reconnaîtra.

Elle lui écrira, une entrée en matière toute trouvée, la femme que vous avez regardée le deuxième jour de votre procès… Aucun homme n'a eu cette importance pour elle, depuis la mort de son père ; avec personne, hormis ses propres sœurs, elle n'a ressenti une telle proximité, autant de ressemblances dans le caractère. Elle n'imaginait pas la possibilité de s'accorder en profondeur avec un homme, il fallait que ça tombe sur un criminel.

Elle revient tous les jours, se bat pour obtenir le premier banc. Le sale flic finit par la conduire lui-même à la meilleure place, pour avoir la paix. Une autre engeance judiciaire fait son apparition, les experts. Le premier considère le prévenu comme un arriéré mental. Ça les arrangerait bien, tous, ils secouent la tête, comme si ça tombait sous le sens. Judith lâche, pas trop haut, mais pas trop bas : Menteur. Le Président lève le menton, rappelle qu'il a déjà interdit toute manifestation du public, menace d'expulsion la contrevenante. Judith grimace une excuse, puis se laisse aller à un sentiment de triomphe, quand elle entend les autres experts reconnaître à Martin une intelligence supérieure à la moyenne, en particulier une mémoire exceptionnelle.

Qu'est-ce que je disais ? glisse Judith, trop fort, à son voisin du jour.

Cette fois, cela suffit, dit le Président. Judith sent les regards de la salle et du tribunal sur elle, ne retient que celui de Martin, qui plisse les yeux, la cherche. Elle lui adresse un vrai sourire, confiant, l'étend à tout le public, lui donne un air repenti, au moment de croiser le regard du Président. Promis, elle n'interviendra plus.

Elle se contient de toutes ses forces, quand un expert s'étonne de voir une intelligence aussi développée dans un tel milieu familial. Judith porte ses mains à sa bouche, ça la débecte. Si c'est ça, la justice… On utilise les qualités d'un homme pour le dénigrer… Ses facultés supérieures font de lui un manipulateur de premier ordre, capable d'attirer ses victimes par la douceur, avant de s'en prendre à elles avec la plus grande violence, apte à nier les évidences de façon presque convaincante.

Personne n'a le courage, dans un tribunal, de contredire toutes ces âneries ? Un vrai concours de méchanceté, la justice, incroyable. Tout est bon pour abaisser l'accusé, le moindre détail se retourne contre lui, à charge, rien qu'à charge, écœurant. Judith n'en peut plus, elle va se lever, elle voudrait protéger Martin, au risque de se faire empoigner et expulser. Son agitation se voit. Ça va mal finir.

Martin Baléares la sauve, en demandant la parole. Il réfute ce qu'on lui reproche, fournit des explications plausibles à tous les faits présentés. Judith reprend espoir. Enfin un moment heureux dans ce procès. L'accusé lutte, elle est avec lui.

Il parvient souvent à déstabiliser les rares témoins. Il a été vu plaisantant avec sa future victime à la sortie d'un café à Chevreuse ? Un solitaire taciturne plaisanter avec une femme… Il était tard, il tournait le dos, l'endroit était mal éclairé ? De mieux en mieux… Les descriptions varient : vêtements sombres ou clairs, taille moyenne ou élevée, corpulence marquée. Erreur, jubile Martin Baléares, à l'époque j'étais maigre comme tout. J'ai enflé en prison, alors le témoin se rappelle que j'étais plutôt gras. Ce n'est pas moi.

Judith se retient d'applaudir. Ils ne savent rien de cet homme, les experts, les témoins, les juges. Pour connaître un homme, il faut autre chose, l'aimer peut-être. Et ils sont incapables d'aimer, ces témoins, ce gros lard, là, qui prétend avoir aperçu une Renault 12 rouge, inhabituelle dans la rue de la victime, violentée et tuée chez elle. Ce témoignage a conduit à tous les propriétaires d'un véhicule identique dans la région, parmi lesquels seul Martin Baléares avait déjà un casier judiciaire.

Vous étiez propriétaire d'une Renault 12 rouge, vous ne le niez pas tout de même ?

Ce n'est pas le moment de se démonter, tiens bon, Martin.

Baléares demande si le témoin se souvient de l'immatriculation de la voiture ; non, rien de suspect à ce moment-là. Et l'aile droite arrière enfoncée ? Non plus, ou alors peut-être. C'était l'avant, dit Martin.

Ça me revient, reprend l'autre, l'avant avait quelque chose.

Oui, mais c'était l'aile gauche.

Justement, j'habite du côté gauche de la rue, affirme le témoin.

Seulement je n'ai cabossé ma voiture que deux jours après.

Mais enfin, se fâche le Président, le témoin a commencé par dire qu'il avait trouvé votre voiture intacte. Vous tentez de l'influencer.

Martin Baléares sourit en direction du public. Judith happe ce nouveau sourire. L'éblouissement ne faiblit pas, la certitude de se trouver face à un homme d'exception, assurant sa défense avec aisance.

Pendant une interruption de séance, elle aborde ses voisins, elle parle haut, répète que Martin Baléares est innocent… Vous avez vu comment il s'en sort ? C'est quelqu'un, non ? Elle s'attire des réflexions désagréables. Défendre un assassin, laissez ça aux avocats, c'est leur boulot… Les jurés ne tomberont pas dans ses pièges… C'est une folle… Le Président a eu tort de ne pas l'exclure tout de suite. Elle sent qu'elle va s'attirer des ennuis. Et puis, ils ont raison, tous ces abrutis réunis : c'est encore mieux s'il est coupable. Elle vient de comprendre, devant tant d'innocents sans intérêt, qu'il l'excite plus en criminel retors qu'en possible victime d'une erreur judiciaire.

Un bonheur, à la reprise de l'audience, d'entendre Martin Baléares, au moment où on met en avant le trou dans son emploi du temps, le soir du crime, le reconnaître, insister même : un trou ce jour-là, mais aussi un trou avant, un trou après, des trous partout et toujours. Il revendique sa solitude, aucun témoin de sa vie, le trou de ce jour-là ne prouve rien de plus que les autres. Si la solitude elle-même est un crime, il faut arrêter tous les solitaires. Judith n'aurait pas pu mieux dire. Le fond de leur pensée est identique. C'est sa vie, à elle aussi. Calmez-vous, à la fin, murmure son voisin.

Mais je suis calme, c'est vous qui faites des histoires.

Le Président parcourt le premier rang d'un regard plat, plus personne ne bouge, il continue de sa voix molle : Cette situation prouve au moins un dysfonctionnement dans vos relations avec autrui, en particulier avec les femmes.

Judith se révolte. On va condamner un homme, parce qu'il n'a, à trente et un ans, aucune petite amie passée ou présente, aucun ami non plus ? Parce que ses frères et sœurs ont cessé de le fréquenter depuis dix ans ?

Nous y sommes, conclut le Président, vous êtes incapable de créer des liens avec autrui, vous en passez par la violence pour avoir une femme et vous effacez toute trace de lien par l'assassinat.

Moi, je saurais créer un lien avec lui, se dit Judith, je comprends comme personne ce qu'il ressent, c'est moi, c'est moi. Il ne faut pas qu'il réponde, parce que cette fois c'est juste. Ne réponds pas, surtout ne réponds pas.

Qu'avez-vous à répondre ? demande le Président.

Martin Baléares ouvre la bouche, parcourt le tribunal du regard, ferme la bouche.

Judith n'en peut plus d'entendre ces considérations psychologiques dans la bouche de tous ces épais de la cervelle. Elle se lève en pleine séance, dérange tout le monde, mais personne ne peut la menacer d'expulsion, puisqu'elle s'en va d'elle-même. Et Martin Baléares est obligé de la suivre des yeux, jusqu'à ce qu'elle ait quitté le rang.

Elle revient au moment où le tribunal va étudier les conditions du crime. Elle se glisse à sa place, pendant qu'on décrit la victime : une femme seule, dans la trentaine, fragile…

Judith pousse ses voisins pour reprendre sa place, le Président marque une pause, soupire, je peux reprendre, oui ? Cette jeune femme a été abordée on ne sait où, le prévenu ne reconnaissant pas les faits ; on suppose que l'homme a su lui parler, la séduire, au point de se faire inviter dans son appartement de Chevreuse. Elle vivait, selon les témoignages de son entourage, une période de détresse sentimentale, une proie facile, non pour un séducteur, mais pour un manipulateur.

La suite relève de conjectures : la femme a-t-elle reculé devant sa propre audace ? Pris peur devant un comportement inquiétant de Martin Baléares ? Toujours est-il, selon d'autres experts, qu'elle a reçu deux coups violents à la pommette gauche et à l'occiput, avant d'être bâillonnée et violentée à l'aide d'objets contondants divers, puis étouffée, selon les constatations du médecin légiste. La scène témoigne d'une violence méthodique.

Judith l'imagine silencieuse, elle se met à la place de la victime, aucun cri ne peut sortir de sa gorge, elle s'évanouit avec elle, souffre avec elle, sans comprendre, devant cette brutalité blanche. Ce n'est plus de la peur, un voile incertain où elle fait corps avec l'homme, dans le silence. Elle s'oublie un instant, dans le tribunal, les yeux fermés.

Elle a un sursaut, se demande ce qui lui arrive. Ses sœurs la rappelleraient à l'ordre : Tu passes ton temps à tout idéaliser, Judith, tu ne vas pas idéaliser un crime ni un criminel. Ses voisins de banc manifestent leur écœurement. Personne ne réagit comme elle, elle a forcément tort. Oui, mais le visage impassible de Martin Baléares l'attire, que ce soit lui ou pas l'auteur de ces violences, et, elle ne peut pas s'empêcher de le ressentir dans le ventre, encore plus si c'est lui. Tu n'es pas normale, Judith, non, pas normale, tout le monde le répète depuis ta naissance. Garde tes rêves d'assassin pour toi, personne n'en saura rien, tu seras bien tranquille.

Selon les enquêteurs, le coupable a nettoyé avec le plus grand soin ses traces dans l'appartement de sa victime, javellisé et frotté, un grand ménage qui prouve la maîtrise de l'homme après son déchaînement supposé. Circonstances aggravantes, suggérant que l'individu n'a pas cédé à une pulsion imprévue, un calculateur, dont les actes s'accordent avec le portrait de Martin Baléares, dressé par le collège d'experts. Interpellé avec d'autres propriétaires de Renault 12 rouges, le seul à ne pas fournir d'emploi du temps solide, le seul à avoir eu affaire à la justice, Martin Baléares, malgré l'absence d'aveux, d'armes, de preuves matérielles, doit être déclaré coupable.

Judith fait entendre un rire d'indignation… Pas besoin de preuves… Pas besoin d'aveux… Formidable…

Elle passe les bornes. Le sale flic reçoit l'ordre de l'accompagner dehors, interdiction de reparaître dans la salle. Elle quitte la salle bien droite.

Elle apprend la sentence le soir, à la télévision. Un fond de doute, le mélange de circonstances atténuantes et aggravantes, les jurés lui ont infligé dix-huit ans. Judith est dégoûtée, mais bientôt heureuse de savoir Martin Baléares en prison pour longtemps : elle fera tout pour lui rendre visite.

Le chroniqueur judiciaire commente le verdict de manière équilibrée, sans montrer de plans de la sortie du condamné. À la fin, pour appuyer la thèse de l'esprit manipulateur et sûr de sa supériorité, il ressort les images de l'entrée du prévenu au tribunal, le premier jour de son procès : Martin Baléares dégage les épaules, relève la tête, se tourne vers la caméra et sourit à Judith. Elle en oublie de respirer.

4

Marthe percevait les changements dans le comportement de sa sœur, sans s'y attarder trop longtemps : elle prenait le train puis le métro jusqu'à Boulogne, passait la journée à rattraper les bourdes de M. Cicéro, à atténuer ses mensonges auprès des clients, à contrôler ses doses de whisky. Alors les retours tardifs de Judith, son excitation, ses esquives, elle préférait les ignorer, pour ne pas recommencer le soir ce qu'elle avait fait toute la journée au bureau. Ce qui la gênait, c'était le négligé nouveau de la maison.

Je vais quelque part, se contentait de dire Judith, je n'ai pas le temps de nettoyer. Et je ne suis pas ta bonne.

Marthe a fini par relever le compteur de la Dauphine, le matin et le soir. Pendant la période du procès, le nombre de kilomètres parcourus était identique chaque jour. Le quelque part avait donc une existence réelle et le kilométrage ne correspondait pas à la distance entre la maison et Fleury-Mérogis ; plus près, alors qu'elle rentrait plus tard.

Tu ne veux pas me dire que tu as rencontré un homme ? Tu pourrais, à ton âge. Tu as honte de me l'avouer, parce qu'il n'est pas aussi exceptionnel que tu le rêvais ? Tu es trop fière, Judith.

Judith avait beau jeu de nier : elle ne cachait pas à sa sœur une relation avec un homme ordinaire.

C'est venu d'un seul coup, à Boulogne. Un kiosque à journaux, Marthe n'avait jamais le temps de suivre l'actualité, elle lisait les gros titres en passant, c'était tout. Un matin : Baléares condamné à dix-huit ans. Baléares, comme les îles. Elle a continué jusqu'au bureau, rue Nungesser et Coli, pourquoi les îles Baléares seraient-elles condamnées ? Baléares, Canaries, Caïmans, elle a dressé la liste des îles touristiques pour Judith l'autre jour. Quel rapport ? Elle a demandé à M. Cicéro s'il savait pourquoi les Baléares étaient condamnées à dix-huit ans.

Baléares, le Tueur de Chevreuse ? Le tribunal de Versailles a été trop bon. Dix-huit ans, c'est un minimum.

L'évidence pour Marthe, ce Baléares, un client pour une visiteuse de prison comme Judith ; les kilomètres de la Dauphine, l'exact aller-retour entre la maison et Versailles. Pourquoi le cacher ? Parce que c'est l'homme. Pas possible. Elle a quitté le cabinet, retour à la maison, savoir, faire renoncer Judith. Je suis ta sœur aînée… Non, ça ne prendra pas avec elle.

Judith ne s'attendait pas à voir Marthe si tôt, elle rédigeait sa première lettre au condamné, cinquième, sixième brouillon : ses impressions du procès, sa conviction personnelle ; ça n'irait pas, dire à un homme qui clame son innocence qu'on le croit coupable. Alors, la froideur professionnelle d'une femme dont la fonction est de rendre visite à des prisonniers, pour les aider, proposer ses services bénévoles ; elle se fout de rendre visite à des prisonniers, elle se fout de tous les prisonniers, un seul l'intéresse aujourd'hui. Plutôt une lettre vraie, où elle dit son plaisir de le voir ; elle a envie de se coucher à ses pieds quand il sourit ; elle veut l'accompagner dans sa détention, dormir dans sa cellule par l'imagination, sinon elle s'y glissera pour de bon, malgré les surveillants. Sa réponse la fera vivre, et elle se sent capable de le faire vivre. Il la prendra pour une cinglée, elle l'accepte d'avance.

Marthe surgit au milieu d'une phrase qui la rendait heureuse, lui demande des explications. Ne me dis pas que ce Baléares est l'être d'exception que tu attends depuis toujours. Je viens de lire le journal… un pauvre type devenu violeur et assassin… Je sais que tu ne veux jamais rien faire comme tout le monde… Je ne m'attendais pas à te voir devenir une petite ménagère entourée d'enfants et d'électroménager… Mais un assassin… Le Tueur de Chevreuse… Tout près de chez nous… Tu le connaissais déjà ? Tu l'as rencontré à l'époque de tes sorties à La Renaissance ? Même pas ? Tu vas nous rendre folles, ta sœur et moi… Je me disais, son bénévolat dans les prisons, c'est bien, enfin elle se rend utile, elle voit des gens, la vie, et voilà où ça te mène… Tu as réussi à détourner ton projet… Je te connais… rien à moitié… tu ne vas plus penser qu'à ce sale type…

Judith sourit, elle n'a jamais été aussi tranquille, n'éprouve plus le besoin de répliquer. Le cinglant, le violent, c'était bon quand elle était malheureuse. Elle sait ce qu'elle veut, heureuse, vraiment heureuse, d'un bonheur plein, elle ne va pas se disputer avec Marthe. Sa sœur la suivra forcément, plus tard, puisqu'elle est sa sœur, puisqu'elle a toujours fini par la suivre. Pour la rassurer, elle lui propose de lire la lettre qu'elle a l'intention d'adresser à Martin Baléares. Elle choisit dans ses brouillons, la version professionnelle, visiteuse de prison soucieuse de soulager le poids de la détention. Marthe n'est pas dupe, elle a remarqué les autres feuillets, elle veut tout lire. Judith est obligée de se défendre : Tu me traites toujours comme une petite sœur mineure. À trente-trois ans, je pourrais me passer de tes conseils et de ceux de Sabine.

De nos conseils, mais pas de notre argent.

Le grand mot est lâché, tout ce qu'il masque, la profiteuse, celle qui a empêché Marthe de faire sa vie, pour la nourrir et ne pas la laisser seule, dans le besoin. Ce n'est jamais dit franchement, mais c'est là, alors que c'est faux, insiste Judith. Comment rester sereine face à cette attaque ? Je n'ai pas besoin de votre argent. Elle sourit autant qu'elle peut, mais les mots la débordent : Marie-toi vite, avant qu'il ne soit trop tard. Je vais passer une annonce pour toi. Célibataire de quarante ans, bien de sa personne, active et responsable, cherche à fonder foyer tranquille avec fils unique. Tu seras casée avant la fin de l'année.

Tu dis ça, parce que tu ne te crois plus seule. Un homme dans ta vie, alors tu es prête à me lâcher. Mais est-ce qu'il connaît seulement ton existence, ce Baléares ? Et même s'il répond à tes lettres, content de trouver une folle pour lui parler, ça ne fait pas une relation saine et satisfaisante. Tu imagines ? Enfermé dix-huit ans. Remarque, c'est peut-être ce que tu cherchais, avoir un homme qui ne peut pas te toucher… C'est confortable, tu te fais croire que tu as une relation sans en avoir aucune. Tu te mets à l'abri pour dix-huit ans. Et d'ici dix-huit ans… Tu vois, je deviens compréhensive, je n'avais pas encore réfléchi à la question sous cet angle. Tu as peur des hommes à ce point ?

Marthe se sent forte, elle voit que Judith est touchée. D'autres lui ont reproché sa peur du corps, ses anciens amis de La Renaissance, qui défendaient l'amour libre, se montraient tout nus devant elle dans les maisons où elle allait, pour la pousser vers le sexe, soigner sa frigidité, comme ils disaient. Elle a résisté, elle ne voulait pas de leur amour libre. Elle se réservait pour son prisonnier, Martin Baléares. Marthe se trompe, comme les autres, elle n'a pas peur des hommes, ni du sexe, au contraire, elle en attend plus que les autres, du plus fort, du plus terrible, de l'exceptionnel. Martin Baléares est le seul capable de lui donner ce qu'elle espère. Il vaut mieux ne pas le dire, personne ne la comprendrait, pas même Marthe, elle dirait encore que, pour l'idéalisme, sa petite sœur est imbattable.

Disons que c'est une nouvelle lubie et, tu as raison, Marthe, une lubie sans danger. D'abord, parce que je ne suis pas encore entrée en contact avec Martin, ensuite, parce qu'il est de l'autre côté d'un mur. Rien n'a changé. Tu peux retourner à tes affaires au cabinet Cicéro.

Judith sait jouer les filles raisonnables, quand ça l'arrange, Marthe n'est qu'à moitié convaincue. Ça l'arrange aussi. Avec de la chance, ce Baléares ne répondra même pas au courrier, elle se sera inquiétée pour rien.

5

Pas facile d'attraper un prisonnier fraîchement condamné, on le fait circuler. Judith croit le trouver à Fresnes. Sa lettre arrive, Baléares vient d'être transféré à la Centrale de Poissy. Elle ne se décourage pas, renvoie dix pages de soutien. La réponse tarde, elle arrive pourtant, timide. Baléares ne veut pas causer de dérangement. Il remercie et proclame une nouvelle fois son goût de la solitude. Judith répond sur-le-champ qu'elle partage le même goût ; le plus grand bonheur pour deux solitaires : se trouver. Il en est troublé, l'échange de lettres se poursuit deux mois, plusieurs fois par semaine. Elle ose de plus en plus, parle d'affection, lâche le mot passion pour finir.

Il fait le modeste, s'étonne de provoquer des sentiments si forts. Il regrette de se montrer si neutre : comment en dire plus à quelqu'un dont on ne connaît que l'écriture sur du papier à lettres ? Elle répond qu'on ne connaît personne mieux que par ses griffonnages. Il prend peur : qu'a-t-elle appris de lui dans leur correspondance ? Elle répond : sa violence et sa tendresse. Il est fâché, il nie toute violence en lui. Il n'écrira plus, si c'est tout ce qu'elle voit dans ses lettres. Il se croirait revenu à son procès. Elle le supplie de poursuivre et promet de ne plus lui parler comme un juge. Elle lui répète qu'il la connaît, leurs regards se sont croisés au tribunal, il lui a souri. C'est elle qui a été expulsée du tribunal, à la fin. Elle est convaincue que son visage est resté dans un coin de sa mémoire.

Vous m'aviez écrit que vous ne me parleriez plus de ce procès.

Il ne s'agit pas du procès, mais d'un regard. Elle lui demande de retrouver en lui ce moment partagé. Il accepte cet effort sur lui-même et annonce avoir fait remonter la scène à la surface : il la voit.

Êtes-vous sûr de ne pas écrire cela pour me faire plaisir ou pour avoir la paix ?

Ils échangent des protestations d'amoureux. Il prend le risque de la décrire d'après ce souvenir. Le visage aigu, la mèche arrondie vers l'oreille gauche. Manqué, c'est vers la droite.

J'étais en face de vous, vu de l'autre côté votre mèche descend vers la gauche.

Ils s'entendent rire à travers leurs lettres. Elle n'y tient plus, ils doivent se rencontrer au parloir. Elle était visiteuse de prison à Fleury-Mérogis, elle doit pouvoir l'être à Poissy. La nouvelle le déçoit : elle écrit de la même manière à tous les détenus ? Une de ces bonnes dames qui croient soulager les souffrances de la détention ?

Il se trompe : pourrait-elle parler comme elle le fait, si elle n'était qu'une bonne dame ? Tout le contraire d'une bonne dame, ses sœurs le lui diraient, si c'était possible. Elle a abandonné toute activité dans les prisons depuis qu'elle suit l'histoire de Martin.

Quelques démarches auprès du chef d'établissement de Poissy, avec l'aide de travailleurs sociaux amis, Judith est autorisée à rencontrer Baléares. Sa famille le délaisse, il n'a rencontré que son avocat depuis son incarcération. Des parloirs réguliers pourraient le stabiliser. Judith Brelan a fait valoir son expérience de Fleury-Mérogis. On la met en garde : ce ne sont pas les mêmes peines à Fleury et à Poissy, pas le même genre de détenus.

Elle reste assise sur sa chaise, dans le parloir réservé aux visiteuses de prison, quand il entre : ce n'est presque plus lui, les joues creusées, les cheveux plus longs étirent son visage, un air las. Ils se serrent la main. Judith s'est préparée à une déception, pas de cette ampleur. Ils émettent des sons, des fragments de phrases. Judith s'effraie de la banalité de ses questions : s'il mange bien, dort bien, fait du sport. Martin Baléares baisse les yeux, répond oui, non. Ils se quittent avec l'impression de ne s'être rien dit.

La surprise est venue de Martin : il a adressé le lendemain matin une lettre enthousiaste à Judith. Il n'avait pas dormi de la nuit, son visage l'accompagnait, sa bouche lui parlait, une discussion de plusieurs heures, jamais senti aussi bien avec quelqu'un. Il demandait à la revoir le plus rapidement possible. L'administration pénitentiaire n'accordait pas les rendez-vous à volonté, il fallait patienter. En attendant, une lettre par jour.

Le deuxième parloir, c'est la grâce. Martin Baléares s'est fait couper les cheveux, les joues se sont arrondies. Les pommettes saillent encore, mais le teint se rafraîchit. Ils se touchent la main, ce n'est pas la serrer. Martin a son sourire, une seconde, ça suffit. Judith en est muette ; ils se taisent ensemble, et c'est bon d'être capable de se taire si longtemps, sans éprouver de gêne. Ils se mettent à parler ensemble, s'arrêtent, reprennent. Qu'est-ce que tu as dit ? Je ne sais pas, ça va me revenir si tu parles. Ils se coupent, leurs voix se chevauchent à toute allure. Les surveillants s'inquiètent, ce ton trop fort, cette excitation de la parole. Ils n'ont pas eu assez de temps pour tout se dire. Se dire quoi ? Judith n'en savait plus rien le soir, au dîner, en compagnie de Marthe. Elle n'a gardé en elle que l'intensité de la discussion, l'impression de voir les pores de ses bras se contracter, des marbrures rosées apparaître sur ses mains ; cette chaleur, elle devait être rouge, qu'en a pensé Martin ?

La familiarité s'est installée entre eux, une conversation aisée qui reprend tous les mois, fait affleurer les détails intimes, sans abattre la pudeur. Ils parlent de leurs corps, de leurs rêves mutuels, où ils se voient nus, se sont touchés, et c'est tout. Leurs voix se suspendent là, ils s'observent un moment. Ils se disent qu'ils emmagasinent pour les nuits à venir. Leurs sujets de conversation s'élargissent, Judith s'efforce de faire entrer le monde extérieur dans la vie de Martin, lui parle de ses sœurs, de sa jeunesse. Elle voudrait lui montrer les points communs de leur vie. Elle n'insiste pas longtemps. À chaque fois, il se ferme, un silence absent. Il n'aime pas revenir sur son propre passé, pas besoin de comparer nos origines pour nous sentir plus proches. D'ailleurs, si on creuse trop les comparaisons, on risque de trouver plus de différences que de ressemblances, on se trouverait moins bien ensemble, peut-être ?

Judith a ses moments d'incertitude : le temps passe et les rencontres établissent des liens nouveaux entre eux. Mais il en est un, le premier, auquel elle tient et qui reste caché : elle se dit quelquefois que ce qui l'excitait au début, lui donnait l'envie de rencontrer Martin Baléares, c'était de le savoir criminel. Or, rien ne transparaît jamais, dans leurs discussions, de ce qui l'a conduit en prison. Elle aimerait tant trouver en lui un signe distinctif : ces mains ont fait mal, frappé, étouffé une femme et Martin les pose l'une sur l'autre sur la table ; des mains d'apparence inoffensive. On est en présence d'un violeur et d'un assassin, ce pourrait être un enfant, c'est un gentil garçon. Les rares fois où elle a tenté de revenir sur son crime, il a esquivé, parlé avec enthousiasme d'un sujet anodin ou, comme elle insistait, interrompu l'entretien. Elle le comprend, sans vouloir se résigner à n'aimer qu'un homme ordinaire, même emprisonné. Elle voudrait l'entendre un jour lui avouer, à elle seule, ce qu'il a nié devant le tribunal. Il lui raconterait son crime dans le détail, ce serait un moment de partage qu'on n'obtient de personne. Elle sent que Martin Baléares n'est pas prêt. Il accepte de parler de questions judiciaires, quand la conversation tombe sur ses rencontres avec son avocat. Il persiste à se dire innocent, sans aller jusqu'à réclamer un nouveau procès, malgré les incitations de son défenseur, qui cherche toujours un élément nouveau.

Tu ne l'aides pas beaucoup, lui fait remarquer Judith.

C'est pour te voir plus longtemps.

Ils sourient ensemble. Martin ne reconnaît rien de ses actes passés, au moins il se conduit comme le manipulateur dénoncé par la justice, Judith s'en contente pour l'instant. Une fois, elle a cru qu'il oserait se lancer. Il n'écoutait pas Judith, cherchait ses mots, parlait bas. Il disait avoir besoin qu'elle le croie innocent : que toi au moins, tu le croies. Elle jubilait, tant d'insistance était le début d'un aveu. Elle lui a répondu qu'il pouvait être tranquille : elle croyait à la fois à son innocence et à sa culpabilité, une façon de l'aimer doublement. Elle a eu peur de ses propres paroles : il allait, comme ses sœurs, la juger trop compliquée, lyrique. Au contraire, il se reconnaissait dans cette manière de penser tortueuse et rêveuse ; ça le sortait de sa prison, de la routine, disait-il, comme les livres qu'elle lui faisait passer. Sans être allé à l'école, il se prenait de passion pour la poésie. Il réclamait chaque fois de nouveaux recueils de poèmes, de préférence les plus obscurs. Il affirmait mieux les comprendre qu'une comptine. Il aspirait à l'élévation spirituelle, Judith l'alimentait. Ils quittaient le monde ordinaire ensemble, pendant une demi-heure de visite. Ils se disaient, en se séparant, qu'ils étaient frère et sœur comme personne.

6

Sabine et Marthe continuaient à s'écrire, à s'inquiéter ensemble des visites régulières de Judith à son détenu. Elles admettaient le caractère déraisonnable de leur sœur, ses préoccupations sociales, mais là, ça tournait à la monomanie. Elles s'étaient renseignées sur Martin Baléares : un brutal, un grossier sans éducation, elles ne parvenaient pas à imaginer comment une fille aussi fine que Judith pouvait s'accorder avec un individu de ce genre.

Marthe glissait un sous-entendu de temps à autre : Tu trouves encore quelque chose à lui dire ? Judith ne se fâchait pas. Personne n'était capable de soupçonner le développement de la subtilité chez un homme condamné à l'enfermement. Elle répondait avec la plus grande douceur. Sa sœur ne l'avait jamais connue aussi sereine. Elle s'étonnait, dans ses lettres à Sabine, de constater que seul un grand criminel avait pu enlever à Judith son goût de la moquerie, de la critique violente et lui apporter le sens de la pitié et de la compréhension.

Sabine voulait savoir si elle était amoureuse de ce Baléares. Marthe, pour une fois, a fait lire sa lettre à Judith, pour se dispenser d'avoir à poser la question elle-même.

Réponds-lui que je ne suis pas amoureuse. Avec Martin, ça ne peut pas se réduire à une notion aussi courante que l'amour.

Difficile d'être à la même hauteur que Judith ; elle n'était plus aussi virulente qu'autrefois, mais elle gardait des exigences supérieures à l'humanité commune. Marthe aurait pourtant aimé partager avec elle une expérience récente, ni courante ni bête à ses yeux. Elle a osé, au risque de faire renaître la moquerie. Elle avait participé à un déjeuner d'affaires dans une brasserie des Champs-Élysées. À une table voisine, une silhouette lui rappelait quelqu'un, et la voix, surtout la voix, la ramenant plus de quinze ans en arrière. Elle n'était plus à son repas, se forçait à ne pas regarder, non, impossible. Au moment du café, elle se lève, frôle l'homme sans s'attarder, revient quelques minutes plus tard, maquillée plus rouge, comme autrefois, lui fait face. Il l'a reconnue aussi, embarrassé. Le mort se tient debout devant elle, Charles Coutelle, presque aussi maigre qu'au temps du sanatorium de Dreux.

Vous ne saviez pas quoi vous dire ? a demandé Judith. C'est bien, je connais.

Marthe était reconnaissante à sa sœur de ne pas mépriser sa rencontre.

Et après ? Vous en aviez trop à dire ? Je connais aussi.

Marthe n'en revenait pas : le plus troublé des deux, c'était Charles Coutelle. Il s'excusait d'être là. Elle répétait qu'elle le croyait mort depuis l'année de Dreux. Mlle Devaux, la directrice, avait assuré son décès imminent, inévitable, avait rendu Marthe responsable, non de sa disparition, mais de son accélération. Ça faisait drôle de le retrouver en bonne santé. Mlle Devaux s'était trompée ou l'avait trompée ?

Il avait honte, le seul responsable c'était lui. Il avait joué de sa maigreur excessive pour se faire passer pour agonisant, inspirer la pitié aux filles et coucher avec elles, du moins avec celles qu'il ne dégoûtait pas, les plus sensibles à la misère humaine, donc. C'est ça qui l'ennuyait, quand il y repensait, avoir abusé de la confiance des plus saines. Je n'y repense pas tous les jours, rassure-toi, mais quand même…

Il avait fait annoncer sa mort à Mlle Devaux, le pire mensonge de sa vie. Il se doutait que Marthe Brelan en avait subi les conséquences. Pas fier de sa jeunesse, c'était resté là. Alors, tomber sur Marthe, il l'avait craint les premières années. Il espérait qu'après si longtemps ce serait oublié. Elle lui a assuré être heureuse au contraire de savoir vivant un homme qu'elle pensait avoir tué. C'était plus léger, d'un seul coup, et ils ont ri ensemble.

Tu n'aurais pas dû rire, a dit Judith. Il fallait garder la gravité entre vous. Si votre histoire devient un incident de jeunesse amusant… On se dit au revoir en riant et c'est fini…

Ils s'étaient serré la main, après avoir échangé leur carte : comment ne pas être formels, dans une situation pareille ? Charles Coutelle avait pourtant ajouté qu'il ne jouait plus depuis longtemps de sa fausse mort annoncée, un homme rangé, cadre commercial dans une grande société américaine, marié, trois enfants, toutes des filles.

Comme toi, j'imagine ? avait-il ajouté.

Oui, oui, avait répondu Marthe, mariée, mais sans enfant.

Elle se demandait pourquoi ce mensonge lui était sorti de la bouche. La honte d'avouer qu'elle vivait encore avec une de ses sœurs, à son âge ?

Tu as bien fait de lui dire ça. Il t'a menti à Dreux, tu lui mens aujourd'hui. Vous êtes quittes. Tu n'as pas à avoir de regrets, c'est devenu quelqu'un de bien trop conventionnel pour nous. Il valait mieux avant.

Avec Judith les hommes valaient mieux quand ils étaient malhonnêtes. Marthe s'en voulait de lui avoir fait sa confidence, parce que Charles Coutelle l'avait rappelée au bureau pour lui proposer de boire un verre, à Boulogne, où il avait des clients à visiter. Ils avaient parlé de leur travail, un cabinet d'architecte, quelque chose d'artistique, selon lui, c'était plus séduisant que de vendre des machines américaines, des photocopieuses, la répétition contre la création. Il enviait Marthe. Elle ne le contredisait pas, tout en soulignant qu'elle ne s'occupait pas de la partie proprement créative, chez Cicéro. Quand il a fallu aborder la question de la famille, Marthe ne savait plus comment s'en sortir. Son mari ? Elle a décrit Markus Schlegel. Son métier ? Ingénieur dans un Bureau d'études techniques. Très commode, quand on est dans l'architecture. Elle a commencé à s'emmêler, l'Allemagne, les contrats à l'étranger, les voyages. Il était allemand ou non ? Pas tout à fait.

Je ne veux pas te gêner, disait Charles Coutelle. Je comprends très bien que tu n'aies pas envie de parler de ta vie personnelle. Nous parlons amicalement et presque professionnellement. Qu'est-ce que vous avez comme matériel de reproduction chez Cicéro ? Je pourrais t'arranger un contrat.

Il n'avait repris contact avec elle que pour placer ses machines ? Décevant, mais rassurant : qu'attendait-elle d'autre ? Faisons affaire avec les photocopieuses et n'en parlons plus.

Après la signature du contrat, Charles l'a invitée à boire d'autres verres et même à déjeuner. On soigne le service après-vente dans votre maison, lui a-t-elle dit. Il l'a mal pris. Elle ne comprenait rien ou quoi ? Elle ne l'avait pas entendu dire à plusieurs reprises que sa femme se montrait indifférente depuis des années ? Elle lui parlait de moins en moins, montait ses filles contre lui, des adolescentes rebelles et peu travailleuses, méprisant un père qu'elles qualifiaient de petit cadre petit-bourgeois, au service de l'impérialisme américain.

Je t'écoute bien moi aussi : tu n'aimes pas parler de ton mari. Il a l'air de voyager beaucoup. On pourrait se voir. J'ai beaucoup à me faire pardonner, il me semble.

Nous nous voyons déjà, disait Marthe.

Oui, mais se voir, c'était autre chose que se voir. Un jeune collègue avait une chambre dans le 15e arrondissement, il suffirait de trouver des heures communes, quand le mari de Marthe était en déplacement. Ils se sont vus de plus en plus, se répétaient qu'ils avaient vingt, vingt-cinq ans, à Dreux. La vraie vie reprenait où elle s'était arrêtée, un éblouissement pour Marthe. Charles Coutelle, avec son sexe pointu, lui faisait oublier ses réserves, ses mensonges. Leurs corps s'emboîtaient, une impression d'adhésion mutuelle, d'entente : elle avait attendu trop longtemps pour en arriver là. Elle se tourmentait, pourtant, à la maison : comment avouer l'invention du mari sans se déconsidérer aux yeux de Charles ; leurs relations, depuis le début, étaient fondées sur du faux, rien de prometteur. Mieux valait ne rien reconnaître, mieux valait aussi ne pas donner de détails à Judith : elle aurait crié à la banalité la plus désolante, coucher avec un homme marié, vraiment…

Écrire à Sabine restait son seul recours pour être sincère. Sa sœur d'Allemagne lui faisait le plus grand bien en l'encourageant : Toi, au moins, tu es heureuse, un homme s'occupe de toi. Peut-être pas aussi important que Markus, mais elle commençait à en revenir, des hommes importants. Première fois qu'elle reconnaissait avec franchise son insatisfaction. Markus jouait de plus en plus au poker. Certaines relations qu'il avait nouées au jeu l'avaient servi dans ses projets, mais le desservaient depuis quelque temps. Des entreprises de bâtiment avec lesquelles travaillait la maison Schlegel & Schlegel se trouvaient mêlées à une grosse affaire d'entente illicite. On arrangeait les prix pour accorder un contrat aux uns en échange d'un futur contrat réservé aux autres. Si les sommes étaient déséquilibrées, on proposait des compensations, ce que les enquêteurs appelaient des pots-de-vin.

Les soupçons s'étaient étendus aux Bureaux d'études techniques et aux cabinets d'architecture. On n'avait rien trouvé chez Schlegel & Schlegel et Sabine restait convaincue que Markus n'était pour rien dans l'histoire, n'empêche, son nom était sorti dans la presse, on accusait vite. Ce n'était pas bon pour la réputation de la maison ni pour les affaires. Alors, savoir Marthe au mieux avec un homme sans avoir à subir les désagréments de la vie, c'était une consolation. Il suffisait qu'une des sœurs Brelan soit heureuse. Grand-mère Madeleine avait demandé qu'elles le soient toutes les trois, elle voyait trop grand. Marthe cherchait à tout prix des raisons d'espérer : Sabine avait placé son ambition au-dessus de tout, même des hommes, elle avait réussi ; Judith entretenait un lien curieux, à la fois passionnel et distant, avec un criminel, cela correspondait à son caractère et, finalement, n'était pas gênant, puisque l'homme était enfermé ; elle-même trouvait des satisfactions régulières, avec Charles Coutelle, inattendues à son âge et dans sa situation. Que pouvaient espérer de mieux les sœurs Brelan ? Nous avons le bonheur que nous méritions. Grand-mère Madeleine est satisfaite.

Sabine avait du mal à s'en convaincre et se plaignait une fois de plus de son sort dans une lettre et refusait de juger heureuses ou dignes les rencontres de sa petite sœur avec un criminel dans un parloir de Poissy.

Judith s'étonnait que Marthe ne lui lise plus les lettres de Sabine, depuis plusieurs mois, même par extraits, comme elle en avait pris l'habitude. Elle en déduisait que ses sœurs devaient passer leur temps à la dénigrer à longueur de courrier. Ou, pire, à ne plus parler d'elle du tout, indifférentes. L'idée lui déplaisait autant. Elle voulait le savoir, elle a fouillé dans les affaires de Marthe, mis la main sur les derniers échanges, appris la vie de l'une et de l'autre en même temps. Les deux aînées s'en disaient plus dans leurs lettres que Marthe et Judith dînant ensemble presque chaque soir, attristant.

Elle a attendu que Marthe lui demande des nouvelles de son protégé en prison, ironise une nouvelle fois sur ses mauvaises fréquentations et lui donne ses conseils de grande sœur :

Tu es encore jeune, tu pourrais avoir la plus belle vie de nous trois. Il suffirait de le vouloir. Tu ne te demandes jamais si tu perds ton temps avec, enfin tu sais avec qui ?

Un criminel, dis-le toi-même, un homme malhonnête, le violeur de Chevreuse… Je ne dis pas le contraire. Je dis seulement que nous sommes pareilles toutes les trois. Je sais que tu baises avec Charles Coutelle. Je te choque ? Tu devrais avoir l'habitude. Est-ce que tu trouves honnête un homme qui trompe sa femme ? Et tu ne dois pas être la première. Demande-lui où il emmenait les autres. Au même endroit, sûrement. Un récidiviste, j'en suis sûre. Et Sabine, son Markus, elle croit encore qu'il n'a pas trempé dans cette histoire de pots-de-vin… Ne me dis pas que tu es aussi naïve qu'elle… Il y est jusqu'au trognon. Un malin, on n'a pas encore de preuves contre lui, mais ça viendra. Malhonnête lui aussi, ça me le rendrait presque sympathique. Et sûrement récidiviste. Comment la maison Schlegel & Schlegel aurait-elle prospéré autant depuis 1918, sous Hitler, sous tout le monde, sans acheter de temps en temps ses marchés ? Adultère, pots-de-vin, assassinat, ce sont des nuances de délit ou de crime, mais des délits et des crimes inscrits dans les lois. Vous êtes bien mes sœurs, vous ne pourrez plus dire que je suis une anomalie dans la famille Brelan.

Judith riait, on aurait dit le rire de Grand-mère Madeleine, une jubilation innocente, alors que ses paroles étaient les plus perverses qui soient, pensait Marthe. Elle avait fouillé dans ses affaires pour trouver ces lettres qu'elle croyait bien cachées, c'était encore plus déplaisant que de s'en servir contre ses sœurs.

J'admets, a répondu Judith, à condition que tu reconnaisses aussi ce que je dis et que vous arrêtiez de me juger à longueur de courrier. Vous feriez mieux d'être avec moi, puisque nous sommes pareilles toutes les trois, ça m'aiderait, parce que ce n'est pas facile, ce que je fais, soutenir un homme condamné injustement, une personnalité supérieure. Vous le traitez de brute épaisse dans vos lettres. La petite Judith… si menue… si cérébrale… avec un gros cochon buté… Vous avez du mal à comprendre. Si vous compreniez que vous êtes comme moi, ça me ferait du bien. J'aurais tellement besoin de vous, en ce moment, parce que Martin aura bientôt fait la moitié de son temps. L'avenir recommence à exister pour lui. Je dois m'en occuper et je ne vois pas comment sans vous.

Marthe était renversée d'un seul coup. La demande de Judith lui faisait oublier la manière dont elle avait obtenu ses renseignements et l'utilisation pernicieuse qu'elle en faisait. Elle ne voyait plus qu'une petite fille démunie appelant ses sœurs à l'aide. Elle a essayé de lutter, encore un chantage de Judith, les sœurs, les sœurs Brelan, l'unité nécessaire, pour quoi faire ? Une nouvelle raison de s'inquiéter, mais, c'était plus fort qu'elle, elle n'avait pas envie de laisser tomber Judith. À la réflexion, elle n'avait peut-être pas tort avec Charles Coutelle, et encore moins avec Markus Schlegel. C'était toujours Judith, elle était restée en dehors de la vraie vie et elle connaissait mieux que tout le monde la vérité de la vie, de quoi vous mettre en colère. Marthe n'arrivait plus à se mettre en colère.

7

Martin Baléares entamait sa dixième année d'incarcération, le moment, selon son avocat, de faire une demande de liberté conditionnelle. Il s'était bien conduit, à Poissy, détenu calme, poli, peu liant, c'est vrai. Le bon côté : il ne s'acoquinait pas avec les durs. Le mauvais, les surveillants n'étaient pas sûrs qu'il ne les méprise pas autant que les autres. Ce lecteur de poésie ésotérique promenait sans rien dire son regard de supériorité sur les hommes, on le regrettait, au moins il n'embêtait personne.

Il s'était plié aux horaires, aux rites, au travail d'atelier, un individu capable de s'insérer dans une entreprise. Encore fallait-il en trouver une qui accepte d'embaucher l'assassin de Chevreuse, même devenu le plus calme des hommes.

Le projet a pris forme dans la tête de Judith. Elle avait fait partager à Martin, au long de ces neuf années, ses lectures, son goût de l'architecture utopique, une autre forme, selon elle, de la poésie obscure qu'il appréciait. Elle l'avait encouragé à dessiner, puis à concevoir des plans de monuments imaginaires. Il s'inspirait de Piranèse et de ses Prisons, de Claude Nicolas Ledoux, d'Étienne Louis Boullée. Et si le cabinet Cicéro promettait d'engager Martin Baléares comme dessinateur ? Rien de mieux dans un dossier de libération conditionnelle. Seulement, elle avait besoin de passer par Marthe pour atteindre M. Cicéro.

C'est toi qui mènes tout, là-bas, il me semble, il ne s'arrange pas, Cicéro. Tu en fais ce que tu veux. Alors, prends ces dessins, sois convaincante. Martin est un esprit supérieur, un talent, regarde.

Marthe promettait de faire ce qu'elle pourrait. Mais ces dessins tarabiscotés ne valaient rien. L'architecture utilitaire du temps ne s'embarrassait pas de ces courbes emboîtées. Un visionnaire ? On n'avait plus besoin de visionnaires dans une agence telle que le cabinet Cicéro, mais d'exécutants rigoureux, concevant les projets les moins coûteux possibles. Elle n'a pas présenté le dossier, s'en est voulue un moment, avant de mentir à Judith : J'ai tout tenté, fait boire double ration à M. Cicéro. Il considère que nous avons déjà trop de dessinateurs.

Qu'il jette les plus mauvais à la porte, disait Judith, Martin les remplacera sans mal.

Judith montrait son ignorance du monde du travail. Tu as refusé d'y entrer quand c'était possible, aujourd'hui tu veux y placer une connaissance contre toutes les règles. Essaie d'être consciente et réaliste.

Consciente et réaliste, des mots affreux pour Judith. Alors tu ne veux pas m'aider ? Tu es ma sœur ou non ?

Marthe jurait qu'elle ferait n'importe quoi pour elle, sauf introduire un condamné, même libérable, dans son entreprise. Elle soulignait encore une fois les contradictions de Judith, adversaire du salariat au point de n'avoir jamais touché un salaire, et acharnée à faire travailler son ami de Poissy.

Mais c'est une nécessité pour obtenir la liberté conditionnelle. Peu importe les dessins, les projets utopiques, il fera ce qu'on lui demandera, le temps de prouver sa bonne volonté.

Ce n'était donc pas sérieux ? Une stratégie pour présenter un bon dossier au ministère, et après ? L'esprit manipulateur de Martin Baléares avait été souligné au moment de son procès, preuve nouvelle. Tu te fais manipuler, Judith.

Tu as bien dit que tu ferais n'importe quoi d'autre pour moi ?

Marthe le répétait avec conviction, elle se sentait obligée, tout sauf ça.

Le dossier n'avançait pas. Pas de travail, pas de logement à la sortie, pas d'accueil familial. Les frères et sœurs ne voulaient pas entendre parler de la honte de la famille. Le bon comportement en détention ne suffirait pas. Il fallait explorer de nouvelles voies. Judith en a été blessée : elle a compris que l'avocat comptait utiliser d'autres personnes qu'elle. D'autres personnes ? Oui, d'autres correspondantes. Quelles correspondantes ? Martin Baléares en avait trop dit. Judith n'était pas la seule femme avec laquelle il entretenait des relations. Depuis le début, il avait reçu des lettres d'amour. Certaines femmes étaient comme ça, un violeur, un brutal, attiré par elles au point de leur faire mal, ça les remuait en profondeur. La personnalité secrète de Martin avait ajouté à la séduction. Cette correspondance multiple s'était réduite avec le temps. Certaines avaient cédé à une impulsion et s'en voulaient ensuite. D'autres qui fantasmaient sur lui à force de solitude avaient fait des rencontres et l'oubliaient. Quelques-unes étaient restées fidèles, de tout milieu social, même une banquière. L'avocat espérait beaucoup de la banquière pour proposer une place à Baléares.

Judith en est tombée malade, des tremblements, des frissons. Martin lui avait juré qu'il s'était contenté de correspondre avec les autres femmes, dont certaines étaient mariées et mères de famille. Elles ne voulaient rien de plus qu'un échange de papier. Elles n'auraient pas supporté de l'avoir en face d'elles. Seule Judith avait eu le désir de le rencontrer au parloir, de vivre avec lui des moments réels. Elle s'était crue unique, avec des sentiments hors du commun, inacceptables aux yeux de toutes les femmes. Voilà qu'elle ressemblait aux autres, jalouse d'elles. Ces lettres, elle voulait les lire, pour se faire du mal. Elle a douté être la seule à avoir rendu visite à Martin Baléares. Elle imaginait un défilé de femmes au parloir, des attouchements qu'elle ne s'était jamais permis, des déclarations d'amour quotidiennes. Et il s'était prêté à ces mièvreries, les avait encouragées, y trouvait son plaisir sans doute, l'homme couvert de femmes en prison. Il suffit d'en tuer une et on a toutes les autres. Elle restait au lit, sans manger, elle allait en crever. Elle ne voulait plus voir Martin Baléares, plus entendre parler de lui.

Marthe voyait sa petite sœur maigrir, se ronger la journée entière. Elle ne se rendait plus tous les jours au travail, peur d'un mauvais geste. Elle retrouvait ses réflexes du temps de la clinique, la main douce dans le dos, pour rassurer la malade, veillait sur son repos, dans l'obscurité. Elle lui parlait bas, longuement. Elle avait du mal à cacher sa satisfaction : cette rupture avec Baléares ne pouvait être que salutaire. Judith avait aimé, malgré ce qu'elle pensait de l'amour, un homme enfermé. Sa libération prochaine démolissait sa construction, elle avait pris peur. Elle prenait prétexte de la découverte de rivales épistolaires pour s'éloigner de lui, réjouissons-nous. Ça la déprime, on peut comprendre. Il suffit de lui rappeler notre affection de sœurs, de laisser passer quelque temps, elle s'apaisera, elle comprendra qu'elle s'était mise dans un trou sans issue. N'insistons pas, elle s'empresserait de nous contredire.

Judith a semblé plus calme après deux semaines : l'appétit, le sommeil revenaient. Elle se levait plus longtemps, l'œil plus clair, reprenait ses livres. Marthe mettait cette résurrection sur le compte de l'énergie vitale des Brelan, dont Grand-mère Madeleine avait longtemps été l'exemple. Elle est retournée à Boulogne, l'esprit tranquille.

Elle demandait quelquefois à Judith si elle avait pensé à Baléares. Pas besoin d'y penser, répondait Judith. Elle n'avait pas que l'énergie de sa grand-mère, le goût des phrases à double sens aussi. Pas besoin de penser à Baléares, elle était retournée le voir. Elle n'avait repris des forces que pour s'installer de nouveau en face de lui, au parloir, et le défier d'en trouver une meilleure que lui pour le défendre. Elle le sommait de choisir entre ses correspondantes. S'il préférait s'appuyer sur la banquière ou n'importe quelle autre, qu'il ait la franchise de le dire, elle ne reviendrait plus.

Il a souri, comme sur l'écran de télévision la première fois, en relevant la tête sur le côté. Il aurait pu dire n'importe quoi, elle lui aurait donné raison. Son choix était fait. C'était simple. Il a souri encore : il n'y avait même pas de choix à faire. Toutes avaient disparu du jour au lendemain, dès qu'il s'était agi de l'aider à trouver une place. Il était persuadé que Judith avait eu la même réaction que les autres, étonné de la revoir : pas d'autre choix qu'elle. Par défaut alors ?

Si tu te sens blessée, tu n'es pas obligée de revenir. Je peux tenir encore neuf ans en cellule. C'est peut-être mieux pour moi, et pour toi.

Ce regard, comme s'il menaçait de l'étrangler… Elle a pensé que n'importe quelle femme prendrait peur, ne voudrait plus entendre parler d'un homme pareil, aussi désinvolte, méprisant, menaçant. Elle n'était pas n'importe quelle femme : les menaces, le mépris, la désinvolture ne l'effrayaient pas. Au contraire, elle aimait ça. Sinon elle n'aurait pas donné neuf ans de sa vie à Martin Baléares. Elle se répétait qu'elle était la dernière à rester. Comment en être sûre ?

Tu ne pourras jamais en être sûre, a dit Martin, avec son sourire.

C'est pour ça que je te crois.

L'ennui, c'est que tu n'as rien à me proposer. Tu m'as fait miroiter une place chez ta sœur. C'était du vent. Si tu n'as rien de mieux, tu ne vaux pas plus qu'une banquière ou des mères de famille peureuses.

Plus il la décourageait, plus elle se sentait déterminée. Une dernière hésitation dans la Dauphine : elle s'était rendue à Poissy pour le défier, c'est lui qui l'avait mise au défi. Elle voulait rester celle qui domine. Elle a fermé les yeux en roulant, conduit en aveugle le plus longtemps possible. Si elle s'en sortait, elle gagnerait toujours.

Le bruit des roues avait changé, elle ne devait plus être sur l'asphalte, elle croisait des klaxons, puis un silence mou, comme si la voiture flottait avant de s'enfoncer dans un étang. Elle a rouvert les yeux, elle venait de couper un virage et peinait dans un pré d'herbe haute.

Vous allez bien ? criaient des conducteurs arrêtés.

Pourquoi j'irais mal ? Un pré, des friches, de l'herbe à faucher, c'est tout ce dont j'ai besoin. J'aurais dû y penser avant.

Vous êtes sûre qu'on ne doit pas appeler une ambulance ?

Elle leur a seulement demandé de l'aider à sortir la Dauphine du pré.

8

Au dîner, elle a demandé à Marthe depuis combien de temps la maison des Beaumont était à vendre. Plus d'un an. M. Beaumont était mort l'an passé. Mme Beaumont avait perdu l'usage de ses jambes depuis pas mal de temps. Elle ne pouvait pas vivre seule, maison de retraite. Elle n'avait pas d'enfants, pas d'héritiers directs, il fallait vendre pour payer son mois. La maison était vétuste, trop petite, une cuisine salle à manger, deux chambres, même pas de douche. Personne ne voulait d'une bicoque pareille, trop de travaux. Seul le jardin était grand, disproportionné même. Mais le potager de M. Beaumont était mangé d'herbes, décourageant pour les rares visiteurs.

Nous devons acheter la maison des Beaumont, a dit Judith.

Pour quoi faire ? Nous avons déjà trop de chambres, trop de salles de bains pour nous deux.

Ce ne serait pas pour l'habiter.

Pour la louer alors ? Notre sœur Judith renoncerait à ses préventions contre l'argent et les affaires ? Elle investirait dans la pierre pour vivre de ses loyers ? Sa maladie l'a bien changée. Sans doute, on aurait les murs pour presque rien. Mais en faire une maison habitable coûterait bien plus cher.

J'ai mon idée, répondait Judith.

Un projet d'immeuble ? Encore plus fort, tu te lancerais dans la spéculation immobilière, toi, Judith ?

Si tu veux.

Mais attention, pas un projet baroque, un machin architectural plein d'invention, où personne ne voudrait vivre. On connaît notre Judith.

Ne t'inquiète pas, rien que du sobre, du pur.

Sabine a donné son accord, à condition de voir le projet. Elle le soumettrait au Bureau d'études techniques Schlegel & Schlegel, ce serait une garantie.

Pas de projet à soumettre, sinon un projet de démolition. On raserait la maison des Beaumont, le mur de séparation des deux jardins. On les réunirait, c'est tout.

C'est invraisemblable, disait Marthe. Toutes tes lectures depuis plus de vingt-cinq ans tournent autour des constructions nouvelles. Au moment où tu pourrais les mettre à profit, ton seul projet c'est la démolition de la maison voisine.

Judith souriait : elle avait enfin compris le but de l'architecture utopique, revenir à la steppe primordiale. Aucun architecte n'y avait encore pensé : le renoncement à l'architecture comme accomplissement de l'architecture. Comme les carrés blancs sur fond blanc des peintres contemporains ou la musique concrète, l'enregistrement des bruits quotidiens. L'esprit de notre temps.

Je me demande, écrivait Sabine à Marthe, si Judith ne nous mène pas en bateau avec ses histoires d'art et d'esprit du temps. Tu es mieux placée que moi pour savoir ce qu'elle a derrière la tête.

Marthe ne lâchait plus sa sœur, doutait ouvertement de ses projets artistiques. À la fin, Judith a reconnu qu'elle n'avait aucune intention de se lancer dans l'immobilier ni dans l'art. Elle n'en disait pas plus. Elle s'est contentée de rappeler à Marthe qu'elle s'était engagée, au moment où elle refusait de prendre Martin Baléares au cabinet Cicéro, à faire n'importe quoi d'autre pour elle. C'était le moment : elle ne demandait rien d'autre que l'achat et la démolition de la maison des Beaumont, la création de ce grand jardin. Ensuite, je te laisserai tranquille.

Marthe a senti qu'elle ne pourrait pas aller contre Judith ; une parole de Brelan, ça comptait. Elle a compris aussi que l'achat était lié à Martin Baléares. Elle le croyait disparu, celui-là : Tu es retournée à Poissy ? Il te tient toujours ? Tu ne peux pas te passer de lui ? C'est pour ça que tu vas mieux ?

Tu me comprends toujours mieux que personne, Marthe. Si je ne l'avais pas, je serais déjà morte. Si je ne t'avais pas, je serais morte aussi.

Elle a souri, du même sourire que Martin au parloir. Marthe a écrit à Sabine : Nous achetons la maison des Beaumont. Je ne sais pas pourquoi. C'est peut-être une erreur, mais il vaut mieux faire cette erreur-là qu'une autre.

Sabine était trop occupée, au même moment, par les développements de l'enquête sur les pots-de-vin dans l'immobilier berlinois pour réfléchir à une réponse. Elle recevait chaque jour des vérificateurs auxquels elle devait ouvrir les archives de Schlegel & Schlegel. Elle a juste pris le temps de répondre à Marthe : Fais ce qui te semble raisonnable.

L'acte de vente a été signé le plus vite possible, le permis de démolir obtenu grâce à M. Cicéro. Pendant que les pelleteuses démolissaient les murs, Judith présentait sa contribution à l'avocat de Martin Baléares.

Comme visiteuse de prison soucieuse de la réinsertion du condamné, elle lui proposait un emploi et un logement. Le désormais vaste terrain autour de chez elle réclamait la présence d'un jardinier à plein temps : défricher, organiser, enrichir la terre, replanter, traiter, récolter, cueillir, le travail ne manquerait pas. Pour le logement, la maison comptait cinq chambres inoccupées, il suffirait d'en choisir une. Le loyer et la nourriture seraient déduits du salaire.

C'était un engagement très fort, selon l'avocat, mais risqué. Prendre en charge personnellement le condamné qu'on avait visité pendant des années, il fallait être sûr de soi. Martin était-il d'accord ? Elle ne lui en avait pas parlé, mais comment refuser la première offre depuis des mois de recherche vaine ? Et ce salaire, même modeste, à verser, comment le garantirait-elle, elle qui n'avait d'activités que bénévoles ?

Mes sœurs gagnent bien leur vie et ne me refusent rien.

Avaient-elles formellement donné leur accord ? Les autorités judiciaires réclameraient des assurances.

Nous sommes connues depuis longtemps, les sœurs Brelan. Rien l'une sans l'autre. Nous vivons ensemble. Et, même si Sabine est en Allemagne, elle n'a jamais cessé d'être avec nous.

L'avocat n'était pas convaincu, mais c'était le seul moyen de constituer un dossier acceptable. Il a posé deux conditions : l'accord de Martin Baléares et l'engagement écrit de Marthe Brelan et de Sabine Schlegel.

Au parloir, Martin a réfléchi longuement. Il n'avait connu que des petits appartements de banlieue. Un jardin, il ne savait même pas ce que c'était. Des fleurs ? Pour quoi faire ? Des légumes et des fruits ? Les magasins en regorgent. Mais, si c'était payé, il voulait bien faire un effort, creuser des trous, remuer la terre. Ce n'était pas pour toute la vie.

Judith le remerciait d'accepter.

Normalement, a dit Martin, ça devrait être à moi de te remercier.

Nous ne sommes pas comme les autres. Sinon, je ne serais pas à ce bout de table et toi à l'autre.

Martin Baléares a demandé à Judith de se pencher en avant. Il parlait plus bas. Un parloir avec une visiteuse de prison ne devait pas être écouté par l'administration : Tu es vraiment sûre que personne ne nous écoute en ce moment ? Alors, je vais te dire. Puisque tu veux me loger dans ta grande maison. Puisque tu veux me faire travailler près de toi. Tu dois savoir à quoi t'en tenir. Je ne l'ai avoué à personne. Même pas à mon avocat. La fille de Chevreuse. C'était moi. Je te fais confiance, tu vois.

De toute façon, tu as été condamné pour ça, sans l'avoir avoué. Il ne peut rien t'arriver de pire.

Ce n'est pas tout. Deux autres femmes. Quand j'avais vingt-deux et vingt-cinq ans. Jamais retrouvé. Jamais inquiété. Trois, j'ai fait du mal à trois femmes. Là, tu peux me balancer. Une preuve de confiance pareille, tu n'en as jamais eu. Maintenant que tu le sais, tu me proposes toujours une chambre chez toi ?

Elle a senti comme un trou s'ouvrir sous elle. Ses sœurs dénigraient en elle, depuis toujours, ses envies d'absolu, son refus du réel, de la vie ordinaire, de l'architecture ordinaire, des hommes ordinaires, le lyrisme caractériel qui l'amenait à s'aveugler devant un plan de ville, supposé idéal et inhabitable, et à faire d'un assassin un homme attirant et parfait, elle n'avait jamais accepté leurs reproches : elle les comprenait pour la première fois. Une révélation, c'est moi, ça. Et mon homme parfait a toutes les chances d'être invivable. Où je vais, maintenant ? Elle a tout remué dans sa tête en quelques secondes, depuis la mort de son père jusqu'à sa peur d'aujourd'hui, au moment où l'homme rêvé depuis neuf ans, de l'autre côté d'une table, la fait entrer dans sa réalité : trois femmes, trois assassinats. Ces aveux qu'elle aurait aimé partager, au moment de ses premières rencontres avec Martin Baléares, l'affolaient aujourd'hui. C'est tout de suite qu'il faut renoncer, se lever, je compte jusqu'à trois, les yeux fermés, et adieu.

Elle a compté trois, puis quatre et cinq. Elle ne peut plus reculer maintenant, ce serait renier sa vie complète. Elle doit effacer ses doutes, retrouver ses meilleures raisons de rester : je me suis consacrée à la réhabilitation des hommes sortis trop tôt de la vie. Louis Brelan, à quarante-trois ans, n'avait pas eu le temps de réaliser ses idéaux. Il fallait quelqu'un pour les faire vivre, sa petite fille, sa préférée, Judith. Martin Baléares, elle n'a pas inventé sa supériorité personnelle, tous l'ont reconnue, les experts, les juges. Il fallait quelqu'un pour le sauver, Judith. Elle se tait longtemps, ça tourne en elle.

Tu ne veux plus de moi ?

Elle sort du vide : pas bon de réfléchir, de s'inventer des justifications trop nobles, l'amendement des hommes, la correction des injustices sociales. Souris-moi, Martin, je n'ai besoin de rien d'autre.

Il est surpris, il ne sait pas sourire sur commande. Il fait une grimace. Même une grimace de Martin Baléares est capable de nouer le ventre de Judith, pas d'autre explication.

Elle a pensé que le plus difficile serait d'obtenir l'accord de Marthe, encore plus celui de Sabine. Marthe avait donné sa parole, elle émettait des réserves pour la forme. Elle tenait pour acquis le refus de Sabine, elle l'espérait : plus sévère qu'elle avec leur jeune sœur, plus froide, à distance, pour analyser la folie du projet humanitaire de Judith.

Elle se trompait : le couple Schlegel était en plein désarroi. Markus venait d'être interpellé pour l'affaire des pots-de-vin dans la construction. La justice allemande le soupçonnait d'y avoir joué un rôle non négligeable, pour obtenir ou faire obtenir des marchés à des complices, en échange de commissions dont il aurait eu besoin pour régler des dettes de jeu. Les rapports de Sabine avec son mari s'étaient détériorés ces dernières années, mais elle refusait de voir leur existence commune s'effondrer en un instant. Le sauver, c'était se sauver elle-même. Elle entreprenait des démarches pour le faire libérer, travaillait avec les avocats pour démolir l'une après l'autre les présomptions. Ses dettes de jeu le desservaient, mais son dossier, au fond, restait vide.

La chance de Judith : Sabine la comprenait mieux que personne, d'un seul coup. Les efforts de sa petite sœur pour relancer dans la vie un homme emprisonné lui paraissaient légitimes. Elle lui a écrit directement : Fais ce que tu crois le mieux pour toi, sans peur, je te suis. Marthe ne reconnaissait plus Sabine. Le dossier de Martin Baléares pouvait être présenté à la Chancellerie.

9

Le plus délicat était de se soumettre à l'expertise psychiatrique, délinquant sexuel, manipulateur : l'expert avait son idée. Vous ne croirez rien de ce que je vous dirai, a commencé Martin Baléares. Si je ne dis rien, vous me croirez peut-être ?

À vous de voir où se trouve votre intérêt.

Martin a donné des réponses vagues à des questions vagues. L'entretien était entrecoupé de silences. L'expert a donné un avis favorable avec les réserves d'usage. Il notait que l'individu ne semblait pas pressé de retrouver la liberté.

Pour l'accueillir, Marthe avait tenu à être présente, en compagnie de Charles Coutelle. Elle s'était sentie obligée de lui avouer ne pas être mariée. Il avait mal accepté ce mensonge, avant de le prendre comme un hommage : Tu m'as attendu tout ce temps ? Ensuite, il avait eu peur. Elle exigerait bientôt de lui qu'il quitte sa femme et ses enfants. Elle l'avait rassuré. La charge de sa sœur valait toutes les familles. Un homme intermittent comme Charles lui convenait mieux. Si elle l'invitait pour la première fois chez elle, c'était pour qu'il se montre devant Martin Baléares, pour que le prisonnier libéré sache que les sœurs Brelan pouvaient compter sur d'autres hommes.

Judith s'est moquée de cette stratégie de méfiance. Un homme aussi maigre que Charles Coutelle aurait du mal à impressionner Martin Baléares. Marthe avait exigé pourtant que l'entrée de Martin chez les sœurs Brelan ne commence pas par un tête-à-tête avec Judith. Elle avait donné sa signature pour garantir l'entretien du nouveau venu, elle estimait avoir son mot à dire. Elle a mené la visite. La partie commune où ils dîneraient ensemble, les chambres alignées comme dans un hôtel. Elle a bien insisté devant la première : la chambre où nous dormons, Judith et moi. Les deux hommes se sont regardés, perplexes. Charles manifestait plus franchement sa surprise. Marthe a saisi son erreur : Coutelle s'était déjà inquiété des relations de Judith avec un taulard et de l'autre sœur avec un escroc tout juste incarcéré ; elle avouait le même jour qu'elle dormait avec sa sœur ; des lesbiennes ou quoi ? Elle a compris qu'elle desservait ses intérêts. Elle ne devait pas céder pour autant. Martin Baléares saurait que Judith ne serait pas une proie isolée dans sa chambre. Ils ont parcouru le couloir, jusqu'à la dernière pièce, la chambre future de l'employé, comme l'a désigné Marthe à plusieurs reprises.

Au moment de passer au jardin, Charles Coutelle, de plus en plus agité, a prétexté un rendez-vous dans Paris. Il ne pouvait pas leur faire ça ? Bien sûr que si. On ne le reverra jamais ici, celui-là, a glissé Judith. Devant Martin, il ne fait pas le poids. Marthe ne le niait pas. La prestance du visiteur la surprenait. Elle n'aurait jamais dit qu'il venait de passer neuf ans enfermé. Il occupait déjà la maison par sa haute taille, sa démarche assurée. Il avait trouvé tout seul l'accès au jardin, évaluait l'ampleur de la tâche : ces restes de gravats, ces mauvaises herbes de plus d'un mètre de haut, ces arbres dont les branches débordaient et se mêlaient. Il proposait de commencer le travail tout de suite, pour montrer sa bonne volonté. Dehors, disait-il, il gênerait moins. Il préférait laisser le temps aux sœurs Brelan de se faire à sa présence. Et il n'avait pas l'habitude de côtoyer des gens, encore moins des femmes. Le changement l'avait éprouvé.

Je t'avais dit que c'était quelqu'un de délicat, a dit Judith.

Il a travaillé jusqu'au soir, dîné brièvement, sans trop parler, épuisé. Couché à neuf heures, il a dormi douze heures, ne sachant plus, au réveil, où il se trouvait. Il s'est remis aussitôt au jardin.

Marthe ne pouvait pas monter la garde jour et nuit auprès de sa sœur. L'homme semblait calme et travailleur. Elle a repris le travail à Boulogne. Elle téléphonait quatre fois par jour pour savoir comment Martin Baléares se débrouillait.

Tu ne crois pas que ça suffit ? se plaignait Judith. Personne ne croit que les transformations du jardin te passionnent à ce point. Tu vérifies que je suis toujours vivante. Tu vois bien : jamais été plus vivante.

Elle allait voir Martin au jardin, lui donnait les consignes de la journée, le tracé d'une allée nouvelle, la préparation d'un parterre. Il exécutait ses tâches avec conscience avant de se retirer dans ce qu'il nommait lui-même sa cellule.

Judith avait du mal à reconnaître ce qui l'emportait en elle de la satisfaction ou de la déception. Martin Baléares se conduisait comme elle le souhaitait, comme elle l'avait prévu dans le dossier de libération conditionnelle. Il occupait son emploi et son logement, parfait. Mais ces conversations du parloir ? Ces tremblements d'inquiétude avant de se revoir ? Cette intimité qu'ils avaient eue : pas des échanges sentimentaux, non, une complicité souterraine. Elle manquait à présent. Et les coups de téléphone de Marthe interrompaient ses rêveries. Jamais le temps de laisser venir en elle cette attente de Martin.

Il sortait peu, sauf pour accomplir les obligations de la mise à l'épreuve, prouver qu'il était toujours là, respectueux de ses engagements. Il marchait une demi-heure le soir, dans le quartier, si le temps s'y prêtait. Le reste de la soirée, il lisait, les mêmes livres de poèmes qu'en prison et des livres de jardinage. Il avait demandé à se perfectionner, il se passionnait pour son nouveau métier. Judith lui avait trouvé un stage, dont il était revenu plus enjoué. Elle s'était sentie fautive. Je le brime, je l'ennuie, il n'est heureux qu'à l'extérieur de moi. Elle lui a posé la question un soir. Il lui a exprimé sa reconnaissance ; son aide pendant des années, en prison ; son aide depuis sa sortie. Rien de moins formel ? Il aurait aimé faire des efforts, mais elle lui rappelait son temps d'incarcération, comme s'il avait droit à un parloir perpétuel. Qu'elle ne le prenne pas mal. Elle était la seule personne pour laquelle il ait jamais eu de l'affection. Et le plus grand respect.

Justement, elle le trouvait trop respectueux depuis sa libération. Où était le provocateur qui souriait à la caméra ?

Je n'ai jamais souri à une caméra, répondait Martin. Et mets-toi à ma place. Dans libération conditionnelle, c'est l'adjectif qui est important. J'ai devant moi des années de mise à l'épreuve : si je te manque de respect, si tu expliques que je ne tiens pas mes engagements, c'est moi qui retourne au trou.

Elle a ri : Dans quelques années, tu pourrais me faire du mal, alors ?

Elle détournait ce qu'il disait, mais il ne lui en voulait pas : Tu aimerais que quelqu'un te fasse du mal ? Tu es une drôle de fille.

Ils retrouvaient pour la première fois le trouble de leurs anciennes conversations à Poissy, ce froid sur la peau, puis ce réchauffement brusque. Elle se retenait de justesse : s'approcher de lui, toucher sa main ou lui poser une nouvelle question embarrassante. Ces deux autres femmes, il avait assuré leur avoir fait du mal. Qu'est-ce qu'il voulait dire par là ? Quel mal ? Jusqu'où ? Les avait-il assassinées, elles aussi ? Elle avait compris, après des années de visite en prison, que les criminels refusaient de parler de leurs actes, niaient leur existence tout simplement, tous innocents et sincères. Alors ne pas l'attaquer directement. Elle pourrait plutôt s'étonner des aveux de Martin avant sa libération. Elle a osé, une fin d'après-midi, juste avant le retour de Marthe, pour se garantir. Se garantir de quoi ? Bien embarrassée de le dire.

Je ne veux rien savoir, ce sont tes affaires, mais pourquoi me l'avoir dit à moi, pour les trois femmes ?

Il a eu un mouvement de bête surprise. Je ne t'ai jamais rien dit sur une femme, encore moins sur trois.

Elle s'est excusée. Je ne voulais pas t'accuser. Je croyais me rappeler une phrase.

Le seul ennui avec toi, c'est que ce qui t'a toujours intéressé en moi c'est ce que je n'aime pas.

Il est sorti marcher. Marthe venait de téléphoner pour annoncer son retard, du travail à rattraper. Judith se sentait perdue chez elle. Elle avait encore dit ce qu'elle n'aurait pas dû. Elle est entrée dans la chambre du fond, s'est allongée sur le lit bien fait. Elle ne savait pas si elle souhaitait l'arrivée de Martin ou celle de Marthe.

Ils sont rentrés ensemble. Marthe l'avait croisé sur l'avenue conduisant au RER. Il voulait prendre un train, à cette heure-ci ?

Non, non, je marchais, j'ai pensé venir vous chercher à la gare.

Comment connaissait-il son heure d'arrivée ? Elle n'avait pas cherché à en savoir davantage, d'autres préoccupations, une excitation particulière, ce soir. Elle avait beaucoup à dire à Judith, dépêchons-nous. Il la suivait de son pas traînant, elle le pressait, le questionnait vivement, pour ne pas marcher en silence avec son employé. Il ne manquait de rien ? Le travail lui plaisait ? En plein air, toute la journée, on ne trouverait pas mieux. Elle écoutait à peine ses réponses, toute à son idée. À la fin, elle n'y tenait plus, elle lui a parlé de ses affaires, comme s'il s'agissait de Judith elle-même, alors qu'ils venaient d'entrer dans la maison. Judith ne percevait que des morceaux d'une conversation animée, terrorisée à l'idée d'être découverte allongée sur le lit de Martin Baléares. Des pas traversaient le couloir, s'arrêtaient pour ponctuer un moment de surprise.

Si votre patron abandonne son entreprise, vous n'aurez plus de salaire, qu'est-ce que je deviens ?

Attendez, disait la voix de Marthe, ce n'est pas si simple.

Elle se préoccupait enfin de l'absence de Judith, maintenant debout au milieu du couloir.

Mais tu sors d'où ? Judith s'est dispensée de répondre, elle voulait savoir ce qui se passait avec M. Cicéro. Il n'avait jamais parlé de départ, jusqu'ici. Ça lui était venu d'un coup, soixante-neuf ans révolus, fatigué, le cerveau ralenti par le whisky, il s'était vu au bout de sa vie. Il plaquait tout. Si la fermeture du cabinet Cicéro coïncidait avec la liquidation possible de Schlegel & Schlegel pour malversations, on serait bien. Qui paierait Martin Baléares ? Sa liberté conditionnelle pouvait-elle être remise en cause ?

Tu ne devrais pas t'inquiéter, Judith, tu es contre le travail salarié. Nous serions enfin comme toi.

La situation ne semblait pas alarmer Marthe Brelan, de plus en plus animée : le départ de M. Cicéro, c'était leur chance. Elle y avait réfléchi dans le train, la plus grande idée de sa vie, il fallait tout de suite appeler Sabine à Berlin, la convaincre de venir passer quelques jours. Elle ferait connaissance avec Martin, ça la distrairait de ses ennuis avec Markus. Judith elle-même ne pourrait qu'approuver le projet. Simple : M. Cicéro aurait aimé, à la mort de Louis Brelan, racheter les parts des filles. Elles avaient tenu bon contre l'avis de tous : ces parts ne servaient à rien, valeur modique qu'il valait mieux encaisser tout de suite. M. Cicéro s'était accommodé d'elles toutes ces années, il avait profité de leur travail, pas de quoi se plaindre. Elles ne s'étaient pas opposées à ses projets. Il avait gardé son rôle de patron, comme s'il l'avait été totalement. Aujourd'hui, il suffisait de l'empêcher de vendre ses parts à d'autres, de les lui racheter. Le cabinet Cicéro pourrait enfin devenir l'agence Brelan, comme une revanche de Louis.

L'agence Brelan, très joli, a dit Judith, mais nous ne sommes ni architectes ni urbanistes.

À qui la faute ? Si tu avais accepté d'étudier et de travailler, avec tes talents, nous l'aurions depuis longtemps, l'agence Brelan.

Judith voulait bien accepter le reproche, il ne rendait pas moins vaine la construction de Marthe. Elle ne réfléchissait plus aussi vite qu'autrefois : qui faisait tourner le cabinet d'architecture depuis des années ? Les collaborateurs et Marthe. M. Cicéro supervisait les projets et les dessins du haut de ses dix verres de whisky. Il pouvait refuser un plan, pour faire acte d'autorité, et approuver le même deux jours plus tard. Le cabinet tournerait aussi bien sans lui. Il suffisait d'engager de jeunes architectes, les plus brillants des écoles, n'ayant pas encore de quoi lancer leur propre affaire, des modernistes peut-être, des modernistes pauvres, pour faire plaisir à Judith. On relèverait le cabinet Cicéro en lui redonnant son ambition initiale.

Judith n'avait jamais vu Marthe aussi radieuse et sûre d'elle-même, une explosion inattendue dans sa vie. Et la petite sœur se retrouvait pour la première fois dans la position de la réaliste, dénombrant les obstacles, appelant à la mesure : M. Cicéro t'a-t-il donné son accord ? Tu ne lui en as pas parlé ? S'il refuse, comme nous à la mort de papa ? Pour se venger ? Avons-nous les moyens de lui racheter ses parts ? Avec le salaire de Martin en plus ? Si Sabine préfère sauver son Markus ?

Sabine, rien ne se ferait sans elle, son expérience, qu'elle prenne l'avion demain. Nous n'obtiendrons pas les parts de M. Cicéro, si elle ne nous aide pas.

10

Les sœurs Brelan ont obtenu un rendez-vous à midi, le vendredi, dans le bureau de M. Cicéro. Marthe a demandé aux collaborateurs d'aller déjeuner tôt, de prendre tout leur temps. Pourquoi toutes les trois ? Pour vous dire adieu, vous remercier de ce que vous avez fait pour nous, pour notre grand-mère, pour notre père… M. Cicéro fait le modeste, il n'a pas fait grand-chose, et il n'est pas encore parti… Il a annoncé son départ l'autre jour, un coup de cafard, l'approche de ses soixante-dix ans, rien n'est tranché… Comment ? Ce n'était pas sérieux ? Extrêmement sérieux, le projet d'arrêter, reste simplement à fixer le moment. Ce pourrait être bientôt ou dans deux ou trois ans. Cela dépendrait de sa santé.

Les sœurs Brelan se taisent. Le regard de Sabine dit sa colère. La faire rentrer en urgence de Berlin pour un plan aussi mal ficelé… Marthe n'aura jamais été une négociatrice à la hauteur… Judith s'attriste d'avoir eu raison trop tôt, puis se console : si rien ne change, le sort de Martin Baléares, l'essentiel pour elle, n'est pas remis en cause. Marthe est désemparée, elle devine les reproches de ses cadettes. M. Cicéro l'humilie devant elles.

C'est tout ce que je peux faire pour vous ? demande M. Cicéro.

Elles font durer le silence, c'en est gênant, elles évitent de se regarder, nouveau entre elles. Elles n'y tiennent plus, comme autrefois, comme toujours, échanger ces regards, savoir ce qu'on a dans le ventre toutes, et s'en sortir, comme toujours, comme autrefois. Qui ose la première ? Marthe appelle Sabine, qui se retourne vers Judith, relançant Marthe : le point faible de Cicéro. Elles ouvrent la bouche toutes les trois en même temps : Que diriez-vous… À cette heure-ci… Fêter ça… Fêter quoi ? Je ne comprends pas, si vous parlez ensemble…

Non, dit Marthe, nous n'allons pas boire maintenant, ça ne se fait pas… Avec trois femmes… Que dirait la vôtre ?

C'est juste, ajoute Sabine, on ne fête pas un événement avant qu'il ne se soit produit…

Sauf s'il se produit maintenant, conclut Judith.

Contentons-nous de préparer l'avenir… Votre succession, monsieur Cicéro… Puisque nous avons des parts dans votre affaire… On n'en parle plus depuis des années… Comme si cela n'existait pas… Pourtant, vous nous en avez fait des histoires, avec nos parts… Nous étions jeunes, à cette époque, presque des enfants… Aujourd'hui nous avons l'âge que vous aviez alors… C'est curieux… L'âge de votre ami Louis Brelan, quand il est mort… Mais nous sommes vivantes.

Les sœurs Brelan ne savent pas s'arrêter, le bonheur de se retrouver. Toutes ces années en Allemagne, Sabine, elle a oublié qu'on pouvait parler si vite entre sœurs, comme si on pratiquait une langue secrète. M. Cicéro a le plus grand mal à suivre la conversation. Les trois femmes ne lui laissent pas le temps de répondre à leurs questions. Il perçoit seulement de temps à autre une suggestion de l'une, boire un verre, repoussée à plus tard par l'autre, réprouvée par la troisième. Sa langue lui pèse, il ne pense plus qu'à la soif. Il lui revient que Marthe ne l'a pas laissé boire ce matin, prétextant un projet à boucler. Vous aurez votre récompense tout à l'heure, lui a-t-elle répété. Si elle voulait lui offrir sa récompense à midi, qu'elle tienne parole. Il se lève, la porte de l'armoire à whisky est fermée à clé. C'est l'usage. Pourquoi Marthe refuse-t-elle aujourd'hui de prendre la clé dans son sac ?

M. Cicéro, en sueur, la bouche desséchée, au bord du malaise, finit par admettre que son état ne lui permet plus de concevoir des projets d'architecture dignes de ce nom. Se retirer quand il est temps n'est pas déshonorant, il est prêt à le proclamer devant tous ses collaborateurs, quand ils seront revenus de leur déjeuner. Quelle heure est-il ? Deux heures passées et ils sont toujours attablés ? Il reconnaît que vendre des parts à des inconnus, c'est risqué. Ils s'engagent à poursuivre votre œuvre et ils la défigurent aussitôt. Alors que des collaboratrices qui ont fait leurs preuves depuis vingt-cinq ans, les filles d'un ami en plus, des proches, la famille pour ainsi dire…

Marthe fouille dans son sac à main, fait claquer la pression métallique. Ses sœurs en sont à discuter les prix. Qui le croirait ? Judith est la plus ferme : elle n'a aucun revenu personnel. M. Cicéro ne peut pas lui faire ça. Elle lui fait remarquer qu'elle ne lui a rien demandé en plus de vingt-cinq ans, pas un privilège, pas une place, contrairement à ses sœurs. Imagine-t-il à quoi il a échappé ? Il n'a plus la force d'imaginer, il accepte tout, si Marthe ouvre l'armoire. Sabine fixe un prix raisonnable : il ne s'agit pas d'être attaqué, si la valeur du cabinet Cicéro est sous-estimée à l'excès.

Rappelez-vous, monsieur Cicéro, dit Marthe, vous nous offriez le minimum pour nos parts, quand nous avions vingt ans. Pour vos soixante-dix ans, nous vous offrons un prix honnête. Vous êtes gagnant.

Elle ouvre le placard, sort une bouteille d'un scotch particulièrement tourbé, la remet en place. Il faut d'abord mettre notre accord par écrit et nous y tenir. Vous n'irez pas dans huit jours prétendre que nous vous avons arraché votre signature ? Vous donnez votre plein consentement ? Nous n'exerçons aucune contrainte. Vous êtes un homme libre, un chef d'entreprise. Nous sommes des femmes sans pouvoir, comme toutes les femmes depuis des siècles. Si notre proposition vous semble inéquitable, dites-le tout de suite. Nous en reparlerons, quand vous serez décidé, dans six mois, deux ans. Elle reprend la bouteille sur l'étagère, examine l'étiquette.

La lèvre inférieure de M. Cicéro pend sans contrôle. Il remplit au stylo plume une feuille à en-tête du cabinet. Appliquez-vous, dit Judith, une écriture tremblée comme ça, ça ne compte pas. M. Cicéro ne sait plus écrire autrement qu'en tremblant depuis des années. Il signe, tamponne et s'engage, dans un post-scriptum, à renouveler sa signature devant notaire. Il descend, sans délectation, quatre verres de scotch. Marthe l'arrête au cinquième : Vous savez bien que celui-là vous ferait du mal.

Marthe, au retour, a été prise de scrupules. Elle défendait son projet, mais leur méthode pour le réaliser, à froid, lui apparaissait discutable. Elle n'avait pas prévu la tournure des événements : Nous avons exagéré, je crois bien.

Sabine lui reprochait de toujours revenir en arrière. C'était fait, on n'y changerait rien.

Je ne pensais vraiment pas en arriver là avec M. Cicéro.

Tu nous mets tout sur le dos, alors ? a dit Judith. C'est sûrement moi qui t'ai poussée, avec mon mauvais esprit.

Marthe n'attaquait personne, mais elle était obligée de constater que les sœurs se laissaient toujours emporter, à trois, plus loin qu'elles ne l'auraient accepté toutes seules.

Il me semble que tu avais les clés de l'armoire à whisky ; tu avais bien prévu d'assécher M. Cicéro sans nous attendre, éloigné de toi-même les employés du cabinet. Ce n'est pas nous trois, c'est toi d'abord.

Que deviendraient-elles, s'il reprenait ses esprits, les accusait de lui avoir extorqué ses parts, sa signature, portait plainte ?

Martin Baléares écoutait la conversation depuis le début, en souriant. Avez-vous pensé à moi ? Vous verrez que la plainte de votre Cicéro retombera sur moi : quand on saura que je travaille chez vous, que vous me logez, on dira que vous êtes sous l'influence d'un ancien taulard, qui vous a donné des trucs pour abuser de la faiblesse d'un vieux poivrot. J'espère que vous allez m'innocenter. Je ne suis pour rien dans vos combines.

Que fallait-il faire, pour éviter les ennuis ?

À votre place, a repris Martin, je l'aborderais lundi, je déchirerais devant lui le papier signé et je m'excuserais en lui disant que, s'il voulait faire affaire avec moi plus tard, il le ferait librement.

C'est la sagesse, a dit Marthe, plus tard dans la chambre des sœurs.

La sagesse ? répétait Sabine. Un type condamné à dix-huit ans de prison, sans avoir avoué ni demandé pardon, nous donne des leçons d'honnêteté, on aura tout vu.

Il sait mieux que nous ce que ça coûte, a dit Judith. C'est dommage, on a fait tout ça pour rien, mais je fais confiance à Martin.

Le mieux, a conclu Marthe, c'est que j'y aille toute seule.

Marthe était la première au bureau. Elle a mis la clé de l'armoire à whisky en évidence sur le bureau de M. Cicéro, à côté de la feuille griffonnée. Elle l'a attendu toute la matinée. Elle craignait de voir arriver à sa place des inspecteurs en civil. Tout visiteur inconnu la terrorisait. Vers midi, M. Cicéro est entré, le pas hésitant, dans son bureau. Marthe l'observait derrière la cloison vitrée. Il a rangé sa table un long moment avant de remarquer la clé et le papier. Il s'est résolu à prendre d'abord la clé, il a ouvert l'armoire, l'a refermée sans avoir rien bu. Il a posé la feuille sur la pile des dossiers traités, à sa droite. Il a fait appeler Marthe, demandé où on en était ce matin.

À quel propos ?

Comment à quel propos ? Comme tous les lundis, tant que je suis là…

Vous savez, vendredi, c'était une discussion préliminaire, rien d'autre.

Je compte bien qu'elle aura des suites. C'est déjà en cours.

Marthe baissait les yeux, les phrases d'excuse qu'elle avait préparées ne passaient pas. M. Cicéro semblait ferme. Il avait passé sa matinée au commissariat, sans doute. Il allait lui annoncer le début d'une procédure, son renvoi.

Au fait, ma femme vous remercie.

Je vous demande pardon, a dit Marthe.

Je vous dis que ma femme vous remercie : presque dix ans qu'elle me tanne pour que j'arrête tout. Tu te ruines la santé… Nous ne profiterons pas de notre retraite… Cette maison de campagne que tu m'as promise… Tu n'as plus besoin de rien… plus rien à prouver… Tu es dépassé par les jeunes… Vends ton affaire… Nous avons encore quelques belles années devant nous… Je ne l'ai jamais écoutée, ma femme. Dix ans. Alors, quand je lui ai dit vendredi que trois jeunes femmes avaient obtenu en deux heures ce que je lui refusais depuis dix ans, elle n'en est pas revenue. Bravo, elle m'a dit. La première fois en quarante ans qu'elle me dit bravo.

Vous lui avez dit la somme ?

Elle n'y connaît rien aux chiffres. Pour elle, c'est une somme. Du moment que ça couvre les frais d'une maison de campagne… N'oubliez pas de remercier vos sœurs également.

11

Les sœurs Brelan ont connu la période la plus faste de leur vie commune. Judith elle-même semblait conquise par les bienfaits du travail. Elle refusait encore de toucher un salaire, à la fois pour ne pas grever la nouvelle société mise en place et pour se réserver sa part de liberté. Elle ne voulait pas avoir l'air de renoncer à ses idées fixes. On la voyait pourtant surveiller les travaux dans l'agence de Boulogne.

Marthe vivait ce moment comme un accomplissement personnel et Sabine comme une voie de salut. Markus Schlegel avait évité la condamnation la plus lourde : une amende lui évitait un plus long séjour en prison. Il était contraint de quitter la direction de Schlegel & Schlegel, Sabine ne se voyait pas exercer ses fonctions de conseillère pour un autre. Avoir à s'occuper de ses affaires en France lui donnait l'occasion de s'absenter longuement de Berlin, sans rompre. Rompre, pour elle, ce serait avouer un échec de vingt ans, pas plus dans son caractère que dans celui de Judith. Passer d'un pays à l'autre lui donnait un sentiment d'importance, elle en acceptait mieux le rôle dominant de Marthe dans l'agence Cicéro-Brelan.

Elles avaient emprunté pour racheter les parts de M. Cicéro, investir, s'agrandir, moderniser, engager deux nouveaux architectes. Leur maison était hypothéquée, il devenait indispensable de faire rentrer de l'argent rapidement. Le logement social était en plein développement, Marthe et Sabine ne voulaient pas manquer ces nouveaux marchés. Plans standardisés, matériaux peu coûteux, on pouvait tirer les prix sans perdre d'argent. La réussite a été spectaculaire par rapport aux dernières années de M. Cicéro, toutes auraient dû s'en réjouir.

Judith a fait des efforts ; participer au projet commun des sœurs, se réjouir avec elles de les voir obtenir une certaine reconnaissance, alors qu'elles n'étaient pas architectes elles-mêmes : faire partie d'une agence atypique flattait son goût de la singularité. Mais ces immeubles bas de gamme, passe-partout, destinés à une dégradation accélérée la dégoûtaient. Elle estimait avoir fait assez de concessions, avec la maturité, au monde des chiffres, de l'argent. Les Cités radieuses de Le Corbusier étaient bien éloignées de ces constructions sans vie, elle préférait rester en marge de l'agence Cicéro-Brelan. Ses sœurs le regrettaient, après l'avoir crue transformée. Elles étaient allées jusqu'à attribuer son évolution à l'influence positive de Martin Baléares, soucieux de son travail, irréprochable. Alors, pourquoi revenait-elle en arrière, pourquoi se sentait-elle renvoyée à sa solitude ?

Ses relations avec Martin Baléares ne la laissaient pas en repos. Le grand jardin avait pris forme et ne réclamait plus la présence d'un jardinier à la journée. Martin s'ennuyait de plus en plus, se sentait enfermé. Il insistait pour que Judith, s'appuyant sur son expérience, lui trouve d'autres jardins à faire. Des difficultés surgissaient : ce serait faire concurrence à des entreprises établies ; travailler au noir, pendant une période de mise à l'épreuve, serait-il admis ? Les gens des alentours rechignaient à faire travailler chez eux un homme connu pour son passé.

Judith s'était interrogée souvent sur ce qui l'attirait encore chez Martin. Il se gardait de tout geste dans sa direction. Elle l'avait accepté, elle en souffrait. L'impression que son temps passait, une vie inaccomplie dont le sens lui échapperait. Elle avait de plus en plus de mal à vivre à côté de lui comme si c'était un étranger. Il lui arrivait de s'allonger sur son lit, pendant qu'il travaillait au jardin. Une fois, elle est allée le retrouver sous un arbre qu'il taillait. Elle n'y tenait plus, elle voulait le voir sourire comme autrefois, le toucher, être touchée. Il avait suspendu son geste, sans répondre. Elle insistait : pourquoi, d'après lui, refusait-elle de travailler avec ses sœurs à Boulogne ? Pas par mépris du travail et du manque d'ambition artistique, non, pour rester encore et toujours près de lui. C'était fou ? Pourquoi ne pas l'être, si elle lui permettait de vivre décemment et en liberté. Une satisfaction pour elle, mais pourquoi ne la touchait-il jamais ?

Il a coupé une dernière branche. Nous sommes dans un jardin, je travaille…

Tu ne travailles pas tout le temps. Même dans ce jardin, tu pourrais me toucher sans honte. Personne ne pourrait nous voir. Je l'ai fait agrandir, il est bordé par deux garages. Les voisins n'existent pas. Tu pourrais faire tout ce que tu voudrais de moi, j'en serais heureuse, je ne demanderais rien de plus. Je ne sais plus penser qu'à ça depuis longtemps. J'ai fait des efforts pour que nous restions à la bonne distance, pour ta liberté conditionnelle. C'est trop. Je ne comprends pas ce qui m'arrive. Tu me manges la vie.

Elle voyait que Martin était troublé, il hésitait. Je ne sais pas quoi te dire, répétait-il. Être désiré par une femme, il avait le plus grand mal à le concevoir. Pourquoi ? Ce n'est pas aux femmes à désirer les hommes ? Tu penses encore comme ça ? Elle lui avait prêté une subtilité supérieure depuis son procès. Il suffisait de l'installer chez elle pour qu'il redevienne un être primaire ? Il l'était toujours resté ? Elle avait construit dans sa cervelle un Martin Baléares d'invention ? Une brute intelligente idéalisée ? Elle ne pouvait pas renoncer à tout ce qu'elle avait rêvé depuis tant d'années. Embrasse-moi. Tu ne l'as jamais fait. Au moins ça.

Il regardait par-dessus les murs du jardin, sentait Judith s'approcher, la panique. Il se serait senti ridicule de se sauver devant une aussi petite femme. Il ne bougeait plus, elle se haussait, passait sa bouche sur sa bouche, l'empoignait, l'enlaçait. Elle disait qu'elle se sentait bien avec lui, ne le quitterait plus une minute, le jour comme la nuit, au jardin, dans la maison. Elle avait attendu si longtemps. Il se laissait faire, elle l'a emmené dans la chambre du fond, elle s'est mise toute nue, à toute allure, et cachée sous la couverture. Elle l'agrippait par le bras, le tirait vers elle. Qu'il l'embrasse, se laisse aller, se couche sur elle. Il s'est retrouvé à demi allongé sur la couverture. Il s'est relevé, en répétant non. Elle le battait.

Il s'est assis au pied du lit. Il lui demandait de ne pas lui en vouloir. Ce n'est pas qu'elle lui déplaisait. Il avait même souvent pensé à elle, en prison, joui avec elle dans sa cellule. Il en était sorti et ce n'était plus pareil : il se sentait son employé, ici, son locataire.

Rien n'interdisait de coucher avec son propriétaire ou son patron, c'était même fréquent… Oui, mais il ne supportait pas de se sentir l'inférieur. Au parloir, ils étaient à égalité, de chaque côté de la table. La visiteuse n'avait pas de pouvoir sur le prisonnier. Aujourd'hui, chez elle, il était libre, mais il se sentait encore plus son prisonnier. Et voilà qu'elle lui imposait des obligations.

Elle lui a proposé de ne plus travailler au jardin, de l'aider à trouver un autre employeur, de ne pas payer de loyer pour la chambre. Ils seraient enfin égaux. Elle avait cru lui rendre service en l'aidant à obtenir sa libération conditionnelle. Elle n'avait jamais eu conscience de le mettre dans cette situation de soumission. Elle s'en excusait, se reprochait d'avoir manqué de finesse. La brute primaire, c'était elle, incapable de reconnaître les souffrances d'un homme. Elle s'est rhabillée, après l'avoir fait sortir de la chambre. Elle lui a promis qu'ils seraient à égalité désormais. Elle lui demandait de ne pas la remercier, pour ne pas avoir l'air d'être la maîtresse qui affranchit son esclave.

Marthe et Sabine ne se sont pas opposées au nouveau statut de Martin Baléares. Elles n'ont pas cherché à en connaître la cause. Leurs affaires les occupaient trop pour qu'elles se soucient de sa présence. Il s'était presque fait oublier, dans la grande maison, dînant rarement en leur compagnie, travaillant, parlant peu, discret.

Judith a fait des démarches et fini par décrocher une place pour Martin dans une entreprise d'entretien des jardins, sans rien cacher de sa situation judiciaire. Quand elle lui a annoncé la nouvelle, il a eu ce sourire qui la prenait toujours au ventre. Elle a compris alors que son sourire n'avait jamais été qu'une marque de refus : Si j'accepte ce travail, je te le devrai, comme je te dois ma liberté conditionnelle. Si je veux un travail, je le trouverai seul.

Il se levait plus tard, ne faisait rien, sortait l'après-midi pour démarcher des entreprises. Il rentrait manger, partait faire un tour et revenait se coucher. Il parlait à Judith avec gaieté. Elle avait laissé passer du temps, sans le presser, ni montrer son impatience d'ancienne patronne et propriétaire. Ils parvenaient parfois à retrouver la complicité de leurs débuts, devant des livres, en échafaudant de nouvelles cités utopiques qui auraient effrayé les membres de l'agence Cicéro-Brelan. Sur le sujet, ils restaient imbattables, s'amusaient de leurs délires. Leurs têtes se rapprochaient, ils esquissaient des caresses, même Martin. Judith se disait qu'ils se sentaient enfin bien ensemble. Il suffirait d'un rien pour qu'ils se trouvent vraiment.

Une fois, ils parlaient dans le couloir, devant la porte de la première chambre, elle n'a pas pu s'empêcher de garder sa main plus longtemps sur son cou, de le serrer plus fort, d'attraper ses lèvres. Il s'est raidi, puis détendu, et c'est venu. Il a posé ses mains sur elle, l'a pétrie des épaules à la taille. Il enfonçait sa tête sous ses cheveux, a pris son oreille gauche dans sa bouche, le lobe. Il la mordillait, enfonçait sa langue dans le pavillon, revenait au lobe, mordait plus fort. Ils s'appuyaient sur la porte, elle s'est ouverte. Judith sentait déjà un courant la traverser, une force se répandre en elle, du mal à respirer, et la peur devant ce corps qui la poussait, lui écrasait le dos, lui mangeait l'oreille. Elle ne savait pas ce qui lui arrivait, le bonheur attendu et, en même temps, l'envie de crier, d'appeler à l'aide. Le cri venait, sans parvenir à sortir pour de bon. Elle ne se rendait plus compte si ses bras étaient pris de soubresauts ou paralysés. Et Martin la secouait et la mordait.

Il s'est arrêté d'un coup. Il a reculé, en disant ça va bien, mais il ne faut pas plus. On ne savait pas ce qui pouvait arriver. Il faisait un effort visible pour se contenir. Son regard passait sur le lit des sœurs Brelan.

Ça te gêne, ici ? a demandé Judith.

La question soulageait Martin : une bonne raison. Dans cette chambre, il se sent un frère pour elle. Elle ne pourrait être rien d'autre que sa sœur, la plus bienveillante des sœurs. On ne touche pas à sa sœur, on ne lui fait pas de mal.

Si tu préfères une chambre neutre, ni la tienne, ni la mienne, tu as le choix.

L'obliger à choisir, elle le replaçait dans la position du subordonné, elle l'a compris en finissant sa phrase. Elle sentait qu'il s'échappait, maître de lui, répétant qu'il ne pouvait pas mieux lui prouver ses sentiments pour elle qu'en la traitant comme sa sœur.

Elle n'avait jamais pensé que le mot sœur la mettrait un jour en colère. À quoi ça rimait, se dire frère et sœur, quand on a envie l'un de l'autre, qu'on s'est imposé des années de frustration ? Des mots blessants lui venaient : je ne t'attire pas, je suis trop vieille pour toi ? Est-ce qu'une autre femme t'attire au moins ?

Il baissait les yeux, il les a relevés, son sourire : Tu ne sais pas ce que tu dis.

Il préférait retrouver le calme dehors. Judith a renoncé à le retenir. Elle s'en voulait de sa brusquerie, de sa maladresse. Son corps pourtant s'est relâché. La frustration s'effaçait : l'impression d'avoir atteint la limite la plus intime avec Martin Baléares. Peut-être pas les relations de tout le monde, mais elle avait fui depuis toujours les relations de tout le monde et cet homme ne serait jamais comme tout le monde. Elle s'est endormie sur le lit de Martin.

Ses sœurs l'ont trouvée vers dix heures. Leurs journées de chefs d'entreprise n'en finissaient plus. Elles s'étaient étonnées de voir la maison ouverte et vide, avaient fini par frapper à la porte du locataire. Elles n'en avaient jamais parlé, elles étaient convaincues que Judith couchait depuis longtemps avec Baléares. Pourquoi aurait-elle fait autant pour lui, si ce n'était pas pour ça ? Elle avait semblé discrète sur la question, ne passait pas ses nuits avec lui, c'était respectable. Sabine elle-même faisait chambre à part avec Markus depuis leurs débuts et Marthe ne voyait Charles Coutelle, plus distant depuis sa rencontre avec Baléares, qu'en fin d'après-midi, de temps à autre, dans la chambre du 15e arrondissement, sous le toit. L'étonnant, c'était de trouver Judith seule sur ce lit.

12

Martin Baléares est rentré tôt le matin, avant de repartir pour un rendez-vous, prévu de longue date, avec le responsable d'une société d'horticulture. Il n'est pas reparu de la journée. Le journal télévisé du soir signalait un crime à Saint-Germain-en-Laye, la veille, une femme seule dans son appartement, pas d'effraction, violences, mort.

Judith s'attendait à la visite des policiers, moins à leur bienveillance. Ils n'ont manifesté aucune insistance. L'absence de Martin Baléares ne les surprenait pas, ils n'en faisaient pas une affaire : il suffirait à Judith Brelan de confirmer son retour aux services, simple vérification, pour un homme qui, depuis sa libération, s'était toujours présenté au commissariat avec la plus grande ponctualité. Avant de repartir, ils ont demandé, comme s'il s'agissait d'un détail anodin, où Baléares avait passé la nuit précédente.

C'est notre locataire, a dit Judith, nous ne surveillons pas ses déplacements jour et nuit. Il me semble qu'il était dans sa chambre, je ne le garantirais pas.

Elle se sentait habile, défendant Martin tout en se prémunissant pour l'avenir. Les policiers l'ont remerciée avec chaleur pour sa coopération. Leur confiance en elle la déstabilisait plus que s'ils l'avaient soupçonnée de cacher un coupable.

Sabine et Marthe se sont montrées plus brutales que des policiers. La visite des deux officiers, l'absence de Martin depuis deux jours, la nouvelle du crime de Saint-Germain, elles n'avaient pas besoin d'explications supplémentaires. On n'aurait jamais dû laisser Judith s'intéresser aux condamnés… bienfaitrice de l'humanité… ça revenait à faire sortir de prison un des plus dangereux criminels et à l'installer chez elles… Une chance que nous soyons encore en vie… Assez calculateur pour ne pas mordre la main qui le nourrit… Et tu faisais la fière, tu avais sauvé un homme… Ces gens-là ne se rachètent jamais.

Judith se défendait, sa confiance avait donné la force à Martin de tenir des années sans récidiver. Personne ne contestait son comportement irréprochable depuis son arrivée : laquelle des deux pouvait citer un écart de conduite, un mot agressif ? Elles pourraient en témoigner, si elles étaient honnêtes.

En attendant, son petit saint était recherché et son absence même constituait un aveu. Judith résistait : sa sortie de l'autre nuit et le crime de Saint-Germain pouvaient n'être qu'une coïncidence. Entre-temps, il avait lu des journaux, comme tout le monde, il savait qu'on penserait à lui, il préférait ne pas rentrer, pour ne pas mettre les sœurs Brelan dans l'embarras. Vous n'avez jamais compris sa délicatesse.

Il fallait l'entendre… Épargne-nous tes inventions… Et c'est comme ça depuis que tu sais parler… Tu ne vois rien comme personne, tu sens mieux que tout le monde. Nos parents ont flatté tes tendances, ta sensibilité exceptionnelle. Mais tout est faussé en toi. Résultat, tu plombes notre vie.

Au moment où leur affaire commençait à bien marcher, elle leur jetait son protégé dans les pattes. Et elle voulait les convaincre de son innocence. Il ne suffisait pas de dire le contraire de tous les autres pour avoir raison.

Marthe et Sabine s'entraînaient l'une l'autre, leur vie défilait en reproches. Elles s'en voulaient de leur faiblesse à l'égard de Judith.

Tout ce que vous voyez, a repris Judith avec le plus grand calme, c'est que cette histoire risque de nuire à la réputation de la nouvelle agence Cicéro-Brelan. Vous n'avez pas une pensée pour la pauvre femme de Saint-Germain-en-Laye, violée et assassinée par un homme qui n'est peut-être pas Martin.

Elle restait Judith jusqu'au bout, peur de rien : leur reprocher leur manque de compassion pour la victime. Combien d'années avait-elle passées auprès des victimes ? Combien auprès des criminels ? Il était bien temps de se soucier des morts.

Et après ? les a coupées Judith. Même si vous avez raison, ça n'a plus aucune importance. Je vais avoir des ennuis, vous aussi, à cause de moi. Mais après ? Vous me laissez couler ?

Si on ne pense qu'à l'agence, toi, tu ne penses qu'à toi. Commence par dénoncer ton Martin. Sinon, on ne te connaît plus.

Judith n'a pas eu à le dénoncer. Elle a appris par le journal qu'il s'était fait prendre, le troisième jour, en haut de la rue. La maison des sœurs Brelan avait été mise sous surveillance, Martin Baléares n'avait pas trouvé d'autre issue que de revenir chez ses logeuses : embarqué sans discussion. Preuve de son innocence, disait Judith, comme s'il n'avait rien à cacher. Elle prenait comme un hommage ce désir de revenir auprès d'elle, pour en finir.

Les trois sœurs ont été convoquées à tour de rôle. Judith s'efforçait de ne pas charger Martin, en prenant garde de ne pas fournir de faux témoignage. Elle répétait qu'elle l'avait vu entrer dans sa chambre, ne garantissait pas qu'il y avait passé la nuit. Marthe et Sabine auraient aimé fournir les éléments les plus accablants, elles avaient beau chercher, elles ne trouvaient rien de mal à dire. Leur arrivée tardive le soir du crime rendait leur témoignage vain. Elles n'osaient pas dire encore qu'elles avaient trouvé leur sœur sur le lit de l'accusé.

Martin Baléares avait conservé sa méthode de défense habituelle, nier les évidences. Il confortait la thèse de Judith : il était bien entré dans sa chambre. La précision qu'il a donnée ensuite a déclenché les ennuis : il était entré dans sa chambre, après une dispute avec son hôtesse, Mlle Brelan. Le nom de Judith a figuré pour la première fois dans les journaux. L'hôtesse étant demoiselle, elle est vite devenue une maîtresse. Désignée comme ancienne visiteuse de prison, sa proximité avec des criminels en général, avec celui-là en particulier, a intrigué les chroniqueurs.

Interrogée sur sa dispute avec Baléares, Judith a perdu de son assurance. Elle ne voyait pas de dispute dans leur discussion. De quoi parlaient-ils alors, sans se disputer ? Elle se contredisait : Nous parlions de son travail de jardinier… Non, Martin ne travaillait plus au jardin depuis plusieurs semaines… Elle n'a plus su quoi répondre, quand les enquêteurs lui ont affirmé que, selon Baléares, elle aurait eu des propos déroutants dans la bouche d'une femme. Choquer un individu qui a passé des années en prison, il fallait le faire. Elle aurait même eu des gestes. C'était la défense de Martin ? Jouer la victime d'une femme pour faire oublier qu'une femme avait été sa victime ?

C'est bien, disait Marthe, tu n'as plus l'air de le croire innocent.

Mais c'est pire, ajoutait Sabine. La presse s'interrogeait de plus en plus sur le rôle de cette visiteuse de prison qui avait mélangé son activité bénévole et sa vie privée. On lui cherchait un ancien métier, des études, un mari, on ne trouvait rien. On découvrait qu'elle vivait avec ses deux sœurs, étrangeté supplémentaire. Leur maison trop grande pour elles devenait suspecte. Le mariage de l'une des trois avait rassuré. Mais son retour en France peu de temps après l'installation de Baléares au domicile des sœurs Brelan faisait naître des interrogations. La brève incarcération du mari allemand, sa condamnation donnaient à penser que ces trois femmes évoluaient dans un milieu douteux. On en oubliait Baléares. On imaginait Judith, et peut-être les autres, en rabatteuses pour détraqué. On voulait rouvrir les dossiers de viols et meurtres non élucidés de ces dernières années. Le nom des sœurs Papin est apparu dans un journal, ces deux domestiques criminelles qui avaient assassiné leur maîtresse et sa fille, au Mans, dans les années 1930. Bien sûr, les sœurs Brelan n'étaient pas des bonnes, elles n'étaient pas deux, mais trois, elles n'avaient assassiné personne de leurs mains : il suffisait qu'elles soient sœurs. L'expression a été reprise d'article en article, les nouvelles sœurs Papin.

Le témoignage d'un membre anonyme de la famille révélait leur organisation clanique et hostile à leurs proches depuis l'origine, quand elles s'étaient organisées, encore mineures, en triade, à la mort suspecte de leur père, contre le reste du monde. Sans vouloir calomnier, ajoutait ce témoin, on pourrait retrouver des épisodes de leur vie où elles se sont débauchées. Rosie Ledru, poussée par le succès de ses révélations, s'affichait ouvertement dans la presse. Elle demandait à être entendue par la justice, laissait entendre que les sœurs Brelan avaient probablement et volontairement précipité la mort de leur grand-mère, et peut-être d'autres personnes. Elle affirmait être au courant de diverses manipulations financières, disait sa honte d'avoir des nièces pareilles. Tante Rosie tenait sa vengeance : trente ans qu'elle avait annoncé que ça finirait mal.

Les enquêteurs n'allaient pas aussi loin que les journaux, mais ils laissaient dire. L'essentiel pour eux restait de confondre Martin Baléares. Les preuves matérielles s'accumulaient, ne manquaient que des aveux. Le rôle de Judith ne leur semblait pas clair : ils étaient convaincus que, s'ils faisaient pression sur elle, Baléares finirait par lâcher la vérité. La première étape consistait à accuser Judith Brelan de non-dénonciation de crime et de criminel. Pour la complicité, active ou passive, on verrait plus tard, même si elle ne faisait aucun doute pour les journaux. Des experts psychiatriques, encouragés aussitôt par l'avocat de Martin Baléares, n'excluaient pas l'incitation au passage à l'acte, provoqué par la présence d'une, voire de trois femmes dans l'entourage du suspect. Les pulsions criminelles réveillées par Judith et ses sœurs, à dessein ou non, c'était ce que la justice aurait à trancher, pour atténuer ou aggraver la responsabilité du coupable.

Marthe et Sabine étaient sidérées de lire ces analyses dans les journaux. Invraisemblables dans leur cas personnel, elles apparaissaient, pour Judith, comme des évidences. Les experts, sans l'avoir interrogée ou examinée, faisaient d'elle un portrait ressemblant en provocatrice maniant les mots et les esprits. Elles luttaient contre ces interprétations, elles ne pouvaient pas s'empêcher de douter chaque jour davantage de leur sœur. Amères, quand elles lisaient les articles où leur vie présente et passée était décortiquée. Effrayées, parce que les détails étaient vrais, mais faussés. Elles n'avaient pas imaginé qu'on bâtirait sur elles des mensonges exclusivement à partir de vérités indiscutables.

Les effets n'avaient pas manqué : les projets d'urbanisme en cours étaient suspendus par les communes et le département. Le jury d'un concours d'architecture, le premier auquel la nouvelle agence avait soumis des plans, les avait écartés d'office, en attendant. L'argent rentrait mal. La maison ne tiendrait pas longtemps, si la situation s'éternisait. Il fallait en finir, reconnaître des torts ou être suffisamment convaincant pour faire taire les soupçons.

Vous me demandez de me sacrifier, disait Judith. Je vois déjà les articles : le mouton noir de la famille Brelan a avoué. Il a organisé, à l'insu de ses grandes sœurs, un réseau pervers, pour alimenter les fantasmes de son amant violeur et assassin déjà condamné. Une passion inhumaine que toute sa vie explique l'a conduite à inciter à la récidive, pour son plaisir personnel, un homme dont elle avait fait sa chose, etc. Je leur proposerai le titre : la Diabolique de l'ouest parisien. Je leur demanderai d'ajouter : mes sœurs n'y sont pour rien. Faites-leur confiance pour vos projets d'architecture municipale. L'agence Cicéro-Brelan à votre service.

Elle trouvait le courage de se moquer encore. Marthe et Sabine préféraient croire qu'elle se forçait. Elles ont eu honte de se dire que son suicide les libérerait de tout.

13

Judith Brelan demandait à ses sœurs de ne plus rien faire pour elle. Comment payer l'avocat qu'elles l'avaient obligée à prendre ? Les rentrées d'argent étaient remises à plus tard, les frais grossissaient, les sœurs Brelan envisageaient de revendre leur affaire aux jeunes architectes engagés par leurs soins. Si la situation s'aggravait, la maison hypothéquée leur échapperait. Judith prenait la mesure du désastre, voulait l'épargner à Marthe et à Sabine : Laissez-moi tomber, vous auriez dû le faire depuis longtemps. Je me suis mise toute seule dans cette histoire, je dois m'en débrouiller toute seule. Vous n'aurez plus honte de moi.

Elles ne lui donnaient pas encore raison, la tentation les effleurait parfois. Sabine, qui était revenue en France pour échapper aux ennuis de Markus Schlegel, faisait des séjours de plus en plus longs auprès de lui, à Berlin, pour ne plus entendre parler de Judith. Marthe signait des chèques, négociait les parts familiales, pour ne pas trop perdre.

Martin Baléares s'entêtait à ne rien reconnaître, alors que ses empreintes avaient été retrouvées dans l'appartement de la victime. Il épuisait les avocats. Judith est parvenue à lui faire passer par le sien une lettre. Elle l'a retournée dans sa tête des journées entières. Selon les moments, le contenu lui semblait relever de la plus haute folie, ou trop raisonnable.

Après l'avoir lue, Baléares a demandé à être reçu par le juge d'instruction. Pour la première fois de sa vie, il avouait, fournissait les éléments les plus précis sur la nuit du crime, les horaires des trains qui l'avaient mené à Paris, puis dans quelques stations de la banlieue ouest, enfin à Saint-Germain-en-Laye, où sa victime était descendue. Il l'avait suivie dans son immeuble, avait joué le nouveau voisin sans clé. Sa bonne présentation avait mis la femme en confiance : l'entrée forcée dans l'appartement, la violence immédiate pour l'empêcher d'alerter le voisinage, le désir plus fort que tout de la détruire, exacerbé, avait-il ajouté, par sa soirée avec Judith. Elle s'était refusée à lui, une nouvelle fois, lui expliquant qu'elle ne l'aimait que criminel. Elle l'aurait poussé alors à agir. Il se sentait guidé par le désir de Judith, obligé de faire ce qu'elle lui avait demandé.

Ces aveux consignés menaient à l'inculpation de Judith, présentée comme l'instigatrice du crime. Sa vie a été fouillée en quelques jours. Sa période de visiteuse de prison a permis de remonter, par les éducateurs et les assistantes sociales, à ses fréquentations gauchisantes de La Renaissance. Charles le brancardier et bien d'autres ont rapporté les excès verbaux de ce temps-là. Interrogée, Judith ne se défendait pas, elle ne reniait rien. Marthe et Sabine en étaient abasourdies : Vous voyez, leur a dit Judith, vous n'avez plus aucune raison de m'aider ni de perdre votre argent pour moi. Je ne serai bientôt plus là, gardez la maison, gardez votre agence. Quand ce sera fini, on m'oubliera, on oubliera que vous êtes mes sœurs.

Judith a connu la détention provisoire, elle se disait heureuse. Les visites de ses sœurs lui étaient interdites. Sabine était revenue de Berlin pour conclure l'accord avec les jeunes architectes. L'agence Cicéro-Brelan, on n'en parlerait plus. Comme il fallait couvrir l'emprunt, la maison allait être cédée dans les semaines à venir.

Marthe et Sabine se sont parlé une nuit entière. Elles se sont demandé si elles avaient eu raison de rester ensemble si longtemps. C'était contre nature. Le destin des frères et sœurs était de se séparer. Pourquoi n'y étaient-elles pas parvenues, au moins Marthe et Judith ? Judith les avait-elle empêchées de vivre ? De vivre la vie ordinaire, certainement. Était-ce un mal ? Sûrement, les journaux, les juges, les clients, tout le monde le disait. Judith, par son caractère, ses idées, sa façon de vivre, s'était mise en marge de la vie sociale et les avait obligées à la suivre. Elles avaient cru lui échapper avec Markus Schlegel, puis l'agence Cicéro-Brelan. On voyait le résultat. Du fond de sa cellule, elle reconnaissait ses torts, c'était trop tard. Si elle aimait se faire du mal, elle avait atteint l'objectif de sa vie, dans une prison pour femmes. Mais elles, les aînées, aimaient la vie, la joie, les hommes, les relations, le pouvoir. Elles avaient encore le temps d'en profiter, loin de Judith. On lui payerait ses frais d'avocat et on n'aurait plus rien d'autre à voir avec elle : Tu te rends compte de ce que nous disons ?

Parfaitement. Je crois même que c'est ce que veut Judith.

On lui cède encore, alors ?

Je ne sais plus.

Elles ont dormi, dans le même lit, selon leur vieille habitude, jusqu'à deux heures de l'après-midi. Elles se sont réveillées, regardées. Toujours d'accord ? Qu'est-ce qu'on peut faire d'autre, sinon laisser Judith aller où elle veut ?

Tu te rends compte de ce que nous disons ?

J'ai honte comme toi.

Est-ce qu'on n'est plus les sœurs Brelan ?

Sabine a dicté une lettre pour le juge d'instruction, Marthe la tapait, elles ont signé ensemble. Elles demandaient à être reçues, confrontées à Martin Baléares, à leur sœur, des révélations de la plus haute importance. La convocation ne venait pas, elles ont insisté : elles s'accusaient d'être les instigatrices du crime de Martin Baléares, au même titre que Judith, d'avoir partagé la vie de cet homme, autant qu'elle.

Le juge s'est empressé de les recevoir, pour les menacer : il ne croyait pas à leur témoignage de dernière minute, une vaine tentative pour diluer les responsabilités de Mlle Judith Brelan. Si elles tentaient d'induire la justice en erreur, elles s'exposaient à des sanctions, sans adoucir celle de leur sœur. Maintenaient-elles leur courrier ? Elles le maintenaient sans le maintenir. La justice ne se contentait pas de ce genre de posture. La clarté était nécessaire. Elles ont réitéré leur demande de confrontation avec Baléares et Judith. Le juge a refusé pour l'un, accepté pour l'autre.

Judith avait changé, pas diminuée par l'incarcération, au contraire, embellie, plus coquette, mieux maquillée, apaisée. Les traits tirés, la gêne était du côté de Marthe et de Sabine. Le juge a exposé la thèse des aînées, soulignant d'avance son invraisemblance et les risques qu'elles encouraient.

Il vaudrait mieux que je confirme ce qu'elles racontent, alors, a dit Judith.

Vous ajouteriez le faux témoignage aux accusations qui pèsent déjà sur vous.

Elles se sont tues, le juge attendait, reposait sa question, ne rencontrait que le silence des sœurs Brelan, s'impatientait.

Votre attitude est claire, vos faux aveux n'ont aucune consistance. Si vous les retirez immédiatement, nous les oublierons.

Judith a penché la tête vers ses sœurs, Marthe et Sabine ont levé les yeux, ça pétillait à droite, ça pétillait à gauche, de l'une à l'autre à la troisième, aller et retour. Le juge sentait qu'il s'en disait déjà beaucoup sans lui. Il n'avait aucun moyen d'interrompre ces messages cryptés, se croyait assez expérimenté pour les décoder : Vous admettez avoir tenté de tromper la justice pour aider votre sœur ?

Elles l'admettent, oui, a dit Judith.

J'attends qu'elles le disent elles-mêmes.

Nous l'admettons, a dit Sabine.

Chacune doit parler pour elle-même.

Nous l'admettons toutes les trois, a repris Marthe.

Je ne l'attends que de deux d'entre vous. Et que chacune s'exprime à la première personne.

Mais nous sommes trois, a fait remarquer Sabine.

La justice juge des individus.

Elles se sont mises à parler toutes les trois, le plaisir retrouvé, après la séparation. Elles allaient de plus en plus vite : l'étonnement pour Judith de les retrouver derrière elle. Elle avait tout fait pour les éloigner, les mettre à l'abri et elles revenaient ? Et l'agence ? Liquidée. Et la maison ? Bientôt quittée. Tout ce que

Judith voulait leur éviter, elles l'avaient fait, elles en éprouvaient même un grand soulagement.

Elles comprenaient seulement aujourd'hui la dernière phrase de Grand-mère Madeleine avant de mourir : être heureuses toutes les trois, ce n'était pas être heureuses à tout prix, c'était être heureuses d'être toutes les trois, même si elles devaient être malheureuses chacune de leur côté. Le juge ne comprenait plus rien à leur discussion. Qu'est-ce que cette Grand-mère Madeleine venait faire dans son bureau ? Et parler du bonheur au moment où au moins l'une d'entre elles était passible d'une condamnation ? De curieuses femmes, animées, au point d'oublier sa présence.

Il les rappelait à l'ordre, elles ne l'entendaient plus. Judith se reprochait de ne pas avoir voulu s'adapter au monde réel, d'avoir refusé la vie. Marthe et Sabine protestaient : Judith leur avait montré la voie de la vraie vie, plus intérieure, plus intense. Elles avaient eu tort de la critiquer ces dernières années. Elles retiraient tout. Elles préféraient le déclassement avec elle, plutôt que le reclassement médiocre sans elle. Elles ne croyaient pas à sa complicité dans l'affaire Baléares pas plus qu'à la leur. Rien de condamnable : des mensonges pour aider les autres. Elles revenaient enfin vers le juge, lui assenaient qu'elles s'étaient proposé de se dénoncer pour aider leur plus jeune sœur, comme elle-même avait tenté d'atténuer la responsabilité d'un homme, Martin Baléares, par fidélité, par amour peut-être, solidarité humaine, tout simplement. Le lyrisme les gagnait. Le juge s'efforçait de surnager dans la conversation, en assurant que les grands mots ne l'impressionnaient pas. Les protestations d'innocence des coupables appartenaient à la routine de sa charge.

Il a profité d'un silence des sœurs Brelan : Je reconnais toutefois avoir rarement eu des femmes comme vous dans mon bureau. Et il a eu un sourire enfantin. Les sœurs ont souri en retour. Il ne se disait plus rien dans le bureau du juge.

Avant de mettre fin à la confrontation, il a tenu à fournir une information nouvelle : Martin Baléares était revenu sur ses aveux et niait de nouveau toute participation au crime qui lui était reproché, adoptant son ancien système de défense, celui des simples voyous. Son revirement s'était produit au moment où il avait compris que, avec ou sans la complicité de Judith, sa condamnation serait la même. La peine de mort abolie, il n'échapperait pas, comme délinquant sexuel récidiviste, jugé responsable de ses actes, à la perpétuité. Sur le moment, le juge n'avait pas compris l'intérêt de revenir à une défense aussi suicidaire. Après avoir écouté les sœurs Brelan, il voyait la stratégie de l'accusé autrement : Je me demande s'il n'a pas décidé de vous aider à son tour. S'il nie les faits en bloc, il ne peut plus vous y impliquer. Il ne peut plus vous déclarer l'instigatrice de ce qu'il n'aurait pas fait. Je suis le seul à pouvoir en décider. Je rendrai ma décision en temps voulu.

Un dernier interrogatoire de Martin Baléares a confirmé, malgré son avocat, le quatrième, qu'il allait récuser, son refus définitif de reconnaître toute responsabilité dans l'affaire. Il prétendait avoir avoué sous la contrainte. Mlle Judith Brelan lui avait conseillé dans une lettre qu'il avait détruite de l'impliquer, pour partager sa faute et atténuer sa condamnation. C'était une femme compliquée, ajoutait Baléares, mais bonne et innocente.

Le juge a convoqué Judith : au fond de lui, les arguments de Baléares ne le convainquaient pas entièrement, la lettre détruite restait hypothétique, mais il n'avait aucune charge matérielle contre elle. Enfin, une dimension impalpable de la justice l'incitait, depuis la rencontre des trois sœurs, à rendre sa décision : un non-lieu pour Judith, son élargissement immédiat.

Elles ont passé leur dernière nuit dans la maison construite par Louis Brelan. Elles vendraient tout ; se débarrasser des souvenirs ; donner les livres d'architecture utopiste à une bibliothèque ; brûler les coupures de presse ; quitter leur ville. Elles ont pris une chambre à Paris, Hôtel des Grands Hommes, près du Panthéon, sans luxe, bon marché. La gérante se demandait comment elles tenaient à trois dans un même lit. Elles avaient refusé un couchage d'appoint. Fallait-il compter un couple et une personne supplémentaire ou trois personnes séparées ? Elles ne lui simplifiaient pas la tâche, ces trois femmes.

Les sœurs Brelan se sont rendues au procès Baléares comme témoins : il a écouté, sans la regarder, en se gardant bien de lui adresser le moindre sourire, Judith faire son éloge d'homme calme, discret, soigneux, travailleur, respectueux de ses hôtesses, trop soumis peut-être. Martin a souligné que le témoignage de Judith n'aurait aucune valeur : personne ne voudrait le reconnaître dans un portrait pareil. La Cour avait décidé de son sort avant le procès, la presse l'avait jugé avant de l'entendre, il demandait à son défenseur commis d'office de ne pas perdre son temps. Il se repliait sur lui-même, répétait qu'il ne cherchait rien d'autre qu'un abri définitif, où il ne serait à la charge de personne. Judith était persuadée qu'il lui parlait encore et l'invitait à se libérer de lui. Elle a partagé son soulagement, quand le tribunal lui a accordé, comme il l'en a remercié, la perpétuité.

Sabine rendait visite, quelquefois, à son mari, dont elle n'était pas officiellement séparée. Il ne dirigeait plus la maison Schlegel & Schlegel, il en était plus léger et prévenant avec elle. Il restait joueur : quand il a compris que le mur de Berlin allait disparaître, il a pressé les sœurs Brelan de le rejoindre, pour assister à sa destruction, après avoir vu sa construction, vingt-huit ans plus tôt.

Ses réflexes d'entrepreneur revenaient. Le mur était dépecé, il s'est fait prêter par d'anciennes connaissances du bâtiment des camions pour en charger des pans de béton. On les vendrait au détail, une petite fortune à faire. Judith les a tous étonnés : le projet l'enthousiasmait. Les sœurs Brelan cherchaient une nouvelle vie, elles pourraient s'occuper du marché français. Elles achemineraient vers Paris une cargaison estampillée Mur de Berlin.

Markus Schlegel, à soixante-cinq ans, gardait une affection pour Judith, le souvenir de ses proclamations. Il ne reconnaissait plus la Judith fracassante d'autrefois. Elle l'a détrompé : elle ne se reniait pas. Est-ce qu'elle n'était pas là pour détruire un mur ? Et tous les murs construits par les hommes, il fallait des femmes pour les démolir. Vendre celui-là rachèterait tous les autres. Elles ne seraient pas de trop, les trois sœurs, pour en venir à bout. Ce qui comptait pour elles, c'était de travailler ensemble, de savoir qu'elles étaient toujours les sœurs Brelan. Elles ne se quitteraient plus. Il leur restait à continuer ; à vivre.

DU MÊME AUTEUR

Vacarme dans la salle de bal
Viviane Hamy, 1998

Pirouettes dans les ténèbres
Viviane Hamy, 2000
et « Points », nº P2446

Madame Angeloso
prix France Télévisions 2001
Viviane Hamy, 2001
et Viviane Hamy, « Bis », 2008

Groom
prix des Libraires 2004
prix Culture et Bibliothèques pour tous 2004
Viviane Hamy, 2003
et « Points », nº P2161

Le Voyage des grands hommes
prix Pierre-Mac Orlan 2005
prix Roman du Var 2005
prix de l'Académie du Maine 2005
Viviane Hamy, 2005
et « Points Grands Romans », nº P2316

Ouest
prix du Livre Inter 2007
Viviane Hamy, 2006
et « Points Grands Romans », nº P1927

Dérive
Viviane Hamy, 2007

L'Incendie du Chiado
Viviane Hamy, 2008
et « Points », nº P2862

Métamorphoses
Viviane Hamy, 2012

RÉALISATION : IGS-CP À L'ISLE-D'ESPAGNAC
IMPRESSION : CPI BRODARD ET TAUPIN À LA FLÈCHE
DÉPÔT LÉGAL : JUIN 2013. N° 110825 (72672)
IMPRIMÉ EN FRANCE